D0587379

Vísperas, 2
El Vencido

Sección: Literatura

Manuel Andújar:
Vísperas, 2
El Vencido

El Libro de Bolsillo
Alianza Editorial
Madrid

®

© Manuel Andújar
© Alianza Editorial, S. A., Madrid, 1976
  Calle Milán, 38; ☎ 200 0045
  ISBN: 84-206-1988-4 (Obra completa)
  ISBN: 84-206-1606-0 (Tomo 2)
  Depósito legal: M. 38.999 - 1975
  Papel fabricado por Torras Hostench, S. A.
  Impreso en Ediciones Castilla. Maestro Alonso, 21. Madrid
  Printed in Spain

El Vencido

I

Se le conocía, con notoria exageración, como el Palacio. Era un edificio maltrecho, largo y hondo, de una sola planta, sepultado en sombras por los árboles de la plaza, la mole próxima de la iglesia parroquial y su torcida orientación solar. Antiguo convento de dominicos, fue construido a los pocos años de fundar la villa jaenesa nuestro señor Don Carlos III, allá en las agonías del siglo XVIII. Al sobrevenir la desamortización de Mendizábal lo compró, con el raquítico huerto empotrado a su espalda, un boticario de ideas liberales y regular fortuna, don Leopoldo Méndez, que se valió para el apaño de no muy limpias influencias. El volteriano —de talla achaparrada, tez tirando a cenicienta, calva circular y chicos ojos, según un viejo cuadro que sus herederos guardan todavía, reverentemente— lo «industrializó», sin arredrarle la fama maligna que recaería sobre su linaje. Con ligeras obras convirtióse cada celda en un cuarto corriente, en comedor de posada el primitivo refectorio y —¡oh, sacrilegio!— la airosa capilla en almacén de granos. El patio, otrora transitado por los frailes, no tardó en ser abigarrada callejuela donde se tendían ropas a secar, jugaban y peleábanse a cantazos y mordiscos los chiquillos, zurcían y despiojábanse las comadres, se dedicaban a su ruidoso trabajo los artesanos.

El Palacio le había costado a don Leopoldo cuatro ochavos. Gracias a su expeditiva manera en los negocios, fue para él mediana fuente de ingresos y el inicio de su enriquecimiento. Pues el azar o la realidad, o como se le quiera llamar, le hizo prosperar a grandes zancadas, contradiciendo así las predicciones rencorosas del bando enemigo. Tuvo siempre el boticario especial estima por el caserón, al que consagraba una atención quisquillosa y, hasta cierto punto, amante. El Palacio le significó no sólo el venturoso arranque de una feliz era personal, la palanca de especulación para comprar a vil precio los mejores olivares del término, sino el símbolo imponente y tangible de su poder social, el reto a los prejuicios que implacablemente odiaba. En él, intereses y convicciones entrelazábanse de modo naturalísimo. Y cuando coligió la inminencia de su muerte, obtuvo solemne promesa del hijo único de que, por ningún concepto, vendería el destartalado inmueble, compromiso adquirido a su vez, en igual trance, por nieto y biznieto como un irrenunciable deber familiar.

En tanto que construcción, el Palacio no era nada del otro jueves. Uno se hace cruces de las singulares emociones que debió de representar para don Leopoldo, a quien de esta peregrina suerte endulzó el seco ánimo. En la parte exterior, salvo el portón de amplias dimensiones, bueno para entrada de yuntas, deslucido por las lluvias y algunos desahogos ciudadanos, lo demás no valía la pena, ofrecía un siniestro aspecto, utilitario y burdo, de tosco estilo, ni siquiera paliado por dos rejas tripudas, que se prolongaban hasta el suelo. Dentro, la uniformidad conventual alterábase en la covacha del zapatero, la carpintería de Dimas, el almacén de granos y el trasiego de la posada que, pasito a pasito, había ido extendiéndose hasta ocupar en su mayor parte aquella ristra de habitaciones húmedas, de estrechez disciplinaria.

Entre inquilinos y dueño existía una relación tradicional, intransferible a extraños e intermediarios. La carpintería pasó a manos de un sobrino de Dimas, cuando éste ya no pudo con sus huesos. Los Melgar, en las diversas ramas del macizo tronco, detentaban el almacén de granos. Los remiendos zapateriles se transmitieron de la misma forma, y en cuanto a la posada, el ama, fresca la viudedad, se encaprichó con un taranto pendenciero que se alzó con el disfrute del comercio, cuando a la pobre Filo la llamaron a más plácida vida. Pero ésta es una mínima variante, que no cambió en lo esencial el curso ordenado, mansamente previsto, de los acontecimientos.

En lo físico y en lo moral los Méndez se parecían asombrosamente. Desde el fundador de la dinastía, don Leopoldo, al hijo, Damián, enriquecido por su cuenta y riesgo en la explotación de unos tejares, y al nieto, Emilio, que, más moderno, instaló una imprenta de cierto viso. En líneas generales, el aspecto de la familia llevaba trazas de perpetuarse, el aire de la sangre marcaba sus sienes abolladas, las manos cortas y gruesas, la piel terrosa. Y entre sus hábitos, privaba uno, el cálido apego al Palacio, la necesidad de cobrar en persona los alquileres —una vez al año, en las vísperas de San Juan de la Cruz—. Procuraban resolver patriarcalmente los pleitos mínimos de los vecinos, hacían acto de presencia, aparentando distracción, los sábados por la tarde, para evitar reyertas mayores si por desgracia alguien bebió más de la cuenta. Y al enumerar sus propiedades hablaban del Palacio en primer lugar, trémulos de íntimo goce los labios paliduchos.

De los habitantes del Palacio, por chispazos de simpatía el sobrino de Dimas era el preferido de don Emilio, su «ojito derecho». Le agradaba charlar con él, observar cómo salían rejuvenecidas de sus manos las sillas desahuciadas, cómo transformaba los aparadores desvencijados. ¡Daba contento al cepillar la madera, con sus rápidos y enérgicos movimientos, sólidamente apoyado en las piernas zambas! Era entonces un mozarrón de pelo rojizo, alegre de genio, pagado de su soltería. Cantarín y lenguaraz, improvisaba «versos de humor», no rehuía su rato de conversación, particularmente si ésta giraba en torno a inocentes malicias. Don Emilio llegaba a perdonarle los

atrasos y no le importaba su justa fama de informal y
pródigo.

—¿Sentarás la cabeza, Juan? Si fueras constante, tendrías unos ahorrillos, lo necesario para no preocuparte
del porvenir —reprendíale insistentemente don Emilio.

—Me revientan las obligaciones.

—¡Pero es que llegarás a viejo!

—Para largo me lo fía.

—A ti debieron darte calabazas, de zagal.

—Frío, frío, don Emilio. Escarmiento en pellejo ajeno.
Casándose, la libertad se pierde. ¡Y hay otros peligros...!

—No seas tunante.

—Ahora, con el trabajo que me cae, da de sobras pa ir
tirando. Y cuando no aguante los riñones, me iré con mi
hermana al pueblo. Allí no me faltarán nunca un rincón,
unas sopas calientes. Y a estirarla en paz, bien arropao,
talmente un canónigo. No necesito quebrarme los cascos.

—No harás nada de provecho.

—Pero no me caliento los sesos, como usted, con dis-
cursos y mítines. Verde y morao lo ponen las beatas.
¿Qué saca en claro? Pero el difunto don Dimas y el finao
don Leopoldo ya se lo inculcaron. ¡Bonita herencia! De
casta le viene.

Don Emilio optaba por tomar a broma su «filosofía» y
se despedía campechanamente. Sin explicárselo, quizás
por atavismo de una rama perdida de parentela, el contraste con su escrupuloso orden económico y sus severas
manías de republicano ortodoxo, le era indispensable,
cual un río hinchado de corriente, desatado de cauce, que
reflejase su figura rígida y firme, apostada en la orilla.

En una mañana de noviembre, cruda de aires, diáfana
de cielo, don Emilio sintió la comezón de dar una vuelta
por el Palacio. —Sí, nunca está de más un vistazo, hablaría con Juan, una de sus distracciones inofensivas, pretex-
taba. Y de paso, le contaría que ya era padre: aquella
madrugada Inés parió una niña de cuerpo débil y facciones armoniosas. Es raro, pese al susto, a la inquietud pa-
decida, al sueño trunco, no estaba ni pizca de cansado.
Pero se preguntó: ¿tenía algo de común Juan con su dicha
o su desventura? Sin embargo, le acuciaba comunicárselo,

mas de manera que pareciese una noticia ordinaria, como
si él no hubiera ido expresamente...

El carpintero lo recibió con un gesto tímido, insólito en él.

—¿Qué, hombre? ¡Si no vengo a recordarte el piquillo
pendiente! Ya lo liquidarás. Pensé, antes de meterme en
la imprenta pasaré por el Palacio, a ver si hay novedad.
Anoche diluvió hasta la madrugada y habrá que reponer
algunas tejas.

Juan se le queda mirando con manifiesta indecisión.

—El infeliz, sabe usted, no tiene techo donde ampa-
rarse. Ha venido a ver si encuentra trabajo en las minas,
pero está maniatao con el cuidao del niño.

—¿En qué gaita soplas? Si te entiendo, que me aspen.

—Es un embrollo, y yo un torpe. Se trata de Remigio,
uno de mi pueblo. Lo ha abandonao, como se tira un guiñapo, la mujer. ¿Usted no conoció a la María? Una hembra fina, de rechupete, de esas que se recomen y estallan
cuando menos se barrunta. Guapa de verdad, se lo digo
yo. Cerrao el pico, una lumbre escondía: se nota con la
quemadura. Y lo dejó. Alguien, de esos que van con un
trapo delante y otro detrás, de la Ceca a la Meca, la en-
gatusó, y adiós muy buenas. El Remigio es de pasta flora,
un sonsaina. Pero tiene su orgullo y no quiso ser la comidilla de los vagos, ni que se rieran de su vergüenza.
Se ha plantao aquí con el muchacho, en busca de faena.
El renacuajo no levanta de mi rodilla.

—¿Y qué puedo hacer yo en este lío?

—Mientras encuentra acomodo y donde ganarse el pan,
en algún sitio han de meterse. ¡No voy a consentir yo!

—Y...

—Hay un cuartucho en el rincón del fondo, pegado a la
cuadra de la posada, allí ponen los trastos inútiles. No
será muy caro. Pues se desocupa, se barre, ¡y todo de
perilla! Yo lo pagaré, hasta que el Remigio pueda.

—¿Tú? ¡Si sudas para salir adelante con lo tuyo!

—Arrimaré el hombro; no tenga quimera. Cuidaré al
crío y partiremos lo que haya. El padre estará así más
desahogao.

—¡Si te empeñas! Ya ajustaremos el precio. Y hasta más ver. Tengo prisa.

—Con voluntad, lo imposible se arregla.

Don Emilio, desde el portón, le grita:

—Y tú renegabas del matrimonio. El diablo te lo trajo.

Y el carpintero, enarbolando jubilosamente el martillo, le responde:

—¡Estaría escrito!

Don Emilio atraviesa la plaza, se interna en la Corredera, la calle galana de los señoritos, que desemboca frente al quiosco de la música, junto al Ayuntamiento.

Y se da cuenta de que no le dijo a Juan ni palabra del nacimiento de su hija. Tonto, mil veces tonto. El barbián desvía siempre el agua a su molino.

El niño cumplía por entonces los siete años. Crecía desmedrado, transparentando una robusta osamenta, que después, bien cubierta de carne, le prestaría solidez y apostura. Usaba el pelo cortado en flequillo y debajo de ese alero se agazapaban unos ojos redondos, de gris brillo pertinaz, casi inmóviles. Largo de brazos y un poco cargado de espaldas ya, producía una inexplicable sensación de cosa hecha y pasada. Como lo arrancaron tan mollar de la casa y madre donde balbuceara, y lo echaron a rodar por esos caminos, conservó un temblor reprimido, lejano azogue de susto, dolorosa cortedad de palabra, una especie de traba íntima para correr y alborozarse cual a su edad correspondía.

Nada entendía de aquel cambio, de sus motivos. Ni cuando, al no hallar traza de la madre, él mismo la buscó desolado por las habitaciones y el corral, en los alrededores. Después se sentó en la cocina, sobre un haz de leña, y quiso y no pudo llorar. Recordaba que, al despertar, la cama de «ella» —dormía en la pieza contigua— no estaba deshecha. Durante un rato no logró reponerse de la sorpresa que le produjo tan escandalosa quiebra de la costumbre. Vistióse con torpe premura y fue de una en otra habitación, en pesquisa de su rastro, asaltado sin embargo por la intuición desesperada de su fuga. En unión de ella huían su voz gruesa y lenta, su calor de ascua, el matorral áspero y dulce de su presencia, la blanda cadena de sus gestos.

Después, registró nuevamente cuarto por cuarto, sin atreverse a salir a la calle, temeroso de que tía Camila, la hermana única del padre, lo encontrara y le preguntase algo. Había reparado en que «ella» —así la llamó desde entonces, inconscientemente— dejó abierto, y casi vacío de su ropa, el baúl grande: faltaban, entre otras prendas, su pañuelo negro de cabeza y el mantón de flecos, una blusa de lunares y los zapatos de vestir, con sus tacones altos y lazos en los empeines.

Avanzaba la mañana, encapotada al principio, rasgada más tarde por un vacilante sol otoñal. Y Miguel se estremecía, aterido, tembloroso bajo un pasmo que se le colaba, cual cuchilla de viento invernal, en el tuétano de los huesos. Y de pronto, temió que su padre pudiera venir, su trabajo en el cortijo estaba a punto de acabarse y, además, era sábado y él solía bajar unas horas. ¿No le había oído decir…?

—Arriba, se acaba la faena. Unos cuantos días más y volveré. Para una temporadilla bajaré troncos de la sierra. Se venderán bien, con los fríos. ¡Ya veremos! ¡Si tuviera un cacho de tierra mía!

Por primera vez el niño pensaba reflexivamente, a su modo, en el padre. Apenas se había rozado con él y sólo recordaba un regalo suyo: por la recogida de la aceituna se presentó con unos pantaloncillos de pana, domingueros, flamantes —¡cómo crujían entre los dedos!— y una chaqueta de lo mismo. Paraba poco allí y, por lo general, era gruñón, silencioso. Llegaba molido del trajín, sin más ganas que echar un bocado y acostarse. Alguna vez le aconsejó:

—Empiezas a «cuajar». No te me vayas a aparecer lloriqueando porque los mocosos te suelten un mamporro. Piedras hay en la calle y no te creo manco pa contestar. Entérate, por enero te pondré en la escuela.

Se retorcía los bigotes y tornaba a su callar ceñudo. En ocasiones, de anochecida, se impacientaba, seguía con la mirada turbia todos los movimientos de «ella» y el niño percibía la ronca tensión con que solía ordenarle:

—Acuéstate, mujer. Y tú, no te hagas más el remolón.

Y a él le parecía que, en esos momentos, la madre lo desnudaba con calma hosca, como deseosa de ganar tiempo. Pero Remigio, en la cocina, tosía y tosía.

Nunca le llamó padre, sino sólo de usted. Existía entre los dos una separación insuperable, una erizada desconfianza. No acertaba a comprenderlo, incluso le hubiera avergonzado confesar a la madre aquel sentimiento.

En estas meditaciones, que revestían en su conciencia tintes de pesadilla, olvidó su hambre. Por él, allí habría continuado largas horas, ajeno a la vida normal, roto el cordón que al hogar le unía, el cordón de un ombligo trascendente de lo corporal, que se oculta en el tejido de los nervios, en misteriosos rincones del cerebro. Pero, interrumpiendo su abstracción, resonaron en la calleja los cascos de la mula, abrióse la puerta. Debía ser al filo del mediodía.

Frente a él estaba Remigio, el padre. Era el mismo de antes, y no obstante ahora se le antojaba un desconocido. Su actitud revelaba la rabia ciega que le roía. El niño comprendió que sabía lo ocurrido, y ni siquiera habría de preguntarle algún detalle. No lo saludó, no cambiaron una sola palabra. Remigio inspeccionaba las habitaciones, revolvía los escondrijos. Sacó de la mesita de noche unos zarcillos de plata y los pisoteó, sin grandes aspavientos, mientras se mordía los labios agrietados. Descolgó de la pared una fotografía de «ella» y la quemó en las brasas de la chimenea. Iba recogiendo y destruyendo, con sordos desahogos de ira, todos sus vestigios. Sin que se le descompusieran sensiblemente las facciones, detenidas en una contracción brutal.

Al niño le frió unos tasajos y como iniciara un ademán denegatorio, le ordenó agriamente:

—¡Obedece o te rompo el pescuezo!

Los ruidos pueblerinos de siempre penetran desvanecidos y opacos. Miguel, atragantándose, bajos los ojos, muerde la pringosa corteza de pan. Tiene un miedo difuso ante lo que ha de ocurrir dentro de pocos minutos, cual si descifrase las bocanadas de aire que ya presagian la lluvia dañina, el pedrisco, bárbaros sucesos.

El padre ha desaparecido sigilosamente y Miguel, advertido por un oscuro instinto, se asoma a la ventana que domina el corral. Quisiera no ver, mas una fuerza superior le impulsa. —Remigio le tuerce el cuello, una tras otra, a las gallinas; clava su navaja en los flancos de las dos cabras flacas y se detiene, indeciso, junto a la porqueriza, bañadas de sangre animal las manos rudas.

Con un gesto de cansancio —se adivina el resoplido lastimero de su respiración— se acerca al brocal del pozo y se lava en el cubo descolgado. Miguel se desliza a la silla que ocupaba, temeroso de que sospeche su espionaje. ¡Pero no le tiene miedo, no le tiene miedo! Experimenta un dolor pausado y envolvente, una atonía tan absoluta que le haría soportar, sin un quejido, castigos y sufrimientos, insultos, vejaciones. Ello, en su mente, le iguala al padre, nivela su poder terrible.

Hasta que oscurece, Remigio lo acompaña en la cocina, incapaz de despegar los labios. Fuma con chupadas perezosas, se levanta para reavivar las llamas, sale a preparar unos envoltorios. Ya bajó a echarle pienso a la caballería. Y el tiempo gotea sobre la piedra de su aislamiento, los cercena de la rutina y del orden.

—¿Adónde vamos?

—Por ahí, a las minas. Tápate bien con la manta.

La mula camina por callejuelas solitarias. Hace unos minutos, y parece interponerse una eternidad, el padre dio dos vueltas de llave al portón, lo acomodó a lomos de la bestia, entre una serie de paquetes fuertemente cinchados. Le puso antes una bufanda y lo abrigó con brusquedad. Emprendió la marcha detrás, ligero el andar, bamboleante la cabeza.

Miguel lo observa de soslayo y sólo percibe la candela roja de su cigarrillo. Lo demás, es un amasijo de sombras, un desfile de paredes irregulares, desconchadas. Parpadean las luces del pueblo y silba en las cercanías, rodeándoles, un silencio vasto e insondable, que se explana en las lindes de los campos despejados y oprime, con el efluvio de su negrura, la garganta. ¡Le agradaría tanto que se rompiera esta quietud! ¡Ojalá brotase un reguero de

gritos violentos, algo brutal e inesperado que sacudiera
su desidia!

Bordean al fin la estación del ferrocarril. Remigio vacila
unos segundos y el niño oye, jadeante, la máquina de su
aliento.

Carretera vecinal adelante. El sueño comienza a rondar
y Miguel se esfuerza para que no lo derrumbe. A unos
pasos, el padre prende de nuevo la yesca.

—Tu madre ha muerto. No se te ocurra mentarla.

Le han comprado prendas de luto, y el alma del niño
se debate en una prisión de telas fúnebres. Por intuición
aunque alguna comadre intentó tirarle de la lengua, elude
hablar de «eso». Se considera forastero en el Palacio y
tampoco se atreve a husmear todavía por sus celdas y
naves. ¡Si no fuese por el carpintero!

Tras dos días y dos noches de viaje esquivando los
poblados, avistaron el nuevo lugar, la ciudad. Desde el
montículo de la ermita distinguíanse las rectas líneas de
sus calles trazadas a cordel, semejando un tablero cepi-
llado y gigantesco. Verdeaban con claras notas las huertas, su extensión y riqueza hacíanse patentes a lo lejos.
Casas de reciente construcción, riadas de luz en los tejados, proyectábase el sol gozosamente en las cristaleras
de los corredores.

—¡Ya llegamos!

Y el padre hincó la vara en la grupa de la mula. Para-
ron en un ventorro y Miguel tuvo que beber un sorbo de
aguardiente.

—Pa quitarte el destemple. Así te entonarás.

Juan los recibió con cariñoso alborozo. Como pariente
y paisano, él les ayudaría. En charla aparte del carpintero
y Remigio se fijó el plan de vida.

—Hiciste lo más sensato. ¿Pa qué aguantar el bochorno, y los dimes y diretes? A mudar de aires, y en paz.
El oficio de minero lo aprenderás pronto. Un par de brazos no te faltan. Y aquí, si se enteran, a nadie le impor-
tará más de lo justo la desgracia. En cuanto al chiquillo,
mientras buscas faena, yo me encargo. Con don Emilio
arreglaré lo del cuarto. Y no te achiques, antes de que se

termine el dinero que traigas, tú avisa sin reparo. ¡Estaría bueno!

Y se dirigió a Miguel.

—¡Qué seriote estás! Lo que a ti te conviene es jugar. Si sales a la plaza, amigos encontrarás a manojos.

El niño dudó un instante y desviando la mirada osó replicar.

—No quiero.

—Se entiende. Te sientes extraño. Poco a poco te amoldarás.

Tácitamente, Miguel prefería acomodarse en un banco de la carpintería y, avanzada la confianza, decidió instalarse sobre un montón de tablones, el escenario de sus rumias. Temía el contacto con la gente.

—Te espabilarás. Voy por altramuces y garbanzos tostaos, pa que te distraigas. Hombre, podías calentarme la cola. ¿Hace?

Como remigio al par de días ya iba a la mina, Miguel se convirtió en el compañero inseparable de Juan y era su ayudante en los quehaceres sencillos. Para enero —así se lo han prometido— irá a la escuela. Conoce algo a don Emilio, contempla el frecuente ir y venir de los arrieros, se aventura en pequeñas excursiones cautelosas por las calles próximas.

Una buena tarde, intenta recordar el rostro de la madre y siente con angustia que sus rasgos son vagos y borrosos, resbalan y se despeñan en la lejanía, por las simas de la memoria. Está solo, del todo.

II

La escuela significó una etapa distinta en el vivir oscuro y árido de Miguel. Era como si ante sus propios ojos adquiriese mayor importancia, equivalía a forcejear, en lucha constante y cruda, con la sociedad, un monstruo imprecisable para él. Juan —su padre madrugaba más, con el puntillo de estar a tiempo en la mina— lo despertaba, fiscalizaba su aspecto, preparábale el desayuno, un tazón de café con leche, migado hasta los bordes.

—¿Te limpiaste las uñas? A ver ese pelo de erizo... De prisa te peinaste hoy. Y ahora, a volar, pájaro.

Tampoco Juan era muy dado a ternezas, pero no descuidaba detalle y velaba por él a conciencia. Bien es verdad que el niño, de natural receloso, no le estimulaba. El carpintero, a solas, dolíase con su característica resignación ante la fatalidad.

—¡Será un torcío, un retorcío!

Miguel metía cuadernos, palillero y plumas en una talega, la cargaba al hombro y allá se iba, a paso medido, invariable el frío mirar de sus ojos grises. Por el mismo camino, a través de la calle larga y estrecha, serpenteante, con casas bajas de una planta donde viven empleadillos de media hambre, artesanos y vendedores del mercado. Le place, de refilón, atisbar, por las rejas de maderas entreabiertas, las habitaciones donde se hace temprano el aseo: en una es el ancho dormitorio de cama dorada y cómoda reluciente; en otra, por el escalonamiento de puertas entornadas se percibe el fresco regazo de un patio atestado de macetas o el fondo lateral de una tienda de ultramarinos, con sus ríspidos paquetes de fideos y sus bomboneras repletas de pegajosos caramelos de a «perro chico».

Es el principal deleite de su jornada. El desfile de interiores provoca en él la sensación agridulce de que comete un robo y le habitúa a jugar con lo prohibido. Pero, además, le trae en volandas una nostalgia cada día más incolora y suave de la madre, la evoca cual si fuera un haz escurridizo de tenues neblinas. Es el único momento en que siente derretirse la dureza de su ánimo y consigue ablandar ligeramente el pliegue terco de su boca de cántaro.

Poco tarda en menguar la dulzura tristona que empezaba a fundir su aspereza, conviértese en salmuera a medida que se acerca a la escuela. En el rostro infantil se dibuja, con gradual imperio, la máscara, el gesto hostil que ante él paraliza cualquier efusión y siega los amagos de confianza. Al subir los empinados peldaños —plomo en los pies, un nudo en la garganta— todo él asume una actitud defensiva, un odio contenido que milagrosamente no explota.

Es el primero en llegar, invariablemente. Y no por prurito de puntualidad, sino para evitar el encuentro con sus compañeros, a la entrada. Aún le duele la experiencia inicial, cuando tuvo que desafiar las burlas e imponerse a base de mordiscos y patadas. A los hijos de capataces, éstos suelen mandar sus retoños al colegio de don Manuel —de pago, seis reales por semana, a entregar los lunes—, les zahería su aislamiento orgulloso, su facha y humos de pobretón rebelde. Pero desde entonces lo dejaron tranquilo, aunque lo rodeaban de un ambiente despectivo.

Ocupaban bulliciosamente sus asientos, aparentando no verle. Hasta el saludo le negaban. Miguel abría su libro de lectura, después de la rutinaria oración matinal. En el pupitre incómodo, en que apenas podía rebullir las piernas, realizaba un esfuerzo agotador para no perder la menor particularidad de las explicaciones y responder con acierto si le preguntaban. Cuando le correspondía escribir, al oprimir el canto de latón del palillero —un colorcillo entre rosa y violeta, que jamás se olvida— lo hacía con tal empeño que acababa lastimándose los dedos. Lo apretaba ansiosamente para que los palotes, letras y palabras le resultaran irreprochables, y sin un borrón la página.

Sobre una tarima de madera elevábase la despintada mesa profesoral. Tras de ella, atento al más cauto cuchicheo, don Manuel decretaba ejercicios, cánticos y castigos. Era un hombre de aventajada estatura, abundantes huesos, rostro descarnado y pajizo, en que se conjugaban, para producir una impresión arbitraria, el pelo cortado en tupé, canoso y grasiento, con rodales de antiguas descalabraduras y los espesos bigotes de recias guías. Vestía indefectiblemente de paño verdusco, cuello de pajarita y corbata de lazo corto. El gesto, unas veces pueril, otras grave y severo.

La clase, con dos balcones achatados a la calle y más desniveles y hoyos que igualdad de piso, es jorobada de techumbre y en ella circula escaso aire. Al par de horas, cuando el sol calienta, desprende un vaho acre de cuerpos y respiraciones, una destilación insoportable de sudores. La mirada se empaña, una laxitud creciente apodérase de manos y brazos. Es el momento en que, como reacción vital, suceden, encadenadas, las diabluras. Una flecha de papel se clava en la pizarra, allá volcaron adrede un tintero; varios trompos arrojados con disimulo rompen a bailar en los espacios libres.

—¡Orden, recontra, orden!

Y don Manuel descuelga la palmeta, la ondula artísticamente en el aire cargado y las venas de sus manos tremendas, de gañán, parecen hincharse con pavoroso trémolo. Retorna la tranquilidad, siquiera sea muy precaria.

Abajo, en la calle, reina un vacío silencio, excepcional-
mente alterado por girar de ruedas y reniegos de carre-
teros.

A los pocos meses de estudio, a Miguel le concedieron,
por su tenacidad y despejo, las mejores notas de su curso
y don Manuel empezó a distinguirlo. Fue como un estímulo para el incremento de las travesuras. El muchacho se
daba cuenta de la redoblada inquina que provocaba en el
grueso de los alumnos, volvíase más arisco e intratable.

Es la solfa de la tabla de multiplicar, los ejemplos
bobos del «Juanito». —Acaban de soltar una rata, todos
se encaraman simulando temor y el maestro persigue con
grotescos visajes al animal—. En una corta ausencia de
don Manuel han dibujado en el pizarrón una curiosa silueta, escorzo de muñeco y ademanes contorsionados,
amén de unos descomunales mostachos; de los labios, en
cerco similar a una sandía, brota, garrapateada, la expresión ritual: «¡Orden, orden!»

Reprime don Manuel difícilmente la ira y dice:

—Ven aquí, Miguelillo. ¿Quién ha sido?

El niño, testigo como todos del desafuero, calla obsti-
nadamente. Algo, nuevo y poderoso en él, se resiste a
delatar y una voz sorda bordonea en sus oídos: «Acusi-
ca...» —Y las palabras se disuelven en su garganta.

—¡Tú también! Lo pagarás. Abre la mano.

Restalla la palmeta en su carne, el primer golpe levanta
un ardiente cosquilleo. Cierra convulsivamente los ojos,
para que no le salten las lágrimas, y siente, más fuerte y
doloroso, el segundo embate. Procura no encogerse, no
retroceder, no temblar. Por un instante el brutal escozor
le arranca un ligero ¡ay! Don Manuel, cansado, excitado,
se desploma en el sillón.

—Vuelve a tu sitio, granuja, más que granuja.

La mano pende lacia, embotada, la sangre se concentra
toda en el moretón. Resulta difícil continuar escribiendo,
pero nadie es capaz de arrebatarle a Miguel la sensación
orgullosa de su entereza. ¡Se portó como un hombre!

A la salida, todos le aguardaban, formando un grupo
tímido y admirativo: no se atreven a hablarle. Esta at-

mósfera de respeto, de victoria, se le empina, en oleadas
de gozo y soberbia, a la cabeza. Pero no lo demuestra y,
al igual que todos los días, emprende solo el regreso al
Palacio. La tarde comienza a declinar y el pueblo adquiere, a su alrededor, un latir, tranquilo y pastoso, de vida.

Por la plaza, las mujeres acuden, con paso menudo y
lento, a la iglesia. En el redondel que forman los bancos
de piedra, bisbisean los viejos su plática desmayada, torpona, mientras la fuente vierte su caño a través del cuerno
empuñado por un niño mitológico, desnudo; en la atmósfera se inserta su enarbolado brazo libre. Los pocos
árboles, plantados entre pedruscos, apenas permiten en su
órbita el crecimiento de yerbas y raíces, esparcen el cansino ondular de sus ramas y parecen, a ojos vistas, secarse
de corteza y jugos.

Juan, aún agitado de la faena, le espera recostado en
la reja de la portada. Como de costumbre, le observa
avanzar desde lejos, con su mirada aguda, vagamente cariñosa, anhelante de calar en sus sentimientos reacios.
Hoy nota que Miguel camina con más firmeza y desem-
barazo, bracea con cierto donaire, crecido de talla. Y se
atreve a interrogarle:

—¿Te supiste la lección?

Instantáneamente Miguel se parapeta en su reserva,
torna a la empecinada voluntad de no franquearse que
establece entre ellos una distancia insalvable.

—No me tocó.

El carpintero no pestañea, pero le domina un estupor
frío, una amarga desilusión. Cachazudamente le entrega
una moneda, saca del bolsillo del chaleco una onza de
chocolate.

—Cómprate una torta y merienda.

—Voy a dar una vuelta. Si preguntara padre...

—Descuida, ya le diré.

Y el muchacho se interna en los callejones que al Norte
circundan el pueblo y deja que el completo oscurecer le
sorprenda en las eras. Hay en él una resistencia miedosa
a encerrarse en el cuartucho de Palacio, adonde suele
acudir, después de beber varias copas, Remigio. Le molesta hablar con el crío, no le hace maldito caso.

El padre suele apagar pronto la luz, a veces sin darle siquiera las buenas noches y de él queda, como única realidad, un bulto en la cama, que respira silbantemente y escarba con las uñas en la pared helada. El niño quisiera no oírlo.

Como premio a su aplicación, Juan propuso un domingo de campo, por las huertas. Accedió a ello, con un gesto pasivo, indiferente, el padre. Su despego bastó para que Miguel, engreído del triunfo, sintiera enturbiársele el primer arranque de caliente alegría. ¡Cuando su reserva tendía a ceder, surgía de nuevo ese muro indefinible que detiene y abruma, quizás porque no comprendemos su razón de estar allí, rebanando nuestro afán de horizonte! Muy de mañana, estimulados por la contagiosa satisfacción de Juan, se encaminaron a las huertas, moteadas en los flancos por ringleras de olivares. Un cielo de gallarda luminosidad, surcado a raros trechos por gasas neblinosas, anunciaba el sol picante y pleno de junio. Por carreteras y veredas, los mineros, solos o en cuadrillas bullangueras, iban a la «liria» —la caza allí más popular—, a cuestas los arbolillos y las fiambreras de la comida.

También ellos colocaron el suyo en una loma, el reclamo en la copa —era un jilguero veterano, que a duras penas piaba sostenidamente—. Lo emplazaron a conveniente distancia de los otros cazadores, en un terreno casi llano, de habares, y se situaron a escasos metros, bajo unos melocotoneros. Miguel se divirtió de lo lindo desplegando una cometa. El padre, como quien cumple un deber, sin exclamaciones, recogía de vez en cuando los pájaros caídos en la trampa, presas las alas, los arrancaba de la rama engañosa y de un golpe rápido, contra una piedra, les quitaba la vida.

Intentaba Juan engarzar la conversación, animarlo, pero Remigio le contestaba breve y distraídamente, con visible desgana. Mientras el carpintero apilaba la leña, encendía el fuego, freía el arroz, lo contemplaba de reojo, intimidado por su quietud malsana y el aire de pena material que le había escurrido la carne de la cara y le daba un aspecto de absoluto desamparo.

Almorzaron en silencio, ávidamente, y al rato viendo que el pequeño daba alguna cabezada, vencido por la fatiga, el hartazgo y el calor. Juan le aconsejó:

—Echate a dormir a la sombra.

Al principio, tumbado boca arriba, persistente en el paladar el sabor del vinillo, a Miguel le parecía que las nubes, delgadas y serenas, desfilaban en lo alto a una velocidad vertiginosa, y se perdían allá, en la corona de los montes. Levantaba el aire un denso aroma de tierra requemada, una lánguida emanación que enmarcaba el ánimo. La noción del tiempo adquiría suave presteza, acunada por el reflejo deslumbrante de los cercanos campos paniegos y el silencio de siesta que había brotado en el contorno.

Y sin embargo, su oído permanecía alerta, al acecho, como si aquel sentido sustraído al sopor que dominaba su cuerpo fuese su posesión exclusiva. La charla de Juan y del padre la percibía mecida en la distancia, con regusto de cosa sabida y común, y sólo al escuchar el nombre de «ella» se sobresaltó. Entonces, cual un relámpago, disipando su modorra, recuperó la percepción de su imagen verdadera, que tantos sucesos y resquemores habían opacado y el eco de su olvidada voz de yerba tierna le zamarreó sin piedad el poso de angustia, tan suya.

—Tú dirás que es entrometerme, pero disimula. Aunque sea por el muchacho, debes limpiarte de telarañas. No es a ti al primero que le pasa. ¡Y hay tantísimas mujeres! El mundo no se te acabó con la María. ¿Que le dio un arrebato y no supo respetarte? Pues ya lo llorará. Todavía eres joven y tienes cinco dedos en cada mano y no ganduleas... Nada ganas estando murri como un sepulterero. Asustas al chico, lo estropeas con ese genio. Los recuerdos te envenenan. ¡Alegra las pajarillas, hombre!

—¡Si es que uno no se la quita de la memoria! ¡Si es que me tragué el daño y se me ha enconao! Se me figura que tós me ven la vergüenza y me miran por encima del hombro, como a un trapo sucio. No tuve arrestos pa seguirlos y retorcerles el gaznate. Me faltó valor.

—Eso es agua de pozo, que no muele molino... Aquí

nadie lo sabe, a pies juntillas te creen viudo. Lo que no me explico es cómo no te diste cuenta antes y no le pusiste remedio. La María, cuando la conocí era de natural tranquilo y no le daba por volatines ni fiestas.

—Pero se despepitaba por arrumacos y mimos, y que le adivinasen la querencia. Yo no soy de esos que le lamen el vuelo de la falda a la mujer. Se presentó otro, un forastero había de ser, de los que venden encajes y peinetas, y tienen mañas y labia y tipo... Me la sonsacó.

—¿No cruzaste palabra con él?

—No, estaba en el monte, tan ajeno... Y ella se olvidó del hijo y de la Santísima Virgen, y nos empujó a la ruina.

—No es pa tanto, Remigio. Depende de que tú te empeñes en salir avante.

El sol es más intenso y pegajoso. Se expande un airecillo áspero, presagio de tormenta. Cuando le avisan para marchar, el niño simula dormir. Al llegar al Palacio pretexta cansancio para acostarse y que no le noten el ceño sombrío, atormentado.

Noche en vela, temblando de escalofríos. En la oscuridad, en el silencio, se esfuerza por adivinar y recomponer la fisonomía del «otro», pero no le es posible, no dispone de ningún indicio. Es como si girara ebrio en el vacío, le envuelve una impresión ceñida de mareo, de torbellino que le desquicia los pulsos y enfebrece las mejillas. Intuye, por expresiones recogidas al azar de trajinantes y arrieros, y maliciosos decires de los camaradas de la escuela, de qué clase de relaciones se trata. Comprende vagamente la misteriosa violencia que le arrebató a la madre —y es un dolor que le estruja las sienes. Descubre un universo, recóndito e ilimitado, que palpita obsesivo y absorbente a su alrededor.

Suenan unas campanadas en la torre cuarteada de la iglesia próxima y, al desvanecerse la vibración, percibe, inquietante, un ruido cercano. Son las uñas del padre que rascan, frenéticamente, en el muro encalado. También, como él, está despierto, mudo y rencoroso, en lucha con los recuerdos, impotente, estremecido de oscuras ansias. Por un rápido momento logra Miguel compadecerse en él de sí, y aquilata la intensidad destructora de un sufrimiento añejo cuando no se comunica. Le entran ganas de saltar de la cama, de ir a la suya, de apretarse contra su pecho. Le hablaría de sus proyectos, le pediría que se unieran y entendiesen... Pero es una reacción pasajera, que se mustia antes de florecer y el niño se embosca en su aislamiento.

En el curso de largos días esas palabras —duras y fatales— germinan incesantemente en Miguel. Más que nunca se produce en él una doble existencia. La externa y superficial la forman Juan y el colegio, el comer y el dormir, erizado de pesadillas. La otra, únicamente suya, la más importante, se desarrolla al socaire de una lectura, al hacer las cuentas, parece asumir fisonomía propia allá en el pizarrón negro, agazapada en el destello de un cristal, en la canal de un tejado. Le persigue en las calles, al fondo de los portales desiertos y sombríos, por doquier. Nadie lo ve. Es como si ensancharan su soledad.

A los once años, criado con esta crudeza de alma, se anhela la ocasión, la oportunidad extraordinaria de gritar, con algún motivo plausible, la protesta y el asco que en las entrañas se cuecen. La mejor válvula de escape es la acción y ésta abre las compuertas a la furia tanto tiempo retenida.

—Esta tarde, en la «quinta», es la pedrea con los grandullones de la Corredera. ¿Quieres venir? —le invita Rafael, un muchacho enclenque y avispado, capitán de todas las barrabasadas, el autor, sin ir más lejos, del dibujo irreverente por el cual le castigaron en clase. El chaval, con esta distinción le muestra su agradecimiento.

Miguel no dudó en aceptar y siguió a la pandilla alborotadora al llano de la «quinta». Aún lucía el sol sobre la planicie polvorienta y formaba caprichosos racimos de colores en los tejares, se posaba indolentemente en el manchado verde de un olivar, en cuya linde, colocados en son de batalla y para protegerse la retirada, los desafiaban los «enemigos». El grupo al que se enfrentaban los alumnos de don Manuel era menor en número, pero estaba compuesto de muchachos talludos, de más edad, brazo y picardía.

Los recibieron con risotadas y gritos provocativos.

—¡Párvulos!

—¡Hospicianos!

—¿A qué tenéis miedo?

—¡Mangurrinos!

—¡Los niños, a llorar, a la cuna!

Los compañeros de Miguel replicaron con una granizada de piedras y su buena dosis de insultos. Retrocedieron los zagalones unos palmos de terreno, con alardes de pánico, hasta la raya de los árboles, los dejaron tomar ínfulas y acercarse peligrosamente, y entonces sacaron las hondas escondidas y diluviaron certeros proyectiles sobre los rapaces.

Sufrieron los «hospicianos» un instante de duda. Miguel, sin inmutarse, le abrió los cascos a un «señorito» —no sabía la razón, pero le trajo el amargo reconcomio del «desconocido», como vislumbre de su faz sospechada—. Gozó lo indecible con aquel triunfo sobre el imaginario ladrón de su madre. Y alentaba a los suyos, enardecido, jefe por derecho nato de la tropa, rojo de cólera.

—¡A ellos, a ellos! ¡A bofetás y arañazos!

Pero sus camaradas volvían ya la espalda, lo abandonaban, corrían a refugiarse en las callejas del arrabal. Miguel sintió por todos ellos un desprecio rabioso, y los increpó:

—¡Cobardes, chaqueteros!

El se negaba a huir. Quedó parado, apretados los labios, a cuerpo descubierto, solo en medio del campo pedregoso. Zumbó en su proximidad el aire calmo, notó la escocedura y un golpe de sangre tibia que le inundaba las cejas. Derrumbado en tierra, con un delicioso vaivén de descanso e inconsciencia, seguía captando confusamente, como si nacieran de los troncos, voces asustadas.

—¡Lo hemos matao!

...Recobró el conocimiento al cerrarse el atardecer. Estaba acostado al borde de una cuneta, rodeado de oscuridad y quietud. Removió temerosamente las piernas y percibió con júbilo que le obedecían. Palpóse la herida, de la que ya manaba poca sangre y, por último, mojó con

saliva un pico del pañuelo y se quitó los cuajarones de
la frente, tapando la brecha con los dedos, regresó al Palacio por los lugares menos concurridos.

Juan y el padre se limitaron a curarlo con agua de vina-
gre y sin mayores explicaciones. Lo condujeron cuidadosamente al cuarto, y de vez en cuando acercábanse de
puntillas para comprobar que dormía en paz.

En el centro de la habitación, entre cuatro cirios, en
un féretro improvisado por Juan, yace el padre. Lo han
tapado hasta el cuello con una manta para que no se
aprecie el destrozo del pecho, machacado por el hundimiento de una viga de la galería. En el rostro se grabó
un gesto de reposo y alivio, y del oficio acusábase el tinte
lívido de los emplomados. Los ojos —cavernas hueso-
sas— parecen de cera impura en los párpados.

Ni una mujer lo vela. Allí están tres o cuatro mineros,
camaradas de tajo, y Juan, que difícilmente contiene el
soponcio. El niño, a su lado, no se atreve a mirar al padre
y apenas se mueve en la silla, exhausto por tantas impresiones.

Se hallaba en la clase, escribiendo, cuando desde la
puerta llamaron con mucho misterio a don Manuel. Se
levantó éste —semejaba una cigüeña envejecida—, cu-
chicheó con el visitante. Luego lo tomó de la mano, lo
llevó al corredor y le comunicó que había sucedido un
«grave accidente». El padre sufrió un golpe serio, y aquel
señor —después resultó ser el «Mellao»— lo acompaña-
ría al Palacio. No, no era necesario que recogiese sus
cuadernos y libros. El se los guardaría.

A paso largo caminaba el «Mellao», un mozo enjuto,
reservón, de buen talante en ocasiones más plácidas, orejas de soplillo y boca de alcuza. El hombre, por lo visto,
esperaba otra reacción de Miguel —¡que gimotease, por
lo menos!— y al notarlo callado, pensativo y nada más,
se desconcertaba. Lo peor del caso era que ya avistaban
el Palacio y aún no le había dicho la simple verdad. Se
detuvo bruscamente.

—Bueno, muchacho. Los malos ratos, pronto. Lo que
tiene tu padre es de cuidao y me temo...

Miguel no le preguntó siquiera por detalles, sino que arrancó a correr, dejándolo plantado. Sólo cuando vio el remolino de gente que inundaba su cuarto paró la carrera y anduvo con más calma. Entró, acercóse al ataúd, contempló al padre unos segundos, con inexpresiva fijeza, tremendamente serio, y ocupó un sitio sin pretender informarse de lo sucedido.

El «Mellao» se quejaba en voz baja, con toniche sentencioso:

—¡Es la perra suerte del minero! En unos años se le agujerean los pulmones o, cuando menos se lo piensa, un madero que se dobla, y al otro barrio. Le dan una miseria a la viuda y a los huérfanos, que apenas les sirve para el luto, y este cuento se acabó. ¡Y vinieron, a lo mejor, deslumbraos del campo a las minas de plomo, a buscar un jornal más decente! Mientras, los peces gordos a hincharse, a gastar coche y queridas, a comprar casas por todo lo alto, con jardines y pisos que parecen espejos, y donde a uno hasta le da fatiga pisar.

El «Mellao» corta la efusión, por respeto a Juan, que no disimula el fastidio. Luego da vueltas a la gorra entre las manos venosas o se rasca el cogote peludo.

Juan propone, tímidamente, que es necesario avisar al cura párroco, y entonces todos los ojos convergen en el «Mellao». Este, perplejo, salivea, parece meditar.

—Si el difunto era de ese pensar... Lo que es por mí...

Pero, de soslayo, muy discretamente, se franquea con el vecino.

—Paquillo, me rondan los cuervos.

Cumplido el trámite del entierro, de cuyos detalles se encargó Juan, el «Mellao» charla con él sobre el futuro del chiquillo, que sólo capta palabras sueltas de sus razones y propósitos.

—Mire usted, es el hijo de uno de los nuestros y tenemos que arrimar el hombro. Que somos personas y sentimientos no faltan. Yo, pues tocante a usted nadie le quita la delantera. Era paisano y algo pariente del Remigio, casi ha criao al niño. Lo de la indemnización, se le pone en una cuenta de ahorros y se le guarda con siete candaos. Pero usted no puede echarse la obligación.

Bien está que le dé techo y algún bocao, por lo pronto.
A mí se me figura que lo mejor sería, pasao algún tiempo,
que Miguelillo viniera a la mina con los de nuestro turno, pa los recaos, aviarnos la comida y llevarla al pozo.
Así podría ganarse unos reales. Y cuando grane, cogerá
el pico y el carburo y será un hombre hecho y derecho.

La casa que el «Mellao» compartía con otros dos mineros era de suelo pizarroso y con un solo ventanuco a la calle. Les servía propiamente de dormitorio y en la única pieza —cocina, vestíbulo y alcoba, según se terciase— pasaban las horas del sueño los días laborables. Los domingos, al oscurecer, acudían unos amigos, se asaban unas magras o cocían castañas, y hablaban entre trago y trago. La soltería los hermanaba ruda y singularmente. Paquillo —como el «Mellao», como Joselito— había trabajado en los pozos de Cartagena y los tres dieron ya muchos tumbos, lo bastante para cuajar el colmillo. Quizás su sentimiento más fuerte se cifraba en la solidaridad, muy honda y sencilla, el vínculo de aquellos cuya única riqueza son sus brazos.

Techos bajos, desnudos y sucias paredes, sin más adorno que una estampa enmarcada de propaganda electoral. Representa a un obrero de edad madura, larguirucho y flaco, con los pantalones arremangados por encima de la rodilla; sobre las espaldas encorvadas carga una especie de tablero donde se hallan sentados, orondamente, un burgués de chistera, ventrudo, un militar cargado de bigotes y condecoraciones y un cura de facha no menos gruesa y basta. Acarician sendas bolsas repletas de duros. Al pie, con gestos de circunstancias, retratos en medallón de los candidatos socialistas.

Aunque a la tertulia se incorporan algunos conocidos, su base la forman el «Mellao», Paquillo y Joselito. (En cierto modo, también Miguel). El tiempo y la divina Providencia los han amasado con distinto antojo. Se regodearon en el gesto ratonil de Paquillo; le echaron carnes encima, para escarnio del diminutivo, a Joselito, un tipo fofo, blanduzco. Al «Mellao» le amojamaron las chichas, pusieron en sus pómulos agudos untos de palidez y enfermedad, le estrujaron la caja cuarteada del tórax e imprimieron, por fin, en sus andares, pesadez y desgarbo.

Acudía allí Miguel por la inercia de pertenecer al mismo turno de trabajo. Pero, generalmente, se abstraía en sus reflexiones mientras ellos charlaban del tema invariable: «El Mirador», la mina vieja, de cuyas tripas los amos, unos belgas, extraían codiciosamente los últimos quintales de plomo. Y todo era lamentarse del salario mísero, de las peligrosas condiciones de las galerías. Y siempre acababan invocando la necesidad de poner coto a tanto abuso. En estas discusiones premiosas, con pocas pero muy rotundas palabras llevaba la voz cantante el «Mellao», tesorero de la Sociedad de resistencia, sobrado motivo para que los patronos le tejieran una fama esquinada de buscabullas. Pero él, como quien oye llover, terne que terne.

Miguel, a los diecisiete años —los de aprendizaje del oficio transcurrieron en un soplo— sentía burbujearle una aversión insoportable por aquella vida. Los oía despotricar y experimentaba un violento desvío por sus preocupaciones. El hombre —decíase— ha de valerse por sus medios y abrirse camino como sea. ¿Qué se adelantaba luchando contra los fuertes, si únicamente se iba a ganar, en el mejor de los casos, un par de reales de aumento? Eso no sacaba de la pobreza. Lentamente, por sus hábitos de recelo, deformado por la desconfianza, la idea de que la desigualdad era natural se había apoderado de él y deseaba encontrar una ocasión propicia para evadirse del círculo asfixiante que le envolvía. Entonces, emprendería vuelo propio.

No, él no se resignaba a destrozar los riñones y el pecho en una mina, a cargarse de hijos, a «estar más solo que la una», a que le fueran llenando los pulmones de plomo. Anhelaba, con toda su alma, en estallidos de los nervios, conquistar un sitio entre las dos docenas de familias que en el pueblo gozaban de la riqueza, del respeto, de la envidia. Por eso las maldiciones de sus compañeros le parecían un vano pataleo, el desasosiego inútil de las hormigas cuando descansan y sueñan. Miguel deseaba borrar, sólo para él, la indiferencia implacable que rodea al jornalero malvestido. Y rabiosamente se preguntaba: ¿acaso mi cabeza vale menos que la de cualquiera de ellos, no siento yo, poderosas, mi energía, mi voluntad?

En ocasiones, a punto estuvo de rebelarse y decirle al «Mellao», sin tapujos, lo que él pensaba de sus locas ilusiones, cuáles eran sus anhelos. Pero la calma un tanto sombría del minero, su inveterada seriedad, la firmeza simple que alentaba en sus ojos claros, le contenía, producíale una sofocante sensación de inferioridad, la certidumbre de que saldría derrotado en la prueba.

El «Mellao», cuyo espíritu constituía una mezcla indefinible de ingenuidad y de astucia, lo observaba penetrantemente, y a veces creía adivinar la rabia que se agitaba en el ánimo de Miguel. Su silencio en las reuniones de los domingos, su actitud contrariada, le revelaban brotes de inquina, un terco alejamiento. Y él se consolaba de esta inquietud con Paquillo, su confidente.

—«Ese» es un bicho raro, y no se aviene a ser minero. A mí no me la pega... O mucho me equivoco o le entró el gusanillo del «señorío»... Es áspero de veras, pincha como una zarza. No le «sabe» nuestra compañía. Y los ojos se le van detrás de los buenos trajes, de todas las cosas de postín de la Corredera. Allí lo he visto embobao... Más tranquilo estaría yo si perdiera el seso por unas enaguas y chicoleara a su gusto.

Paquillo se sonríe ladinamente.

—Probaremos el remedio. La Angustias me ayudará.

A ese le picaré el amor propio. No le ha hincado el diente todavía. Es un suponer.

Paquillo, ya maduro pero de gallarda planta, lo mismo mete la cuchara para reformar esta pícara sociedad que revienta el jornal de la semana con pelanduscas de su agrado. A él que no le salgan con «dramones». ¡Unas horas de juerga, para bromear, acostarse con una mujer ducha en sus menesteres y terminar sin que le agrien a uno el humor con historias y penas!

...Y en la primera oportunidad.

—Miguelillo, me dio la ventolera. El sábado, a correrla. ¿Vienes? No vaya a decirse que te da vergüenza... No disimules, te conoces el rumbo. Ahora tiene la Angustias unas pupilas de padre y muy señor mío. Tú y yo nos escabullimos sin levantar la liebre. Fíjate en el «Mellao», es un esaborío: está como lo parió su madre, apostaría doble contra sencillo. Y si se contenta, lo hace a la chita callando, ocultándose más que una monja.

Miguel se dejó arrastrar. Andaba al lado de Paquillo y procuraba que no se le trasluciese el azoramiento ni tampoco la intensa curiosidad que le dominaba. Por cobardía no había desmentido las apreciaciones de su compañero y ahora sentía la apremiante sed de la carne joven, el impulso turbador de lo ignorado. Ante la inminencia de aquella revelación sufría, como si experimentase ya, a raíz del hecho temido, una bocanada de bochorno. Mas al propio tiempo recorría su cuerpo una brisa de esperanza, aguardando se le descorriera una palpitante y arrolladora dirección de la vida. ¿De qué forma se las iba a componer para simular veteranía, para atenuarse lo pagado y vil del acto, las circunstancias que habrían de vejarle?

Desempeñó muy galanamente su papel Paquillo, que lo presentó a las mujeres como un habituado a tales lances. En la sala bebieron todos unas copas en «amor y compaña». Miguel se esforzaba en adaptarse al ambiente. La habitación iluminada «modernamente» con luz eléctrica, echadas las cortinillas rosa de las ventanas, aunque resplandecía el último sol, estaba recién fregada, dispuesta a recibir la parroquia. Era muy simple el mobiliario: unas

cuantas sillas arrimadas a la pared, dos mecedoras en el
centro y mesitas con floreros baratos en los rincones.

Ellas, tres por lo pronto, en batas de casa, parloteaban
con desmaña y aburrimiento. A Miguel le parecían iguales, en movimientos y ademanes, como si la profesión
las uniformase. Después, más sereno, pudo apreciar sus
diferencias de aspecto, edad y carácter. A una le dio por
entonar un cuplé de moda, mientras se alisaba el peinado
de pajizos destellos y adelantaba, similar a una gallina
vanidosa, el busto procaz y cimbreño. La que permanecía
de pie, con aire absorto, sin hacerle caso alguno a Paquillo, también estaba pintarrajeada —el pelo castaño tendía a rubio— y como su colega debía rondar los treinta.
La de traza más granada habló en murmullo con Paco y
se apegó a Miguel. Resultaba un poco difícil determinar
sus años —al filo de los cuarenta, posiblemente, mas bien
conservada—, pero llamaba la atención el que no se ador-
nase con ningún afeite. Al tenerla tan cerca, Miguel advirtió la limpieza sedosa de su piel, el azulado negror de
los cabellos, la boca grande y caediza, la suma palidez de
la frente. Sintió ante ella, y se lo reprochó, una reacción
inefable de cortedad y deleite.

—¡Bah! —se dijo—. Paquillo me la endosó. Es algo
vieja y debe preferir los primerizos. Así cuentan.

¿Qué objeto tenía el rehuirla? ¿No hay un fatalismo
en estas cosas, y en todas?

Ella le precedió por una corta escalera de altos peldaños. Abajo quedaban los otros, charlando y riendo. Cuando subía, Miguel adivinó que le clavaban la mirada
—¡como si le quemase la espalda!— y hubo de vencer
un irreflexivo afán de escapar. Pero la prostituta le abría
ya la puerta del dormitorio y penetró en él. La mujer no
encendió la luz, sino que se dirigió al balconcillo y lo
entornó, de manera que entrase, proyectándose lejos de
la cama de hierro, una franja de suave claridad, suficiente
para no estar del todo a oscuras.

Notó su indecisión, su doloroso desaliento de niño re-
surgido, y lo atrajo lentamente a sí. Sobre los hombros
fríos y apiñonados resbalaba el pelo moreno, y desprendía
un olor húmedo y remoto, al igual que la tierra hortelana

cuando la riegan y recibe el frescor de la noche. Los brazos
tibios, ligeramente lacios bajo su presión, espejeaban y
temblaban con las sombras. Después, al estrecharla con
inhábil rudeza, toda ella fue albergue, pasivo y tierno.

Miguel se vistió, transformado por una rara impresión
de sosiego y nostalgia. Ella apenas había hablado y no
disimuló ser ajena a su ansia, como si le indicase que era
distinta la verdad. Al despedirse, le escrutó plácidamente
los ojos, desde los suyos, chiquitos y hastiados, y le sonrió
con un asomo de cortedad. No quiso aceptar el dinero.

—Esta vez, no. Esta vez, no. Pero no lo digas ahí...

En el umbral, y a pesar de que él no le había preguntado, murmuró:

—Me llamo María del Rosario.

Titubeó luego, y volviendo la cabeza, le suplicó:

—Mejor es que no vuelvas nunca conmigo.

Esta aventura de María del Rosario —pueril para cualquiera, rebosante de misteriosa hondura, de tonificante
sentido en Miguel— grabó un surco en su ánimo rígido
y tuvo evidente influjo en aquella etapa de su existencia.
Ni Paquillo, ni el «Mellao» ni Joselito, sospecharon su
alteración, que bien se cuidaba el mozo de guardarla, tras
su adustez y retraimiento.

—Pica alto. Las hembras no le importan gran cosa.

Unicamente Juan, con quien ocupaba, desde la muerte
del padre, el cuartucho trasero del Palacio, para estar menos solos, intuyó su cambio.

—A ti te ronda algo, Miguelillo. Te bulle la primavera,
como a los gorriones que aprenden a volar.

Miguel eludió la respuesta, aunque nuevamente se re-
criminara no ser más sincero y cordial con aquel hombre.
En efecto, su relación con Juan tampoco excedía los lími-
tes de una reserva más o menos cortés, a pesar de deberle
tanto. Le dolía su misma actitud, pues el carpintero,
quizás por su falta de trato y afectos, por sus murrias,
denotaba últimamente cierta flojedad de cerebro, y una
marcada apatía por el trabajo, que atendía por rachas,
cuando le venía en gana. De no ser por la benevolencia de
don Emilio —ya acostumbrado a hacer la vista gorda en el

pago de sus alquileres— un buen día se hubiera encontrado sin taller.

Pero abundaban sus momentos de completa lucidez y ello le permitía continuar medianamente considerado en el pueblo, si bien empezaba a difundirse el rumor de sus accesos de pacífica chifladura. Los chavales —su debilidad— le escoltaban y acosaban por la calle, pedíanle a grito pelado caramelos y chucherías, y si se negaba lo sometían a mil tormentos, desde la ronda cruel y chocarrera a tirarle pelladas de barro. En ocasiones —y en las horas de más tráfico— Juan recorría a zancadas la Corredera y sus inmediaciones, como si persiguiese a alguien. Le preguntaban extrañados, y él deteníase en redondo, recapacitaba y decía:

—No me acuerdo. ¡Y yo lo sabía «antes», yo lo sabía!

Le empezaron a agrisar las sienes, parpadeaba nerviosamente y sólo muy rara vez recobraba su antigua, contagiosa alegría. A Miguel, con el tiempo, llegó a tratarlo casi como a un desconocido, como si para él encarnara un recuerdo que se distancia inexorablemente.

Don Emilio daba su versión del caso.

—No está, ni mucho menos, para que lo encierren. Yo no me lo explico y creo que los médicos, menos aún. Además, a nadie hace mal. Y avisarle a la familia, sería peor. Si le quitan su independencia, no tardará en morirse. Son cosas que tienen su intríngulis. La falta de hijos, de compañía, quizás desengaños viejos, de esos que colean, el vernos a todos sin taparrabos —agudo lo es un rato largo—... ¡qué sé yo! Un hombre sin mujer, sea la que sea, es una planta sin agua. Luego, por lo común, es muy razonable.

El carpintero, un hombre sencillo y generoso al que se substraía y mortificaba. Miguel lo comprendía, se acusaba, pero ya era tarde. Una tendencia angustiosa solía manejarlo. Aspiraciones vehementes y difusas, en voraz sucesión, le obligaban a vagar por el pueblo, en busca de lo imprevisto. Y al cabo de muchos meses, aún se exaltaba evocando el olor de María del Rosario, y sentíase más insatisfecho con su destino de minero, que le cerraba el porvenir. Ella representaba una dulzura inquietante, le

sugería en todo a la mujer todavía en brumas, que habría
de ser suya. Padecía un ansia cegadora de poder y de
fortuna, más débil entonces que el otro disperso y ondu-
lante impulso de cariño.

Al regreso de una de estas correrías, encontró a don
Manuel, el maestro de su niñez. Avejentado, torpón de
andares, sin el empaque de antaño la quijotesca figura,
con su eterno traje verdusco —vuelto y revuelto a punta
de aguja y de ingenio doméstico—, ajustado y pernicorto
de pantalones, el bastón de puño de plata al brazo, don
Manuel parecía desprenderse del roído tinte de la fachada del Palacio.

Manifestó extraordinaria alegría al verle, y no obstante
su escasa efusividad, le puso las manos en los hombros, lo
consideró largamente.

—¡Qué estirón diste, muchacho! No pongas esa cara
de alguacil, contigo pasó a la Historia lo de la palmeta.
¿Es que guardas mala memoria de mí?

—Al contrario, don Manuel.

—Ni siquiera has portado por casa desde la muerte de
tu padre. ¿Y qué te haces, buen mozo?

—En la mina, en «El Mirador».

—Lástima grande que no siguieras estudiando. Yo confiaba en ti. Sí, ya lo sé, se necesita dinero. Pero vamos
a ver, puesto que te tropecé, ¿es que no aspiras a algo
más? ¿Seguirás así toda la vida? En las propias minas,
con ciertos conocimientos, con despejo, se puede prosperar. Son unos años de sacrificio, pero luego no es difícil
entrar en las oficinas o llegar a ayudante o listero.

—¿Para qué vale ilusionarse? Apenas me sé las cuatro
reglas, y medio escribir. Del pico y el barreno se ponen
los dedos hechos una calamidad. Mire usted.

Y le enseñó las manos, callosas y deformes, reventadas
las yemas de los dedos por las heladas y la dura tarea.
Luego, hizo un gesto de impotencia. Pero don Manuel
insistió:

—No hay que desesperar, hombre. Si a ti te tira subir
y mejorar, teniendo constancia no es imposible. Yo te
daría clase por las noches.

—¿Pero cómo le pago?

—Hagamos un trato. Te cobraré muy poco. Tres duros al mes. Y si se te figura gravoso, cuando te coloques bien me liquidas el atraso. Si no, lo mismo da. Más se perdió en Cuba.

—Se agradece, don Manuel.

—Se acabaron las pamplinas. Mañana, después de tomar un bocado, a las ocho. Te espero. ¿Conoces la casa?

El «Mellao» enarcó las cejas al enterarse de la «novedad».

—Paquillo, ciertos son los toros. «Ese» no se conforma. Pronto, andando el tiempo, que es un galgo, le dará grima saludarnos en público. Quemará la camisa azul de minero.

—Exagerao, siempre exagerao. Es natural que Miguelillo, con más caletre, tenga aspiraciones.

—No, es la ambición, la sangre revuelta. Me lo huelo. En fin, si le dio el arrebato, nada servirá. Pero por ahí se empieza.

Y desde entonces el humor del «Mellao» se agrió más, como si juzgase el afán de Miguel un oprobio que le salpicaba. ¡Y no es que él fuera «oscurantista»! Si al muchacho le hubiera dado por instruirse, pero sin ese despego hacia los suyos que se le transparentaba, que visiblemente le hacía sufrir, miel sobre hojuelas. Sin embargo, de esa forma, con sus «inclinaciones», era criar enemigos.

¡Maldito lo que le importaban a Miguel sus recelos, su callada hostilidad o las burlas de los compañeros de faena! La idea de aprender, de elevarse socialmente, había penetrado con tal fuerza en su espíritu que concentraba todas las energías en sus tareas de escolar. No fue un entusiasmo pasajero, sino el borboteo tenaz de un anhelo, la manifestación paciente y oscura de su querer.

Después del trabajo en la mina se aseaba, comía a la carrera, vestíase ropas más decentes y encaminábase a la casa de don Manuel, situada a espaldas del «trinquete», el frontón popular al aire libre. La pared de los juegos y las callejas de los alrededores deteníanse al pie de un montículo, en el que sólo extrañaba la ausencia de un torreón. Desde allí se divisaban el pueblo y sus campos, en un haz vibrante, simétrico, de colores y de líneas, indicio de su fundación moderna. A veces, Miguel trepaba por la vereda hasta la cima monda, lanzaba un rápido vistazo al follaje, a los tejados, semejantes en la tarde a plantíos, y henchía el pecho con el fino aire calmoso que en la meseta se respiraba. Así permanecía unos minutos, contemplando cómo surgían en aquel ámbito las primeras luces de la noche, vagamente acariciado por la sensación de que él no podía ser, en ese recinto similar a un graderío, a un espectáculo, uno más, uno de tantos.

Don Manuel lo recibía en la sala, a mano izquierda del comedor. El maestro, quizás por efecto de los años, perdía allí, a sus ojos, en la personal cercanía, los atributos de terrible autoridad con que de niño se le apareció. Era un hombre sencillo y maniático, ablandado por la atmósfera hogareña. ¿No intentaría desquitarse con exclamaciones cordiales de la tiesura antigua hacia los discípulos, de todo lo que significó en su época joven el signo moral de la profesión? Influía, posiblemente, en estas impresiones, la huella femenina, omnipresente en la habitación —desde los limpios, ribeteados visillos de la ventana, la mesa de camilla con el brasero encendido, las esteras en el suelo lustrado y las macetas de geranios en las esquinas— y la hora recogida de la noche. En ocasiones entraba la madre, doña Jacinta, o la hija única, Encarnación; una sombra que se dibuja en la desnuda blancura del muro, un rápido saludo, el rondar de sus respiraciones, de tan distinto ritmo. Mas esta proximidad infundía en Miguel una noción tonificante y amada de compañía.

Durante las clases, su atención tensa, glotona, recogía, como si fueran una presa, las explicaciones de don Manuel. —Si la lluvia borboneaba en los guijarros de la acera la escuchaba en lejanía, cual distante murmullo le llegaba también el recio silbar del viento y su batir contra los árboles, al azotar los lomos de las bocacalles o agitar los alambres del telégrafo—. Mostraba un instinto agudo, casi animal, en su preferencia por las disciplinas y conocimientos prácticos, armas de su futuro triunfo, y estudiaba con indiferencia, impaciente, lo que da pábulo a la fantasía u ofrece visos de un simple deleite. A él, matemáticas, elementos de contabilidad, de legislación minera, nociones económicas. Lo demás, embelecos y pamplinas.

Maravillábase don Manuel de esta voraz intuición y de su perseverancia.

—No me equivoqué, muchacho. En unos meses has aprendido más y mejor que otros en muchos años. Tú donde te pongas, siempre que no sea disparar barrenos, harás estragos. Pronto tendrás que buscarte un maestro de más ciencia y fuste que yo. Sin embargo, aquí, y no es por «darme pisto», a nadie envidio.

...Enfermó doña Jacinta y quedó baldada. Por lo general, recluíase en el dormitorio, sin disposición ya para el trajín doméstico. Solía abrir la puerta Encarnación, más espigada de día en día. Y por este motivo, Miguel empezó a reparar en ella con cálido interés. Se acostumbró a oír su voz, necesitaba ese signo suyo, aunque fuera únicamente en las palabras de compromiso del tímido saludo.

—Buenas noches.

—Buenas...

—¿Está don Manuel?

—Sí, en la sala. Entre.

La toquilla negra sobre los hombros hundidos, un gesto cortés, algo temeroso y ausente. Los ojos pardos, redonduelos, con verdes destellos, manteníanse quietos y tranquilos. Alta, delgada, estrecho y un tanto plano el busto, de gracioso descuido en el vestir, Encarnación parecía una corriente de agua nueva recién estancada en la acequia. La tez, a trechos manchada, el pelo fino y ligero, la discreción de sus movimientos, los mismos labios, de suave y descolorido dibujo, excluían de ella una atracción inmediata, pero sugería un apasionado deseo de reposo, una indefinible nostalgia de transparentes y nobles tristezas. A pasos contados, firmemente, su imagen se adentraba en él, nuncio de un feliz rendimiento, se le moldeaba el regusto de soñarla y recordarla.

En el verano, la madre y ella marcharon de temporada a Málaga, con unos parientes. Al principio, Miguel sintió un brote de contrariedad, un estado de descontento, súbita desgana por los estudios, disimulada de la mejor ma-

nera posible. Dábase cuenta de que Encarnación ocupaba
ya un sólido lugar en su vida, le hacía fijarse en cosas
que antes hubiera juzgado ridículas. Y amarlas. Experimentaba una ardiente curiosidad por todo lo que con ella
se relacionaba. Y sufrió de celos, pensando en el mar y
en el penetrante misterio que debía transmitir. Allí, a sus
orillas, rumiaba, podía conocer a otros hombres. La idea
era de tal modo punzante y obsesiva que le rebanaba el
sueño y lo anegaba en angustioso sudor. —Escuchaba a
su alrededor, en las rejas, en el paseo, el cuchicheo denso
y la absorta mirada de los novios, despertábasele una sed
nueva. Y en el centro de ese universo, acabado de nacer
para él —de contactos, flores y ansias de fundirse con un
ser distinto— hallábase, inmóvil y alerta, Encarnación, la
«insignificante», como él la motejaba en sus monólogos,
con rabia incontenible y una veta ancha de amor.

Volvió Encarnación y fue ella —en forma imprevista,
en una noche difícil de distinguir en la sucesión de las
noches— quien le abrió la puerta, reanudando el dulce
hábito que tanto había añorado. Los aires salinos y la
irradiación del mar pasaron por su rostro sin grabar
marca. Era la misma criatura de ojos distraídos y de piel
paliducha. Sólo el verla removió sus entrañas. Vestía una
bata ceñida de cintura, con largos puños de encaje que
relumbraron en el vestíbulo. Esta vez la conversación fue
algo más larga y adquirió en los dos un tono de súplica
y mandato, ajeno al sentido normal y riguroso de las palabras.

—¿Se divirtió mucho?

—Málaga es muy hermosa.

—Sí, en comparación con «esto».

—Pero «esto» es donde una se ha criado y, además,
padre se sentía solitario.

—No finja. Que ya le habrán rondado pretendientes, y
con sus halagos todo se olvida.

Se produjo una corta, vibrante pausa, y Miguel, grave
el acento, prosiguió:

—¡La eché tanto de menos, Encarnación!

Y ella no se retiró un milímetro. Casi se palpaban y
sorbían los alientos. Despegó Encarnación los labios es-

tremecidos y humillando la cabeza le confesó, temblorosa, como si se doblegara a él para siempre y por entero.

—Le creo, me gusta creerlo.

Miguel, sin despedirse ni recoger su confesión, entró precipitadamente en el gabinete y empezó la clase. Se esforzaba para no descubrir su emoción y pudo lograr que el maestro no sospechara lo ocurrido. Le dominaba una tranquilidad gozosa, pues el ensueño secreto había «sucedido» ya —él estaba seguro de ello— y se percibía unido a Encarnación, embargado por su exclamación feliz, orgulloso del lazo que acababan de forjar.

En los días siguientes no hubo lo que se entiende por una declaración en regla. Era, simplemente, el encuentro brevísimo, el temeroso roce de las manos, el mirarse con frenesí, una luz que brotaba de sus gestos y todo lo alteraba. Por acuerdo mutuo, tácito, no variaron los hábitos anteriores y se complacían en que su cariño careciese de testigos y de difusión, como si el silencio y el secreto fueran un bien precioso y esencial.

Otra vez Juan, pese a su desequilibrio, advirtió el cambio y un día lo consideró ahincadamente y le previno:

—¡Ya caíste, Miguelillo! ¿Cómo debe ser el estar enamorado?

Y continuó limando cuidadosamente el orificio de una flauta de juguete, de esas que se venden a puñados en las ferias para regocijo de chiquitines.

Estalló al fin la huelga en la cuenca minera. La iniciaron los trabajadores de «El Mirador», de manera espontánea e imprevista. Bajó al pozo el primer turno y Joselito no tardó en descubrir que la galería principal presentaba en el maderamen peligrosos indicios de resquebrajamiento. En la bóveda, las oscuras vigas rechinaban con alarmante quejido de los tablones carcomidos, y él, perro viejo en el oficio, dio la señal de alerta a su grupo.

—Muchachos, arriba y sin perder un segundo. Este armatoste lo mismo se derrumba en seguida que dentro de un par de horas. Y no tiene gracia que nos espachurre. ¡Maldita sea su estampa!

A su llamada, la jaula los recogió y salieron a la superficie cuando apenas despuntaba la tibia mañana de septiembre. En los pómulos flacuchos y emplomados roseaba la ira. Los compañeros los rodearon, desbordada la curiosidad, y entre los cincuenta hombres allí reunidos —uniforme blanco, carburo al brazo, alpargatas— la noticia levantó una sorda cólera, una voluntad ardorosa de protesta y lucha. El «Mellao», inalterable, se acercó a Joselito:

—Oye, tú, ¿no serán figuraciones?

—Por mi madre te lo juro. Es un crimen mandar a la gente a esa trampa.

Caviló el «Mellao», se atusó el bigote, rascóse la bronca pelambrera del cuello. Todos esperaban su decisión.

—Que Joselito vaya al pueblo y se traiga de una oreja al ingeniero. Nosotros montaremos la guardia junto a la jaula. Por lo pronto, nadie entra en la mina. Que estén preparaos unos cuantos —tú, Frasquito, tú, «Mondadientes», tú, Arnáez, tú, Senarro— y si pasa algo, a escampar la nueva por las minas y los sacagéneros.

En cuclillas, sentados en las rocas o a caballo en el filo de las vagonetas, acordonaron el lugar. Hablaban entre sí, agitadamente, de los capataces de malas tripas y de los amos «roñosos», evocaban historias de barrenos que explotan antes de tiempo, renegaban de la perra suerte que se encuentra bajo un diluvio de piedras y de tierra sucia y húmeda.

Miguel interrogó al «Mellao», con cierta displicencia.

—¿Va para largo esta fiesta?

—¡Qué se yo!

El huérfano se distanció unos metros, embebido por el despertar luminoso del día, el trinar fresco de los pajarillos y el aroma de los campos empapados de rocío. Y hasta en aquella situación no compartía el nerviosismo de que todos daban muestras y el pensamiento se le escapaba hacia Encarnación.

Por el caminillo divisó al ingeniero y a Joselito, que parecían discutir con acaloro. Ya llegaban a los almacenes cuando —lejano y sordo, hondo— escuchóse el fragor del hundimiento. La galería se cuarteó ruidosamente y en el seno de la colina se extendía el eco patético de su agonía, esta vez sin gritos humanos, a solas.

Lívido, el ingeniero montó en la jaula y descendió.

Joselito se pavoneaba.

—¿No os lo decía yo? ¡Si tengo una pupila!

Brotaban los juramentos y los insultos, chisporroteaba la indignación.

—¿Y lo vamos a consentir?

—En esa ratonera estamos vendidos. ¡Ahí metería yo a los señoritos!

—Peores son de entrañas que las hienas.

—¡Apuesto a que no les tocan a un pelo de la ropa! Untan el carro y se terminó.

—¡Comidos de piojos y de sarna se vean!

—Y tó porque somos unos mandrias.

—Lo serás tú, que yo alterno con cualquiera.

El «Mellao», Senarro, Paquillo y Joselito cambiaban impresiones, hasta que el cartagenero se decidió y los convocó con ademán violento.

—Huelga de protesta. Los «nombraos» que avisen por ahí y les digan a los compañeros de la Directiva que se vengan volando a la Sociedad, pa tomar acuerdos. Tós nosotros, los de «El Mirador», menos la guardia, al local.

Miguel siguió a la caravana que calladamente, en apiñadas filas, cruzó el pueblo de extremo a extremo. Salían a los zaguanes las vecinas, aún puesto el mandil, y corrían luego a comentar en corrillos de patio, en las panaderías, en el mercado. Las puertas de la Corredera se cerraron de golpe y las casas ricas se replegaron en un silencio de pánico, sin rebullir alguno tras sus cristaleras y balcones.

El local de la Sociedad estaba en un callejón de la plaza de la iglesia. Lo llenaron los mineros hasta la corraliza y el tejado, pues en el trayecto se agregaron a los huelguistas de «El Mirador» los obreros de otros pozos. Por la esquina del Palacio aparecían ya unas parejas de la Guardia Civil. Juan dejó el barnizado de una cómoda y preocupado por Miguel procuró informarse de aquel revuelo. Cuando encontró al «ahijado» lo llamó aparte.

—Me temo que sea el comienzo de un pleito difícil —refunfuñaba Miguel.

—¿Qué piensas hacer? Tú no te enredes...

—Ya me cuidaré. Pero sólo soy uno entre muchos, y «acaloraos». Tendré que ir adonde arrastre la marea.

Como era de suponer, la Junta Directiva determinó que todos los mineros se solidarizasen con los trabajadores de «El Mirador». Subido en una silla, el «Mellao» leyó el pliego de peticiones: garantías de seguridad en los pozos, reconocimiento de la Sociedad para cualquier clase de tratos y arreglos, aumento general de jornales, servicio médico gratuito. Además, agregó, para que el movimiento tuviese la debida cohesión, y previendo la necesidad de subsidios, todos debían pasar lista diariamente y recibir una cantidad del fondo común. Naturalmente, recomendó el «Mellao», si alguien podía valerse por sus propios recursos ayudaría grandemente a los demás.

No hubo en los reunidos alardes de entusiasmo —de ese fácil y engañoso entusiasmo— sino el gesto severo y entonado de quien aguarda una prueba difícil y hace acopio de bríos. Senarro, vocinglero de condición, intentó lanzar unos vivas y unos mueras, pero nadie le secundó.

Por el gentío, el pueblo parecía estar de fiesta. Paseaban los mineros por las calles céntricas, se detenían y charlaban en las esquinas no sabiendo en qué forma ocupar el tiempo: de repente se habían desinflado de rutina. Cuando se agotó el rato prudencial de ir y venir, de conversar, empezaron a dispersarse. Marcharon los unos al hogar, los otros a las huertas o a caza de gorriones.

Miguel volvió al Palacio, se sentó, irritado, en un rincón del taller de Juan, en sorda pugna sus atravesados pensamientos. Tendría ahora más ocasión de estudiar, se las ingeniaría para menudear las entrevistas con Encarnación. Meditó, con perezoso alivio, que había salvado el pellejo, en un tris estuvo que no se fueran a pique, de miserable modo, sus sueños de grandeza. ¿No era absurdo someterse al bárbaro destino de aquel oficio? ¿De qué le servían entonces su saber y afanes? Urgía huir de la asechanza constante, libertarse del ambiente en que vivía. En él comenzó a redondearse la idea de escapar lo antes posible del pueblo y buscar fortuna lejos, donde nadie le conociera. Pero marcharse ahora —y esto lo sentía en la piel, como una especie de quemadura— equivalía a desertar, atribuirían su decisión a simple cobardía. No, era preciso arrostrar el obstáculo, ir hasta lo último con sus compañeros. Después, al quedar normalizadas las cosas, recobraría su independencia.

En el fondo de su ánimo debatíanse las figuras del «Mellao» y Encarnación, con análogo apremio. El «Mellao» se ceñía bien la faja y le miraba con rigor de juez. Ella, desde el centro de las nieblas, hincábase las uñas en la carne lechosa de los senos al ver que Miguel la abandonaba.

La huelga y la mujer, con motivos distintos, lo encadenaban al pueblo.

—Ya puede irles mal. No te apures, hombre. Lo que yo tenga, tuyo es —le dijo, balbuciente y alegre, el carpintero.

De la glorieta del jardín público arranca en cuesta, ocupando un terreno irregular y arenoso, la calle de los tarantos. Concluye, ya a la orilla del pueblo, en el edificio ventrudo de la fábrica de harinas. Allí, la campiña rala se convierte en inacabable bosque de olivar, sólo alterado por el camino estrecho que conduce a la estación de ferrocarril del pueblo inmediato, donde se toma el tren de Madrid.

En esta calle de los tarantos —y el mote ahogó el nombre que municipalmente la rotulaba— viven los mineros sin familia, forasteros en su mayoría. Las casas son, por lo general, de entrada baja, con tres o cuatro escalones para penetrar en el interior, de mucho fondo, amplios patios con habitaciones individuales a los lados y una cocina común adosada a la tapia. (Apenas rompen esta monotonía de la construcción algunos establecimientos —la churrería, que vende copitas de aguardiente y los «tallos» recién sacados de la sartén, la tienda de ultramarinos, la herrería.) Sus propietarios, monederos falsos según pública fama, las edificaron en serie, aprovechando avarientamente el espacio para extraer el mayor jugo posible a los alquileres. Es raro ver mujeres en los quicios, a distancia se huele a macho.

En esta calle, escandalosa y bravucona, que sortean en sus paseos las damitas timoratas, hállase el centro nervioso de la huelga. De punta a punta, de acera a acera, no se habla de otro tema, y en estos días parece señorearla una singular animación. El «Mellao» tiene por costumbre recorrerla a primera hora de la mañana, al dirigirse al local, como un mariscal que revista sus ejércitos y su campamento. Antes de encerrarse en la Secretaría, no está de más pulsar el temple de la gente, recoger impresiones, levantar algún ánimo abatido, disipar los disparates que hierven en ciertas cabezas, convencer a éste y al de más allá de cuán equivocado es solucionarlo todo por la «tremenda».

El «Mellao», quizás sin que él lo perciba claramente, se ha convertido en la principal figura del pueblo, en un imán de odios y esperanzas. Los patronos y sus capataces esparcen sobre sus móviles y conducta versiones despectivas o calumniosas.

Se han cumplido tres semanas de huelga, los pozos de los amos se inundan, amenazan ruina; los estómagos de los trabajadores crían nidos de telarañas. Menos mal que el cartagenero reparte lentamente, sin señales de blanda misericordia, el subsidio de la Sociedad y sabe que si sus hombres aguantan un poco más, el «enemigo» concluirá cediendo. El precio del plomo sube que es un primor en el mercado de valores, y cuando hay ganancia sobra el amor propio, el débil incentivo de la «honrilla».

Tras su esfuerzo de impasibilidad y su aspecto sosegado y reservón, el cerebro del «Mellao» funciona intensamente. Mientras contesta al saludo de un grupo de compañeros, examina y sopesa la nueva realidad: han traído una partida numerosa de esquiroles y ello ofrece un doble peligro, la irritación de los huelguistas, difícil de contener a estas alturas, y el intento de los «burgueses» de partirle el espinazo al movimiento. Si acaso, una buena pedrea al anochecer, pero sin pasar de ahí... Ya veremos, ya veremos..., lo tratarían en Directiva para que no hiciese cada ciudadano de su capa un sayo. De otra parte, rumiaba, ese Miguel me tiene sobre ascuas. Escurre más de lo justo el bulto. Es que no siente como nosotros y cuando comparece no puede disimular sus resabios, la mala gana, lo hace por puro compromiso. Además, debe andar metido en un lío... Anoche lo vi saltar por el terraplén, junto a la casa de su maestro, cuando iba yo de retirada. Me pegué al muro, en la sombra, y él no reparó. Esas visitas de tapadillo serán, de fijo, para la Encarnación. Y ni que decir tiene, si dos mozos de edad caliente se ven a solas, ya pueden ser unos santos que las cosas se enredan. Habrá que leerle la cartilla.

Plantado en el centro de la calle, Senarro manoteaba ante sus amigos. Pestañeó al verle y tras un segundo de indecisión le salió al paso con gesto provocativo.

—Oye, «Mellao», me alegra encontrarte.

—Pues aquí me tienes.

—Es que los «amarillos» están trabajando en «La Umbría». Supongo yo que vosotros no os quedaréis cruzados de brazos. Hay que tomar la delantera y aporrearles las costillas. Si no los escarmentamos, se les subirán los humos y la semana que viene, tendremos la desbandada.

—Senarro, yo soy muy clarito. Déjate de barrabasadas, con sulfurarse ná se adelanta. La Directiva acordará lo que sea.

—Es que vosotros lo arregláis tó con «mantequilla flande».

—Si no hay disciplina, perderemos.

—Te repito que si seguís con tanta consideración, reventará la caldera.

—Aunque pacífico, me gasto mi sangre, como tú, como cualquiera. Pero la sé manejar. Y basta de razones, que éste no es el sitio. ¡Si lo único que desean es que nosotros les demos el pretexto para arrear estacazos a diestro y siniestro! ¡Estás ofuscado, Senarro!

Los levantiscos quedáronse gruñendo.

En los días siguientes, salvo ataques aislados a los esquiroles, que reportaron una cosecha de cardenales sin más consecuencias, la situación siguió estacionaria. Enviaron de la capital más fuerza de la Guardia Civil, animáronse con un ritmo desafiante las casas ricas de la

Corredera. El «Mellao» no daba la menor muestra de impaciencia, pero Senarro iba pregonando que él se encargaría de realizar una «muy gorda».

Barruntaba Miguel sucesos extraordinarios y desagradables, como si le oprimiera la atmósfera densa, cargada. Cada vez sentía mayor aversión por la huelga, por la anormalidad que sembraba a su alrededor, en él mismo. El nerviosismo colectivo coartaba sus emociones, la jubilosa plenitud que le infundía Encarnación. No cesaba de escuchar el suspiro granado de su languidez, evocaba constantemente la tibieza de su cuerpo, el deleite turbador de su entrega. Hacía unas noches, y el hecho alentaba en su existencia maravilloso, reciente y próximo. Incluso el secreto que lo envolvía, prestábale una atracción irresistible. Y se codeaba con la gente, endulzado por la certidumbre desdeñosa de su inferioridad al ignorar el recio caudal de sus sentimientos, los sentimientos de que él era único poseedor. Fue todo tan natural y ligado que no le producía después, al rememorarlo, la menor extrañeza. Y, contra lo que se afirma en estos casos, cuando ella se convirtió, prácticamente, en su mujer, la respetó y quiso más, la deseó con ansia renovada. Le constaba que Encarnación accedió a la entrevista en el patio atemorizada por su suerte futura, quizás el hundimiento de la galería revolucionó su ser y su moral. Se lo confesó sin titubeos, valientemente.

—Supe la noticia de «El Mirador» y me desesperé tanto... Cuando menos lo piense una, te puedes matar, y entonces no sirve de nada el que me haya negado a verte a solas, a hablarte sin testigos, a tenerte aquí y oír cómo respiras.

—¿Y por qué no le hablo de una vez a don Manuel y lo formalizamos?

—Es pronto todavía. Ellos, por ahora, no querrán que me case con un minero. Pero tú, si te lo propones, dejarás de serlo y entonces no se opondrán.

Luego, ruedan las palabras, asumen inesperada tiesura las voces, aproxímanse los cuerpos y se transmiten una encendida vibración. Y en el vientre de la noche otoñal, dulce como una pera aguanosa y madura, chispea el delirio que acelera los pulsos y nos lanza a un mágico abismo, donde se evapora la soledad. Tras lo cual, los ojos adormecidos se levantan al cielo estrellado y terso, y los pulmones se bañan del aire vigoroso que baja de la sierra, marcados de rumores de hojas y regatos sus suaves brazos gigantescos.

Esto es pasado y presente, dice Miguel. Es el aceite limpio y claro de la alcuza en la cocina. La luz flamante que me agita y absorbe, un impulso insospechado y glorioso del que sólo yo participo y logra diferenciarme de todos los demás. En este momento, cuando se comba la tarde y paseo por la plaza, rozándome con las personas que salen de los comercios, con los señoritos que charlan a la puerta del Casino, ellos, todos ellos, nada me importan, ni estorban. Aunque Encarnación y yo, ahora alejados, tan acordes sin embargo a pesar de la distancia, fuéramos los únicos habitantes del pueblo, experimentaría igual contento, igual seguridad de vida.

Enderezó Miguel el rumbo hacia la calle de los tarantos. Súbitamente se produjo en la cercanía una agitación inusitada y el revuelo de los transeúntes lo detuvo. Entre dos guardias, esposado, marchaba Senarro, blanco como el papel. Curiosos, mineros y comadres lo seguían con un murmullo sobrecogido y díscolo.

Paquillo se le acercó:

—Creo que ya se armó, muchacho. No sé por qué me huelo que echarán el guante a más de cuatro. Senarro, que es un repuntao, se tropezó con un esquirol en el callejón del Agua, y ni corto ni perezoso se le encaró llamándole mil perrerías. El infeliz, al ver que Senarro desenvainaba la faquilla se acobardó y tardó unos momentos en huir. Lo bastante para que Senarro le atizara un par de pinchazos. Se quedó frito como un pájaro. ¡Tenía unos ojos de espanto! El desgraciao llevaba una camiseta fina que en seguida se empapó en un río de sangre. Aprieta el paso, quiero llegar a tiempo y avisar al «Mellao». ¿Vamos?

Miguel, contrariado, lo acompañó al local, por el qué dirán, pero receloso de mezclarse en el asunto. El «Mellao» despreció los consejos de sus compañeros.

—¿Escapar? ¡Vaya ocurrencia! No he tenío arte ni

parte. Lo que ellos desean es infundios pa deshacer la huelga. Yo, tan tranquilo.

El cartagenero advirtió la actitud cohibida de Miguel y, entre despreciativo y cordial, le recomendó:

—Vete, hombre. Aquí no se te perdió ná. Ya cumpliste.

Como abdicación de su hombría le dolió a Miguel su flaqueza, su apresurado y vergonzoso alivio aceptando la fuga. Y durante aquellas turbias horas la imagen del «Mellao» creció en su conciencia, lo humilló. Pero otra inclinación —la de no aparecer complicado, la de eludir una parte siquiera de responsabilidad— predominó en él. Simulaba, para sí mismo, un aire indiferente. Se dirigió a la plaza del Ayuntamiento y dio varias vueltas por la acera principal, a caza de los comentarios que se prodigaban en los corrillos.

Allí se encontró nuevamente con Paquillo, que le relató la detención del «Mellao» y su entereza ante los «civiles».

—¿Sos habíais creído que iba a gimotearles a los «enemigos»? No es el hijo de mi madre de los que dicen, cuando las «morás»: Senarro era de los malos, yo de los buenos, de los «angelitos». Eso se lava entre nosotros. Delante de esos uniformes, Senarro y yo somos lo mismo: unos asalariaos. Lo único que me sacarán del gaznate es esto: que yo no maté, que yo no dije ni pío pa que se matase. Y basta de palique. Irse ya, irse ya.

Paquillo no contenía su admiración, su fervor por el amigo.

—Lo acusan de haberle calentao los cascos a Senarro, pa que despachara a «ése». Se valieron de algunos chivatos y lo han preparao a su gusto pa emplumarlo bien. ¡Pero el «Mellao» es muy hombre! No lo ablandarán la cárcel ni los jueces. Figúrate el papeleo en que querrán atraparlo. Esta madrugada lo mandan a Jaén, codo con codo, como si fuera un criminal. Y nosotros estaremos sin pastor que nos guíe. Bueno, me largo, necesitará algo de comida y unas mantas pal viaje.

... Al mes del asesinato se trabajaba normalmente en la cuenca minera. Al «Mellao», por falta de pruebas, lo pusieron en libertad, y se trasladó a Peñarroya, mientras se apaciguaba la tormenta, al arrimo de unos conocidos. Demasiado sabía que en el pueblo, desorganizada la Sociedad, sin posibilidad alguna de encontrar trabajo, no había lugar para él.

Despidieron de «El Mirador» a Paquillo, Joselito y a Miguel, simplemente por su relación con el «Mellao».

Y, según proclamaron, tornó la paz.

Miguel resolvió cambiar de ambiente. Se iría a Córdoba, donde por mediación de Juan y de don Emilio, le ofrecían ayuda y jornal. Por la noche, en las sombras del patio, abrazó a Encarnación, prometiéndole volver al cabo de unos meses. Ella, para no retenerlo, deseosa de evitarle zozobras, le ocultó que estaba embarazada.

IV

Don Nicolás Valdivia llamaba la atención por lo buen mozo. Alto, erguido, con sus vetas de rubiales, gruesos labios expresivos, piel de doncella, cuidadoso en la indumentaria y con irresistible propensión al tuteo, no es sorprendente que las mujeres le siguieran los pasos y molestase infinitamente la vanidad de los varones. De una u otra forma, no podía evitar que lo llevaran siempre en lenguas y se desmenuzaran sus peregrinas costumbres, audaces opiniones y voluntariosos desplantes.

Unico heredero de una próspera familia de propietarios campesinos, su posición holgada permitíale impunemente, de acuerdo con una vehemente vocación, acaudillar el exiguo partido republicano del pueblo que, para no infringir la tónica tradicional, componíase de un impresor —don Emilio—, un comerciante en vinos, don Segundo, y media docena de artesanos, enemigos de ceremonias religiosas, prácticas beateriles y ensotanados.

Tan acentuada pasión política le nació a don Nicolás en su época de estudiante y constituía el nervio de su vida, obligadamente ociosa, pues el bufete de abogado sólo le servía para defender pleitos de pobres y correligionarios, y justificar una actividad social. A los treinta años tenía una abundante cosecha de riñas y se regocijaba esparciendo a los cuatro vientos los más agresivos dicterios contra el Trono y el Clero, instituciones que provocaban su personalísima inquina y le sacaban de quicio.

Traza inconfundible de hidalgo bravucón, generosa la mano para dádivas y repique de bofetadas, completaba estas características con una inconsciencia económica de tal calibre que empezaba ya a cuartear su fortuna. Era, sobra decirlo, quien pagaba a tocateja gastos de mítines y oradores, mantenimientos de Centros en diez leguas a la redonda, costas de elecciones y hospedaje de perseguidos. Para colmo de notoriedad, andaba enamoriscado de una aristócrata madrileña y los padres de la joven condenaban estas relaciones, de una «novelera y un hereje», oposición ante la cual don Nicolás, cuya paciencia no aguantaba ancas, había prometido que, si preciso fuese y le provocaban, recurriría al rapto.

Don Nicolás levantábase temprano y le placía recorrer los alrededores del pueblo, a lomos de un caballo fogoso y tan altanero como su dueño. Visitaba las huertas y trigales de su pertenencia, charlaba a la llana con arrendatarios y jornaleros, correría suficiente para aguzar el apetito. Comía solo, servido por el ama de llaves, la «divina Rosalía», sesentona con más achaques que luces, y recalaba invariablemente en el Casino, a leer los periódicos «alfonsinos» en la biblioteca y a fumarse, gravemente, un puro en boquilla. En el salón de billares y en las mesas de juego, los elementos «conservadores», como él los clasificaba con sonora entonación y silabeo retador, esquivaban su trato.

Entre copitas de licor y vagas reflexiones se le iban un par de horas. Después, se encaminaba a paso lento a su despacho y atendía pacientemente a los querellantes menesterosos —una bizarra procesión— que, sabedores de su debilidad, le pedían dictamen y dinero. Por las noches, presidía la tertulia de sus amigos de partido, y estas labores y ocios sucedíanse plácidamente, alteradas por las escapatorias a Madrid con el galán designio antes indicado.

Don Nicolás conoció a Miguel cuando éste entró a desempeñar una plaza de camarero en el Casino y le correspondió servirle. Lo examinó curiosamente, con la cariñosa impertinencia que le singularizaba. Le atrajo el aire ensimismado y suficiente de aquel muchacho y observó, cual datos primeros de una personalidad, el color tostado de su cara sombría y sus dedos anchos, deformes, el temblor reprimido con que sostenía la bandeja. El novato no pasaba, así como así, inadvertido. A simple vista le fue simpático. Le ordenó otro café con rociada de anís y solicitó su compañía.

—Es que el reglamento…

—No se hizo para mí. Siéntate.

Obedeció Miguel con actitud encogida, asombrado de aquella «extravagancia».

—No te recuerdo… Calla, cuando termine me dices nombre y apellidos y el número de la cédula. Y los pelos y señales que te plazcan. ¿Eres nuevo en este antro? Ah, ya caigo, creo que me hablaron de ti. Sí, hombre, un amigo y medio pariente del famoso «Mellao». Tú eres el que después de deslomarte en la mina dabas clase con don Manuel, el mismo. Los mastuerzos de ahí —y señaló al salón— se burlaban de tus pretensiones, pero a mí me gustó.

—Vamos a ver, con franqueza. ¿Es que ya te cortaron las aspiraciones? ¿Vas a contentarte recogiendo propinas de esta cábila de señoritos estropajosos, hasta que la estires? Tú has sido capaz de estudiar. A lo mejor podrías hacer una carrera.

—Ya tengo los huesos duros, don Nicolás.

—Anda, bébete eso, que yo invito. Si alguna vez quieres algo, ya sabes dónde me encuentras.

Sonaron unas palmas impacientes y Miguel, aún aturdido, dio las buenas tardes y se apresuró a cumplir su tarea. José, el camarero veterano, le previno:

—Andate con pies de plomo. Don Nicolás es campechanote, pero procura que no te vean a menudo de chá-

chara con él, te levantarán fama de «político». Servirlo
y nada más. Hay que ser un poco zorro.

Miguel se apostó en la puerta del salón, en espera de
otras llamadas. Roscosas columnas de humo se elevaban
aquí y allá, en torno a las lámparas de brazos dorados,
flotando sobre las cabezas de los jugadores de billar, do-
minó y tresillo. Era su primer día de trabajo en el Casino
y le rondaba la memoria de Encarnación, mientras experimentaba una especie de mareo ante el cansino trajín,
que le perturbaba su evocación amarga. ¡Con qué rabia
de animal cercado, con qué seca desesperación supo su
muerte y hubo de silenciar lo que para él representaba!
Nadie notó que su ilusión quedaba deshecha, aplastada,
reducida a sudores de angustia. Encarnación no significaba
ya más que un color desvanecido y ahora hasta sus palabras y gestos perdíanse en la nube acre de los cigarrillos.
Su rostro, tan afilado a últimas fechas, imposible de recomponer, se le amalgamaba en la imaginación con la
otra fisonomía que no le fue dable retener, la de su madre.

Había regresado de Córdoba con algunos ahorros, alen-
tado por la esperanza de conseguir a Encarnación, sin te-
merle a la entrevista con don Manuel. Cuando llegó al
pueblo y vio de nuevo sus limpias y rectas calles, sintióse
parte de aquel mezclado ambiente minero y campesino,
apenas pudo refrenar su desbordante alegría. Rondó los
muros del patio donde había sido suya y tras unos instantes de vacilación se dirigió a la casa de don Manuel y
llamó a la puerta con fuertes golpes jubilosos, decidido
a aclararlo todo en dos frases.

Don Manuel, vestido de negro, lo recibió con abrazo
afectuoso, lo precedió al gabinete, tan familiar, y allí, sin
concederle respiro, comenzó, como quien ansía desahogarse:

—Ya sabrás la desgracia...

—¡Si acabo de llegar!

—La pobre Encarnación... —y la voz le temblaba, se
hundía en un doliente rasguear.

—Hace unos ocho meses —prosiguió estimulado por
su silencio— venía de la compra y frente al teatro se
espantó un caballo y la atropelló. Nada pudo hacer el

jinete, era el médico, precisamente, don Guillermo, que
volvía de visitar a un enfermo en la sierra. Cuando la
trajo, estaba en la agonía. No acertaba ni a quejarse, no
pudo hablar. Y aquí nos tienes, a los dos viejos, aguan-
tándonos la pena el uno al otro.

No supo Miguel qué responder, cómo consolarle. Dióse
cuenta de que debía pronunciar unas palabras de pésame,
simples, sencillas, superar su anonadamiento. De lo contrario, don Manuel podía recelar y pensaba que ya era
inútil franquearse. Sin embargo, no conseguía dominar su
pena y temía expresarla violentamente. Todo lo que le
había sostenido se hacía añicos con aquella revelación.
Y notó que se le enturbiaba el color, le irritó recibir la
luz plena del mediodía, mientras oleadas de brasa y de
hielo le rajaban las entrañas. Balbuceó torpemente:

—Lo siento, lo siento de verdad.

Le urgía salir a la calle, caminar por las afueras del
pueblo, fatigarse, no encontrar a nadie. Le oprimía un
miedo pueril al momento de llegar al Palacio y recluirse
en la habitación que, seguramente, Juan le reservaba. Su
único y apremiante anhelo consistía ya en no acordarse
de ella. El vivir, de pronto, convertíase en una absurda
y estéril tarea.

—¿Y tú qué piensas hacer?

—Necesito trabajar, don Manuel. En lo que se tercie.

Rápidamente cursó Miguel su carrera de camarero «listo». A pesar de su pensamiento obsesivo, atraído siempre
por Encarnación, acostumbróse con cierta indiferencia a
la vida —monótona, de doble fondo sin embargo— del
Casino. Los contertulios los preferían por su ágil memoria
y su presteza para recordar hábitos y gustos personales.
No era preciso hablarle en la mayoría de los casos: bastaba, de lejos, una señal, un parpadeo, y el mozo traía
ya la copa, los vasos de refresco, el café o los naipes.
Sabía los nombres de todos y el modo que les agradaba.
Es la muestra de respeto con los de carácter engreído
y ceremonioso, las zalemas con los soberbios, la sonrisa
indulgente con los perdularios. Aprendió también, al
precio de sofiones y descaros, recibidos directamente o

sufridos en pellejo ajeno, que con ellos la confianza tenía
un límite peligroso de rebasar en cualquier momento, ni
siquiera cuando lindaban con la embriaguez. Entonces,
surgía su desprecio, la invencible diferencia social. A José,
su compañero de tareas, un hombretón servicial, honrado
hasta las cachas, se lo hicieron ver claramente. Don Ramón, un sacagéneros enriquecido, de genio bronco, a tono
con su barba canosa y su voz áspera, extravió en cierta
ocasión, tras una velada más llena de vino que de verbo,
la cartera atiborrada de billetes. No se dio cuenta de ello.
Veinticuatro horas después José se la devolvió con natural humildad. Lanzó el tal una risotada tan insolente que
le valió la curiosidad de toda la sala. Y mientras alargaba
una moneda de plata, exclamó a gritos:

— ¡Idiota, eres peor que un perro! Ahí tienes cinco
pesetas, compra cordel y ahórcate. Es lo que mereces.

José permaneció inmóvil, tensas las cuerdas del cuello
vigoroso, entre abochornado e iracundo. Los asistentes
a la ejemplar escena esperaban verle abalanzarse sobre
don Ramón o que, domada la rabia y echando a broma
el insulto, recogiese la «propina». El camarero, al cabo
de unos instantes interminables, cerró las manos con un
ruidoso crujir de huesos y volvió la espalda en silencio,
con lentitud que traslucía su desesperada impotencia.

Para Miguel ésta y algunas experiencias similares fueron suficientes. Si abusaban de él como recadero o le
llamaban displicentes para cambiar unas frases de artifi-
cial confianza, procuraba evitar que lo «trasteasen», pero
siempre le quedaba un sabor de hiel pegado al cielo de
la boca y se le recrudecía la idea —su sueño constante—
de que ojalá la fortuna le ofreciera oportunidad de codearse, de tú a tú por lo menos, con todos ellos. Y así
se le formaba un implacable espíritu rencoroso.

No perderé yo el tiempo, decíase. Ahora, a observar
tejes y manejes. Abriré las entendederas para familiari-
zarme con sus pequeñas miserias e ir a la busca de secre-
tillos. Es útil registrar sus cualidades y defectos, grabarlos
bien en la memoria. El Casino se presta para recoger
datos, averiguar martingalas, desliz y vergüenzas. En él
se ventilan transacciones comerciales, salen a relucir he-

rencias y dotes, se descubre el mismo tráfico de las honras. Tratan de la cotización del mineral, de las cosechas, disecan las juergas, no pueden ocultarse las deudas que cada uno soporta.

Los altercados más o menos graves, las sordas enemistades de parentela y casta se incuban aquí; por su sala corre la tempranera noticia de una mina denunciada, se pregonan las excelencias de las queridas y las habilidades de las prostitutas, compáranse los calibres de las borracheras, se expone la historia íntima de este pueblo grande y de corta cronología.

Sólo se necesita escuchar, advertir un fugaz ademán de odio solapado, aprehender en la mente una mueca de amistad forzada y mentirosa, rastrear los motivos de ciertas agrias melancolías.

Don Roberto, propietario de un buen lote de casas y dueño de la fábrica de harinas, es uno de los más trasnochadores. Aparece, por lo general, a las once, cuando el Casino empieza a despoblarse y únicamente restan las peñas de los jóvenes rabiverdes y un par de jugadores recalcitrantes. Alfonso, su hijo, dialoga con él en voz de medio tono, al amparo de una columna.

—Me metí en un compromiso. He invitado a unos amigos de Jaén a cenar y quiero apabullarlos.

—¿Faldas, de postre? —el viejo sonríe jactanciosamente.

—No estaremos solos —le responde.

Don Roberto le palmotea en el hombro y desliza unos billetes en su chaleco.

—¡Qué suerte no tener un padre mojigato ni regañón!

Don Roberto lo despide y se instala en un sillón de la esquina, cerca del balconcillo que da a la plaza. —Alfonso, desde el umbral, se contempla en el espejo de dos paños y arregla la corbata ampulosa. Es un joven de veintitantos años, que ya ni siquiera representa la comedia de la Universidad, a fuerza de suspensos, el típico merodeador de los camerinos de segundo orden. Barbilampiño, musculoso de constitución, ojos errabundos y mirada rapaz, dispuesto a desvariar graciosamente a las primeras de cambio, disfruta escandalosa reputación de cabeza perdida.

Escoltado por otros noctámbulos abandona con medido estruendo la sala, no sin antes presumir:

—Miguelillo. No te olvides del ramo de flores. Así, trabajas y alternas con artistas, que buena falta te hace.

No tarda en iniciarse la partida de más rango en el Casino. Alrededor de don Roberto y de don Patricio mosconean los curiosos. Los contrincantes van para la cincuentena y alardean de calma, exponiendo en los envites cantidades impresionantes.

—De aperitivo, quinientas pesetas. Poco es para usted, don Patricio.

A don Niceto —prestamista desalmado, de acuerdo con el juicio unánime— se le hace un nudo en la garganta y sigue anhelante el ligero rebotar de las cartas sobre la mesa de bayeta verde.

Chasquea la lengua don Patricio, chupa una «señorita» y retrepándose en la silla encaja orgullosamente la primera derrota. —Pero él no tiene hijos pródigos, ni de otra clase, le triplica las rentas a su adversario y por ello se desenvuelve con más firmeza y soltura en este duelo de que mañana hablará todo el pueblo.

—Querido amigo, no hay quien le resista. ¡Qué bríos! Lástima que se acueste usted pronto. Yo no me negaría a doblar sus apuestas, hasta el amanecer.

—Hecho.

Lo corriente es que en los juegos de más alto riesgo lleve las de perder don Roberto. Parecen aguzársele las mejillas, respira con penosa fatiga. Don Patricio, benévolo, acude al quite.

—Ayer saludé a su hija, Asunción. ¡Si no es de cerca, y fijándome mucho, no la reconozco! Le envidio. Hermosa, avispada. Yo, en cambio, más solo que un sereno. ¿Me firma una letra?

Y don Patricio se despereza, previene bufanda y bastón, saluda a la concurrencia. Los mirones, a su vez, se dispersan.

Miguel apaga las luces del vestíbulo y le sirve a don Roberto, que se recuesta fatigado en el diván, una copa de coñac.

—Gracias, muchacho. Dentro de un cuarto de hora me largo.

Mientras limpia los veladores, alinea las sillas contra la pared y corre las persianas, ha entrado de nuevo don Niceto que se entrega a una charla susurrante con el jugador vencido. Miguel recoge frases sueltas, lo bastante para reconstruir el tema de su plática espinosa.

—La fábrica no la hipoteco, ¡recontra!

—Paciencia, paciencia. Ya le he prorrogado el otro documento.

—Sí, ¡pero en qué condiciones!

En los ojos legañosos, miopes, del usurero, corcovea el regocijo. Inclinado sobre la mesa mastica persuasiones y remacha el clavo.

—La rúbrica, es lo que falta. Se lo voy a leer. Más no se me puede pedir. Le doy un respiro de tres meses para arreglarlo todo.

—Y si no lo compongo, me caigo con todo el equipo.

Se cala el sombrero al marchar, con pasos escurridizos, don Niceto. Su interlocutor se desabrocha, trabados los dedos, el cuello de la camisa.

—Usted no se siente bien hoy. Cierro y le acompaño a casa.

—No, Miguelillo. ¡Es que hace tanto bochorno aquí! Se te estima.

Es de los contados socios que alterna cordialmente con el camarero. Es indefectible que se ruborice cuando da una propina y Miguel siente una especie de distante y fría piedad por su infortunio.

Acaban de sonar las dos de la madrugada. En todo el pueblo se extinguieron ya los fuegos y bullicios de la Candelaria. Nadie transita por la plaza, sólo la atraviesa don Roberto, con andar inseguro. Su figura rechoncha desaparece en la Corredera.

José cierra con doble vuelta de llave el portón. El y Miguel se encaminan juntos al Ejido, resintiéndose del cansancio de la jornada.

—¡Trabajo aburrido! Y de lo más ingrato.

—Menos da una piedra. Y de la vejez no hay que preocuparse, si uno es fiel y cumplidor.

—Consuelo de tontos, para muy largo lo fían…
—Puede.
—Hasta mañana.

Y ese «mañana» es un día fuera de lo normal en el Casino. Enfermó, no se sabe exactamente de qué dolencia, el infeliz de don Roberto. Rueda la noticia de que los médicos no tienen esperanza de salvarlo.

Por la noche, a las once en punto, se presentó don Patricio, el solterón, tieso como un rábano, y ocupó su lugar habitual con un gesto vagamente desconcertado. Empezó a barajar las cartas, extremando su mecánica parsimonia, y a su alrededor se congregó el acostumbrado corrillo murmurador y aspaventero. Don Rufino, el notario, intuye su patético desconsuelo y se brinda:

—¿Jugamos?

—¿Qué se ha creído usted? —y el tono era insultante—. No estando «él», no hay partida que valga.

Minutos después, e irritado por el silencio embarazoso, don Patricio abandonó el Casino. Y es fama que no volvió a cruzar sus puertas.

Quisieron los hijos de don Roberto rodear de gran pompa los funerales. Se celebraron un sábado, a media mañana, en la iglesia parroquial, y concurrió lo más representativo y engolado del pueblo y de la comarca, hasta parientes de Madrid y Toledo venidos exprofeso. Ocupaban los coches y tartanas todo el anillo de la plaza y no tardaron en acudir los grupos de ociosos, la mar de divertidos con aquel boato. Comentábase la ausencia escandalosa — ¡por no asistir a la ceremonia católica! — de los dos republicanos ricos, don Nicolás y don Emilio, en vida amigos del difunto. En cambio, no faltaron don Patricio, fiel en este último trance a su leal compañero de azares, y don Niceto, muy cuco en cubrir las formas, compungido de rostro aunque el gozo le bailotease por dentro.

Con objeto de pasar inadvertido, Miguel penetró en la iglesia una hora antes de comenzar la ceremonia. Se arrodilló en un reclinatorio, cerca de la capilla del venerado San Juan de la Cruz, que parecía mirarle con su aire bobalicón y rústico. El tiempo transcurrió para él casi insensiblemente. Allí la súbita muerte de don Roberto le hizo rememorar los cortos diálogos mantenidos con él, su dulce y temeroso modo de tratar a los «inferiores», su inclinación a expresarse con un dejo paternal. Pero al cabo la imaginación tornó a sus cuitas, a la herida que le devoraba: la desdichada suerte de Encarnación, y sobrenadó en su ánimo, cual una veta de mineral impuro, el ansia, que no lograba reprimir y le inquietaba constantemente, de salir pronto de su limitación económica, de la inferioridad social que le humillaba.

Empezaron a instalarse los amigos, familiares y conocidos de don Roberto. En segunda fila se acomodó, luciendo un estrenado uniforme verdusco, el teniente de la Guardia Civil. A su lado, con aire absorto y hueco, sentóse don Patricio, visiblemente apesadumbrado. Muy al fondo, intentaba disimularse el prestamista e hincaba la cabeza en su pecho de codorniz. Al arrimo de una columna cuchicheaba el alcalde con dos ingenieros de minas. Negros trajes recién planchados, guantes crema con los que no se tiene soltura, ceñidos pantalones a rayas y en las camisas el parpadeo grueso de los alfileres de corbata. Las mujeres, crujientes de mantillas y velos, no quitaron ojo de la puerta hasta que aparecieron los hijos de don Roberto. En primer término, bizarra y grave, con apostura de mayorazga, Asunción. Después, formando pareja, María del Carmen y Alfonso. El sacristán los condujo a la presidencia, a la derecha del altar mayor.

Para Miguel todo aquello constituía un espectáculo insólito, deslumbrante. Su fantasía lo asimilaba ávidamente. Estaba a escasos metros del mundo al que tanto anhelaba pertenecer. Contemplaba la traza de sus ropajes, observaba su estudiada manera de comportarse en público, y la ficticia armonía de su colocación, como si fuesen figuras de ajedrez condenadas a la inmovilidad. Se divirtió algo siguiendo las evoluciones de los sacerdotes, sus inacabables giros y reverencias, el añejo sabor de su cascado canto. El sol se deslizaba, filtrado por las estrechas vidrieras opacas, y relucía en los oros sobados de las

casullas. Por las naves laterales, procurando no hacer
demasiado ruido, avanzaban cual una marea los curiosos.

Luego, dedicó su atención a los hermanos, enervado
y aburrido ya del rito religioso. Asunción extremaba su
empaque señoril, su rigidez, como si su cuerpo estuviese
construido de alfileres y ballenas de corsé. Tenía la nariz
ancha y aporreadilla, moreno el color, carnosos los labios. La pronunciada comba de la frente y la estructura
lisa del peinado le daban un aspecto prematuramente respetable. María del Carmen, grácil y paliducha, de cabellera voluminosa y abundante seno, no conservaba la
misma calma orgullosa, y frecuentemente se enjugaba los
ojos, pardos y melados, chiquitos. En el centro, Alfonso
reprimía el fastidio que todo el protocolo le causaba y no
cesaba de estirarse los puños y de removerse en el reclinatorio.

Distraído, Miguel no reparó en que la misa había terminado y cuando intentó escabullirse vio que los tres
hermanos ya estaban cerca de él. Caminaba erguida y despectiva Asunción, le seguía Alfonso que al divisarlo pro-
nunció, en voz bastante alta, unas palabras al oído de
María del Carmen. Miguel adivinó su sentido y hundió
la cabeza en los hombros para ocultar el violento sofoco
que le asaltaba.

—Fíjate, un camarero del Casino. Padre inspiró pocas
gratitudes, ésta una de ellas. El pobre se acuerda de sus
generosidades.

Ella le ordenó silencio y observó a Miguel con interés
lejano, con fugitiva atención.

Miguel esperó unos minutos para salir y no mezclarse
con los que lo ignoraban. Experimentaba un rencor incontenible, una oscura voluntad de venganza. Ya en la
plaza, al sortear un grupo de rezagados, captó las frases
maldicientes que son de rigor en esta clase de actos.

—Echaron la casa por la ventana.

—Pero esa «fortaleza» se desmorona —la frase prove-
nía del teniente de la Guardia Civil.

—Se los llevará la trampa.

—¡Lástima grande que un hombre de bien como él
fuese tan imprevisor! —dictaminó el alcalde.

—¡Linda herencia de deudas y cuentas enredadas! —agregó, pesaroso, el pollo Castuera, un íntimo de Alfonso—. Pero cerremos el pico, que no es cristiano murmurar. Y menos, tan reciente...

—Cuando don Niceto ronda, cadáver y botín seguros —finalizó, pomposo, el notario.

V

La casa estaba sumida en un pesado sueño. Enfundada la sillería del gabinete, corridas las persianas de los balcones, que otean la Corredera, y del pasillo, mirador del patio recoleto, plantado de altos árboles. Desde la muerte de don Roberto clausuraron el despacho y ni siquiera quitaron el polvo o dejaron entrar una bocanada de aire libre. En el redondo y gracioso comedor, que domina la encristalada galería de los pájaros, privaba esa atmósfera, densa y lenta, reveladora de la ausencia humana. En aquellas habitaciones sólo tenía acceso, para revisarlas apresuradamente, con secreto temor al fantasma del difunto, «Varita de Nardo», la criada que era toda una institución en la familia.

«Varita de Nardo» entró a servir con don Roberto al casarse éste y desde entonces ni un instante se había separado de él y de los suyos. Sentía por el amo una afección regañona, y a su pesar, reprochándoselo, fue cómplice de sus escapatorias nocturnas para «jugarse las pestañas». A ella ese vicio le parecía funesto e incomprensible, pero al mismo tiempo le daba idea de un derecho misterioso e intangible, reservado a los «superiores». Era como si se aproximase a un abismo —de dinero, de riesgo— y esto, en cierto modo, la embriagaba. Había visto nacer a los «niños», que desde la cuna habituáronse a su estampa y acento, a su andar, al cosquilloso tacto de sus toquillas de madroños. En las épocas de prosperidad mandó, siempre con medias palabras, empujones y refunfuños, a las doncellas de turno; cuando se impusieron las economías se hizo cargo, sin una protesta, de todo el manejo doméstico.

«Varita de Nardo» tenía ojos gatunos y bizcos, manos de manopla, hinchados los pies, y un lenguaje gangoso, que se antojaba cómico en relación con su obesidad. El mote cariñoso lo debía a un arrebato de ternura de María del Carmen, que de pequeña la bautizó así para significarle su cariño.

Para esta mañana habían anunciado su retorno los hijos de don Roberto, transcurrido el luto riguroso —un año largo, ya se sabe—, que pasaron con sus tíos de Toledo. La vieja caminaba indecisa y pensativa de un lado a otro, anhelando y temiendo oír las campanillas del coche, de alquiler, por supuesto. Un cúmulo de problemas bullían en su cerebro candoroso y no osaba resolverlos por sí misma, advertíale el instinto que con la desaparición del padre el afecto de antaño iba a relajarse entre los hijos y ella, puesta a prueba, no acertaría a qué santo encomendarse...

—¿Harán juntos la comida? ¿Querrán que quite la alfombra del zaguán, por las figuras de bailarinas moriscas, tan indecentes? ¿Recibirán pronto visitas? El gabinete hay que arreglarlo en seguida. ¿Y no tomarán a mal que yo me meta, como antes, en camisa de once varas? ¡Adivíneles usted ahora el humor! Bueno, con Alfonsillo, yo me las sé bandear: dándole rienda suelta, todo el monte es orégano... Y a mi María del Carmen tampoco se le subirán los humos y me ayudará en la cocina y en el trajín... ¡Si no, cuántas sopas salaré! Pero Asunción... A ésa sí le tengo miedo... Es igualita a su madre, que gloria haya... tiesa, mandona y con unos desplantes... Es que ya necesita marido, Señor, y eso es muy natural...

Para no estar cruzada de brazos, les prepararé una ensa-
lada de rechupete y un par de platos más... Traerán hambre atrasada del viaje. ¡Ah, se me olvidaba el postre!

Al llegar los hermanos, truncando estas reflexiones,
cada uno la saludó a su manera. Abrazo zalamero y pellizco cariñoso en las mejillas, por parte de Alfonso;
besos reventones y algunas lágrimas de María del Carmen
y la exclamación fría de Asunción:

—«Varita de Nardo», tú no cambias...

Ella, aturdida, como si la fueran a juzgar por un grave
delito, les llevó toallas para el aseo y puso la mesa de
patas torneadas, la usada para las solemnidades. ¡Qué
distintos se le antojaban en este momento del regreso!
Andaban perdidos por la casona, bajo la presión de los
recuerdos inevitables y próximos, y apenas hablaban entre
sí. «Varita de Nardo», cumplidos sus deberes, se retiró
a su cuarto, postróse ante un cuadro de San Juan de la
Cruz y le rezó para que todos ellos encontrasen paz y
ventura.

Después de la siesta los tres se encerraron, muy cere-
moniosos, en el despacho y «Varita de Nardo», apostada
en un rincón del pasillo, intentaba adivinar por las inflexiones de sus voces —ella las hubiera distinguido a
mil leguas— si trataban de asuntos serios, esas cuestiones
que no están al abasto de una simple criada tontona, y
deseaba puntualizar si ya de principio se entendían sus
«pajarillos».

Alfonso ocupó el sillón paterno y las dos hermanas se
acomodaron en el sofá de cuero. Estaba nublada la tarde,
con amagos de tormenta; penetraba de la calle una silenciosa y enervante calma. El mozo esperaba inquieto el
resultado de esta entrevista. Tendría que encargarse de la
administración de los bienes. Lo había ido aplazando durante estos meses de recogimiento y duelo, pretextando
la más urgente conveniencia de olvidar y de que aún no
era oportuno afrontar esas «menudencias». Abrigaba la
seguridad de que Asunción provocaría el debate. No sería
él quien iniciase la conversación. —¡Esta Asunción es
mucha mujer, caramba! No lo deja a uno en paz con su

ceño de solterona, como si yo tuviera la culpa—. Anhelaba que hablase, convencido de lo inevitable del choque.

—Creo que ya es hora de que veamos la situación de los asuntos de papá. Dale un vistazo al cajón del escritorio y saca lo que encuentres. —La actitud de Asunción era tranquila y firme.

Alfonso, obediente, abrió una carpeta y empezó a examinar pliegos y papeles. Asunción se le había acercado y curioseaba por encima de su hombro. María del Carmen, distraída, hacía tintinear la medallita de oro suspendida al cuello.

—Sí, lo que imaginaba. Razón de sobra tenían los del runrún. Un montón de deudas. ¿De qué disponemos para responder? —inquirió la mayor, extraordinariamente serena.

—Relativamente limpio de gravamen el olivar del Campillo. Un poco enredado lo de la fábrica de harinas. La casa está hipotecada —replicó, al cabo de unos minutos, Alfonso.

—Es decir que, por lo pronto, ésta y yo no podemos soñar con una dote. Lo primero es lo primero, y hay que pagar. A don Niceto, sobre todo, que es un bribón sin conciencia. Pero la casa no se puede perder. Eso, nunca. ¿Bastará con el olivar?

—Se me figura que no alcanza.

—Pide una prórroga. Un año más, con créditos. Cuidando escrupulosamente de la fábrica, sería fácil tirar y liquidar esa trampa. Tendrás que atenderla tú, no abandonarla en manos extrañas.

—Yo no valgo, está más que demostrado. Para mí no se inventaron esos belenes.

—Vende entonces, a cualquier precio razonable. Y con lo que sobre, si no eres capaz de nada...

—¡Asunción!

—¡Asunción! ¡Asunción! ¡Calla! Haremos tres partes, a machamartillo. Con la tuya, emprende algo que te guste.

En la Corredera se descolgó, fina y persistente, la lluvia.

—Oye...

—No te dé fatiga, dime.

—De la carrera estoy en ayunas. Os cedo lo mío, si os puede ser útil. Ya me las apañaré. La necesidad obliga.

—Eso es una chiquillada, una ocurrencia de niño mimado que yo no acepto. No quiero ser carga para nadie. Tú, igual que María del Carmen. Conserva lo tuyo, haz tu antojo y luego no te quejes. En esta semana, a poner en claro lo de don Niceto. Nosotras aguantaremos una temporada, sin que se enteren más de la cuenta de nuestra ruina. ¡Y ojalá en estos días descubramos un remedio!

—El casamiento.

—Sí, aunque te burles.

Esta vez la mirada de Asunción es cortante y dura.

Alfonso pasea, humillado, de balcón a balcón, mientras su hermana ordena los papeles del escritorio.

—¡Pero no se irá «Varita de Nardo»! —suplica María del Carmen.

—¡Qué disparate! Es parte de la casa, como la galería, los pájaros y los árboles —y Asunción ríe secamente.

De nuevo, María del Carmen dice, casi en susurro:

—Hoy, el pueblo me da miedo. La gente huirá de nosotros.

—También esa dificultad se arreglará —¡cuán crispados están los labios de Asunción!—. Y tú, Alfonso, si te divierte estirar las piernas... No hagas remilgos. ¡Te conozco de memoria!

«Varita de Nardo» acude a encender las luces. Al rato, trae un manojo de leña y en el despacho nace la grata maravilla del fuego. A la llovizna ha sucedido un viento helado y el pueblo despide un oleaje de rumores y quejidos, que se deslizan allí con nítido sabor de irrealidad y lejanía. Suena el portazo de Alfonso.

El pensamiento de María del Carmen se arropa en tristezas y vagas aprensiones. Contempla a su hermana, que lee impasible, como si todo lo ocurrido fuera previsible y lógico. Y ella, inmóvil, escucha el péndulo del reloj de la repisa, mientras «Varita de Nardo» se arrastra, torpona, por el corredor. Percibe, con singular claridad, el latir de la propia sangre, que habrá de consumirse en el bordado minúsculo de las horas lentas y asfixiantes.

¡Nota tanto en este día la huella ausente del padre! Desearía que algo grave sucediese. ¿No podría una mano desconocida o amiga repicar el aldabón? ¿Por qué no se escuchan unos pasos en la alfombra, y una voz caliente y protectora no ahoga la palpitación implacable del péndulo y desvanece el sordo rumor de la atmósfera? Pero a los parientes no les agrada rozarse con el sufrimiento, las «relaciones» son una turbia mentira, comparecen cuando se brilla, escapan cuando uno se apaga. En cuanto a lo anhelado, imprevisto y misterioso, ¿existe acaso? ¡Cosas del mundo! Son, fueron.

Salta, hiriente, el tono destemplado de Asunción:

—¡Tu hermano! Igual que si tuviéramos otro muerto.

Y nada más, a no ser la tos quebrada de «Varita de Nardo», que se envuelve friolenta en la toquilla.

Desde que Alfonso volvió a frecuentar el Casino no se le despegaba el pollo Castuera. Este, hombre de regular fortuna, solterón lleno de afeites y por las trazas pagadillo de sí, sentía especial afecto por el joven, el único que no le trataba bruscamente y era capaz de disculpar con generosa indulgencia sus ridiculeces.

—Castuera es el tipo más grotesco —decía—, pero amigo de ley.

Y el pollo Castuera, bombín en ristre, movíase alrededor de él como un girasol, seguíale los pasos, ponía por las nubes su ingenio y gracias, le servía de confidente. Frecuentemente dejaba la botica al arbitrio del «mancebo» y malgastaban las tardes en paseos interminables, en los que Alfonso charlaba sin freno.

—Atención, Castuera, hoy me rebosa la alegría y te explicaré el motivo. Antes vamos a recorrer el pueblo de punta a rabo, y haremos una estadística de las muchachas en estado de merecer, que se derriten por un mozo bien plantado, como tú, por ejemplo. Desenvaina la libreta y apunta: allí, en aquel balcón que parece una selva virgen de macetas nos acecha, pegada a la persiana, Ramona, la opulenta sobrina del notario. Un acto de caridad, ilustre

Castuera. Plantémonos en la esquina del pañero, y a distraerse inocentemente. Debes estar una media hora mirando con ojos de buey a ese ejemplar que huele a expediente y a papel apolillado. La esperanza, dulce como las torrijas, se colará en el témpano de su pecho, y esta noche te soñará... No te muevas, desertor, cruel, que aquí te vigilo yo, reloj en mano, para que cumplas a conciencia con tu deber. En la próxima «estación», con ese bizcocho mojado en vino de Jerez, Angeles, naturalmente, me tocará a mí rondar y hacer que suspiro, a ti evitar que escape. ¿Y por qué la elijo a ella? ¡Ah, tunante, si logro inspirarle alguna simpatía, su padre, el berzotas del Alcalde, arrinconará reglamentos y estará más blando cuando hablemos de cierto asuntillo! ¡Pero, desgraciado, llevas torcida la corbata! ¿Qué dirá de semejante descuido la redonda y añeja Ramona?

Vanamente intentaba en tales casos protestar y escabullirse el pollo Castuera. Alfonso lo atenazaba del brazo y de vez en cuando le cosquilleaba juguetonamente, con lo que el boticario hacía más mohines que alcahueta en ejercicio.

—¡Reconócelo, Castuera, somos imprevisores! Te falta haber traído un ramito de violetas y simular que aspiras el perfume. Ellas comprenden siempre ese lenguaje simbólico. Mañana, o compras flores para la excursión o proclamo en el Casino que eres un corto de genio...

En una sola jornada dedicaron, por riguroso turno, sus enamorados plantones a Ramona, a la municipal Angeles, a la maestra —con la algazara chiquilleril que es de rigor—, a la bella Herminia, una forastera que se hospedaba en casa del organista, a las «Melindres», dos hermanas gemelas, de trenzas similares, de rubores sincronizados, y a Rosario, la viuda del extinto Secretario del Ayuntamiento.

El pollo Castuera, traído y removido en tales julepes, le preguntaba con escama:

—¿Y se puede saber qué es lo que pretendes? ¿Reírte? ¿Que andemos a trompicones con un batallón de parientes? Ya es mucha guasa.

—¡Oh, Castuera de cortos alcances, Castuera descreído! ¿Te falla el valor? ¿Apenas abrimos el combate y ya flaqueas? ¿Quieres participar en mis empresas, enterarte de mis secretos y tú no sacrificas nada?

Durante quince días repitieron el trayecto, con su gama de suspirillos, flores en el ojal y miradas gelatinosas, amén de los correspondientes y ostensibles altos en las inmediaciones estratégicas de las casaderas. Al pollo Castuera no le llegaba la camisa al cuerpo, pese a los razonamientos tranquilizadores de su amigo.

—«Ellas» deben estarnos agradecidas. Vamos a ver, ¿qué pierden? Intacto su honor, incólume su doncellez... Si alguien se interesa por su palmito, nuestra admiración pregonada será un espolique. Si no hay un «patriota» que les diga «por ahí te pudras», al menos podrán enorgullecerse de una conquista. Aunque sea, justo es confesarlo, sin consecuencias. Sonarán sus nombres y así tendrán más valor de cambio.

No pensaban tan... filosóficamente los familiares afectados por estas maniobras y una noche, en el Casino, el notario llamó aparte al asustado pollo Castuera y al imperturbable Alfonso.

—Tengo que ventilar algo contigo, Alfonso, y con esa «cacatúa»...

Involuntariamente, el pollo Castuera se contempló de refilón en el espejo, advirtiendo solamente una cara ruborosa y de agudos rasgos, unos ojos con bolsas moradas y una sonrisa tímida.

Pero su amigo se escandalizaba.

—Don Rufino, una cuestión previa, con todos los respetos: ¡no ofender! Castuera es como yo, yo soy como Castuera, y para que nos avengamos, es mejor que prescinda usted de calificativos inadecuados y detonantes. Y ahora, escucho.

El notario se tragó la bilis y continuó:

—Pues, por encargo y representación de los parientes de las jóvenes a las que molestáis a sol y a sombra, pediros, exigiros, ¡caray!, que termine inmediatamente la... bromita. ¡Las habéis comprometido, demonio! No me vais a hacer comulgar con ruedas de molino. ¡Con todas ellas, según nuestra ley y religión, no os podéis casar!

Y con semejante adefesio no carga ninguna mujer que esté en sus cabales.

—¡Don Rufino, ecuanimidad! Castuera tiene pantalones y lo que hay que tener. Es un partido: gallardía, posición y seriedad. Quien lo ofenda, me ofende.

—Alfonso, no me acabes la paciencia. No me gustan las cuchufletas. Y si no lo tomas en serio, conste que te advertí. No dudaremos en recurrir a otros procedimientos.

El pollo Castuera sudaba a caño abierto, palidecía, se arrebolaba.

—¡En qué lío me metiste, condenado!

—No te preocupes, yo lo arreglaré. ¡Se me ocurrió una gran idea!

—¡Maldita sea mi suerte! ¿En qué nueva trapisonda querrás complicarme?

Planeaba Alfonso comparecer a la mañana siguiente en la tienda de Jesús, el pañero. Se haría mostrar las más seductoras telas de moda. Se veía eligiendo siete cortes, de modo que formaran los colores del arco-iris. Pagaría el importe sin rechistar, cuchichearía con el dependiente. Seguidamente, a escribir varias tarjetas, con expresiva dedicatoria y, como es lógico, a distintas direcciones. Diría la primera, correspondiente a un blanco seráfico:

«A Ramona, luz del cielo, para que me perdone y se engalane a mi memoria. No reincidiré.»

Angeles se encargaba un veraniego vestido de tonalidad naranja; la bella Herminia, uno azul; el rojo y el verde lo compartían ya, en su disparada imaginación, las «Melindres»; el amarillo marcaba provocativamente las plenitudes del cuerpo de la maestra; el negro, de lunares pizpiretos, para la viuda.

Fantaseaba, además, que las bautizaría con el apodo colectivo de «Arco-iris». Si eran capaces de humor, aceptarían el obsequio... ¡Y entonces, cómo iba a crecer su peregrina reputación, su celebridad de botarate simpático!

Pero el lance ofrecía sus peligros y se mostraba tan lastimero el rostro de su camarada de aventuras, que el sentido de la realidad pudo más en él y desistió, del proyecto, sólo por unos instantes acariciado.

A raíz de esta ronda, las pullas pueblerinas diluviaron sobre el pollo Castuera, y al amparo del amigo nació, indiscutible, su aureola estupenda de pazguato.

Días más tarde, borrada la irritación del boticario, Alfonso le habló de esta suerte:

—Me echas de menos, ilustre Castuera, no lo niegues. Es cierto que salió mal nuestra romería, pero la gente se olvidará en poco tiempo. Lo que te vengo a consultar es muy diferente.

—¿Otra jugarreta, a mis costillas?

—No, Castuera sufrido y abnegado. Escúchame sin interrumpir. Debo hacer algo y no valgo para cosa aprovechable, bien lo sé. Ni oficio ni beneficio. De la herencia de mi padre me quedan unos centenares de duros, y si me descuido los gastaré en menos que se piensa. ¡Tengo unas aptitudes de manirroto! Lo he rumiado mucho y he resuelto arrendar el teatro, contratar Compañías de Madrid de regulares pretensiones y quizás se gane algún dinerillo.

—¿Pero tú entiendes de eso?

—La fama de cabeza loca nadie me la quita ya, ínclito Castuera. Un hombre como yo no se concibe en un negocio de peso, no se confía en él. En cambio, dirán: ahí está como el pez en el agua, en su elemento.

—¿Hablaste con el Alcalde?

—Sí, el Ayuntamiento me arrienda el teatro por diez años, siempre y cuando haya una garantía en metálico o en fincas. He dado la de la fábrica, que ampara de sobras los alquileres. ¡Trabajillo me costó que Asunción consintiese: gracias a la intervención y ruegos de María del Carmen, que es una cordera!

—¿Y si no te salen los cálculos y fracasas?

—Pues se acabó el carbón, y a volar de aquí.

El pollo Castuera rascóse la barbilla, inspeccionó el techo y preguntó:

—¿Y dices que María del Carmen se puso de tu lado? ¡Si no se atreve a despegar los labios delante de la «otra»!

—Para que veas... ¡Es que a ella, como a mí, desde niños nos ha gustado a perder el teatro! Hacíamos comedias en el gabinete, con los mocosos de nuestra edad, y nos aplaudía mucho el respetable público, en el que no fallaba «Varita de Nardo». Nos aprendimos casi de memoria cinco o seis sainetes. Yo me daba mucha maña para apuntador, pintaba en papelones las decoraciones, cobraba las entradas. ¡A cinco céntimos! Los beneficios se destinaban a caramelos. ¿Te parece chica preparación? Dirigía los ensayos... En fin que María del Carmen tiene fe en mí, cree que en eso daré «chispa».

Meditó nuevamente el pollo Castuera y apuntó al rato —sonrojadas las mejillas, tembloroso el acento:

—Pero el teatro está muy abandonado. Será indispensable que lo renueves.

—Las reformas, dentro de una temporada... Si me va bien.

Y esta vez el pollo Castuera se envalentonó, fue subiendo de tono.

—¿Y tú presumes de ser mi amigo? ¿Y te has figurado que voy a dejarte solo, para que te estrelles? ¡Te desplumarían! Tengo unos cuartos ahorrados. Podría ser tu socio...

—Es que... ¿y si acabo arruinado?

—Pues a medias también. ¡Ni una palabra más!

De este modo, aparentemente caprichoso, justificadísimo por parte del pollo Castuera, como el giro de los sucesos irá demostrando, el honorable cuerpo de empresarios teatrales ganó dos fervorosos miembros, y al cabo de unas semanas llamativos cartelones anunciaban por todas las esquinas el comienzo de la temporada con la representación, casi sacramental, de «El gran galeoto».

En aquellos días se desbordó la actividad de Alfonso. Acuciaba a los equipos de albañiles y pintores, reñía a los carpinteros que reparaban las butacas, daba los últimos toques decorativos a los camerinos, revisaba en la imprenta de don Emilio los programas de mano, preparaba el hospedaje de los cómicos. A todas partes le escoltaba, alegre y sumiso, aturdido y radiante, el pollo Castuera.

En el pueblo entero sólo se hablaba de la sensacional novedad. Era la comidilla favorita en el Casino, en el mercado, en las barberías, tabernas y posadas. Incluso el barrio de los mineros, y sobre todo la calle de los tarantos, experimentaba la misma ansiedad gozosa.

La noche de la función, el Casino se despobló, después de la fiesta en honor de los comediantes, ofrecida rumbosamente por Alfonso. Miguel, también conmovido por el acontecimiento, pues no en vano alterna uno con los «artistas» y escucha constantemente los comentarios entusiastas de las tertulias, rogaba a todos los santos que no apareciese ningún parroquiano, en cuyo caso convencería a José de que montase la guardia y él podría ir al teatro, un mundo singular que excitaba su fantasía.

Pero sintió sorpresa y rabia cuando se presentó el desconocido. El plan se le desbarataba, pensó. Le había aguado la fiesta y de mal talante se acercó a él.

—¿Desea algo?

—Un bocadillo de jamón y un vaso de vino. Pronto, que estoy desmayado.

Tendría unos veintiocho años. Por el traje y los modales denotaba elevada clase social y educación fuera de lo común. La discreta sortija de oro, la barba de corte señorial, las mismas manos, delicadas y vigorosas al tiempo, lo confirmaban.

Comió con apetito —solo en la sala vacía, extrañamente silenciosa— mientras Miguel, a unos pasos, servilleta al brazo, esperaba sus órdenes, anhelando que se marchara lo antes posible. Pero el forastero se arrellanó en el sofá, estiró las piernas y encendió un cigarro puro. Miguel se consumía de impaciencia.

El desconocido lo miró curiosamente, con sus ojos pardos y plácidos, satisfechos, de suave pestañeo, y descansó los pies en el polvoriento maletín que había dejado junto al velador. —El rostro, tostado por el sol, traslucía al filo del cuello de la camisa unos ribetes de piel lechosa—. El hombre no tenía prisa, rumió Miguel, reprimiendo la desazón. Y luego, insensiblemente empezó a interesarse por el forastero, experimentó una necesidad apremiante de averiguar quién era y qué pretendía, incluso la comezón de penetrar en la trama de sus pensamientos. Si no se iba —ya debe de estar mediado el primer acto— pegaría la hebra. Una calma, para él aguda e impresionante, señoreaba los desiertos salones del Casino.

El desconocido, como si él no estuviera, garrapateó

unas líneas en su carnet de bolsillo, con cierto descuido jovial. Recostado en la columna de la entrada de la biblioteca, escasamente a dos metros de él, fingiendo distracción y modorra pero alerta los cincos sentidos, Miguel seguía el trazo del lápiz, identificaba los lugares marcados en el croquis. Diseñaba la vía del ferrocarril chico, a la vera del tejar, en dirección de los molinos de aceite; el llano pedregoso, de yerbas quemadas, con muchos calveros, en uno de cuyos extremos, al pie de las colinas, el hombre marcaba, con signo presuroso, una cruz fanfarrona.

Desde la penumbra del zaguán José le llamó, avisándole que se retiraba y le dejó las llaves para cerrar.

—De aquí a una hora, todo lo más, lárgate si quieres. Me figuro que los del teatro no volverán.

—Sí, es lo que haré —y no dijo una palabra sobre el forastero.

De nuevo hallábase al lado del desconocido, que había guardado el carnet y liaba un cigarrillo.

—¿Usted no es de por aquí? —aventuró Miguel.

—Se conoce a la legua, ¿verdad? Es la primera vez que vengo a este pueblo y creo que no he hablado más que contigo.

—El mundo es un pañuelo y a lo mejor también encuentra usted relaciones en esta aldea.

—¡Qué va! Soy del Norte, bilbaíno. Nunca estuve por Jaén. Suelo vivir en Madrid.

—¿Viaje de recreo?

—No, terminé hace poco la carrera y por una corazonada me planté en la Sierra y allí me he pasado una semana.

—Cazando, seguramente.

—Quiá. He trabajado de lo lindo, en lo mío. Recorrí desde las montañas hasta el llano, rastreando. Soy ingeniero de Minas.

Miguel simuló una sonrisa cordial. En ese momento todo él estaba en tensión. El cerebro y los nervios le palpitaban de turbio anhelo. Y entonces decidió mostrarse cortés.

—¿Le apetecería algo más?

Andújar, 6-II

—Otro vaso de vino sí me caería bien. Y tráete uno para ti.

—Muy contento parece.

—Es que me cayó la lotería, el premio gordo, muchacho. Y no te extrañe que en unos días ponga casa y me instale para siempre en este pueblo. Me tendrás de cliente fijo.

Bebió dos o tres copas más.

—La suerte se presenta cuando menos la esperas. Y no es que yo me haga ilusiones, como tantos bobos ignorantes. ¡Estoy convencido! Hasta la sortija empeñaría, tranquilo de que la sacaré con creces. En esta tierra hay plomo en vuestras propias narices, a espuertas, y os alejáis para buscarlo.

Se desperezó. Miguel espiaba sus gestos, su respiración.

—Y capital no me faltará. No pongas ese gesto de incredulidad.

—¡Tantos hablan de que descubrieron minas riquísimas y luego se llevan chasco! Es un cuento que oigo a diario.

—De mí no se reirán. Te apuesto lo que quieras a que vuelvo de Madrid con mucho dinero y que de «ahí» sale más plata que del Perú.

—Sus motivos tendrá usted para saberlo. Muy a la callada lo hizo.

—Este mes denunciaré la mina. Ahora me dediqué a cerciorarme, a no levantar la liebre. —El segundo acto debe de estar empezando, piensa Miguel. Y el Casino continúa desierto.

El forastero se yergue, resuelto, animoso. Da unas pesetas de propina y se informa del camino más corto para ir a tomar, en la estación del pueblo próximo, el tren de Madrid.

—A buen paso es un cuarto de hora.

Y le explica por qué calles ha de salir a la carretera.

Tumbado en la cama, sin desnudarse, Miguel rememora todo lo ocurrido en la noche. Es de madrugada y el Palacio semeja una hondonada de silencio y de quietud. Por el ventanuco entra el resplandor de la luna llena, se filtra por los barrotes un airecillo suave, tierno.

Al reproducir en su imaginación, con angustiosa exactitud de pormenores, el suceso, se asombra de la frialdad con que lo ejecutó, de cuán pronta e irresistiblemente la idea miserable apoderóse de su ánimo. En un instante casi, lo que tardó el forastero en trasponer la puerta, meditó lo que su muerte le significaría, proyectó todo lo necesario para realizarla sin que una sola gota de su sangre le salpicase en el futuro.

Dejó encendidas las luces del salón principal del Casino, abiertos los balcones arqueados que dominan la plaza, y salió por la cocina, en la parte opuesta del caserón, hundida en las sombras del callejón del Agua. Tenía, aproximadamente, una hora disponible. Abriendo el compás, por los lugares donde confiaba no tropezar con un alma, se internó en el olivar que separa, como una isla de yerbas y troncos, la explanada de los tejares y los sembradíos. Siguió su camino a campo traviesa hasta alcanzar, al cabo de unos doce minutos, la carretera real. Se apostó en un recodo que le era familiar y agazapóse tras los escombros de un muro en ruinas. A partir de aquel sitio, de siniestro aspecto, iníciase una corta cuesta desde la cual se divisa la estación del ferrocarril.

El forastero podía haber aplazado el viaje o buscar la compañía de alguien, quizás alquilar un vehículo. En estos casos, su proyecto se derrumbaba. El no basaba la posibilidad del crimen sino en el hecho de que hubiera seguido fielmente su indicación. Realizaría su propósito si el «tipo», como había supuesto, era un «bicho raro», enemigo de compañías, andarín, sin un pelo de medroso, incapaz de arredrarse ante lo desconocido, y que tuviera el primordial estímulo de llegar sin tardanza a Madrid. Y, finalmente, creía él que el ingeniero se sentiría incitado por el amparo de la maravillosa noche serena y la tradicional seguridad de la comarca.

Luchaba con estas dudas y al par tranquilizábale una intuición nueva. ¿No le protegía la fortuna desde entonces, no aprovechaba una cadena de favorables casualidades? Su segunda naturaleza —rapaz y voluntariosa— salía a la superficie, había eliminado toda una porción de su ser, propicia por la edad y el recuerdo de Encarnación a la dulzura y al ensueño, a las aspiraciones simples de los que trabajan y se reproducen sin más horizontes. Estaba atento a la presa, en vigilia ardiente el oído para captar los menores ruidos, intensa y penetrante la mirada.

El cielo, regado de estrellas, únicamente le interesaba por el manto de claridad que esparcía. El olor de la yerba mojada, el paisaje alternado de trigales, lomas y olivos, la tersa caricia del leve viento, no le importaban ni distraían de su objetivo.

Cuando distinguió sus pasos, cuando oteó su figura, le palpitó opacamente el corazón. Venía solo, confiado, silbando una melodía que él no había escuchado nunca, pero cuya música, de sencillo tono popular, recogió para siempre —no sabría decir la razón— su memoria. Miguel se arrastró encorvado hasta la cuneta, se incrustó en la franja negra que vertían unas ramas de higuera. Se apoyó en un brazo, para verle mejor y elegir el momento oportuno del salto y del ataque, aprestó la navaja.

Se acercaba, cada vez más, el forastero. Ahora canturreaba con redoblada alegría, como el navegante que avista el puerto. Lo hacía con un dejo infantil, con cierta suavidad que contrastaba con su espesa barba morena. De un brinco Miguel se situó a su espalda, de modo que casi pudo escuchar su sosegado aliento, y cómo al aplastar las pedrezuelas sus zapatos la respiración se le tornó apresurada y ronca. Volvióse bruscamente mas para recibir la puñalada en el pecho. Se tambaleó unos segundos y cayó en la cuneta. El arma quedó clavada y su agonía —en las pupilas un estupor inmenso, una blancor pavorosa— fue breve. Luego, la contracción postrera, una calma estancada en el semblante.

Miguel escudriñó los alrededores —el trozo de carretera, los sembrados inmediatos— para comprobar que no dejaba ninguna huella. Registró las ropas del forastero hasta hallar el carnet. La postura de su víctima le sugirió un ardid y puso su diestra —lívida, sin palpitación— sobre la empuñadura de la navaja, bien apretada. Así, la justicia podía sospechar lo más cómodo, lo menos molesto, un suicidio extraño.

Al resplandor poderoso de la luna examinó cuidadosamente las manos y el traje del forastero, por si se le escapaba alguna señal delatora. Rehuyó mirarlo a la cara en esa última vez, y emprendió el regreso. Se lavó en un arroyo y recompuso el cabello, observó de nuevo su chaquetilla blanca de camarero. Ni un rastro.

El Casino continuaba quieto y mudo. —Hasta avanzada la mañana no descubrirían el cadáver—. Se limpió el polvo del calzado, estudió con ahinco su aspecto en el espejo.

—¡Qué tranquilidad le había confortado, hace poco, al brillar próximas las luces del pueblo!

La pandilla del teatro podía volver. Ojalá que así fuese. Serían unos testigos inapreciables en el caso de surgir alguna complicación. José no se había dado cuenta de nada. No se acercó al forastero, y si lo vio de lejos pudo creerlo un contertulio habitual. ¡Ojalá Alfonso y sus cómicos vinieran a festejar el éxito, podrían confirmar que él no se había movido de allí!

Se sentó en una butaca y fingió dormir.

Tras esta máscara medía ansiosamente el curso del tiempo. Su mente funcionaba con entera precisión, sin que todavía la asaltasen sobresaltos nerviosos. Miguel se encontraba de lleno en el futuro, señalábase unas finalidades, y sentía que su añeja, enconada ambición estaba a punto de transformarse en realidad.

El grupo —Alfonso, el pollo Castuera, los artistas— irrumpió en el Casino y se detuvo ante el camarero adormilado. Lo despertaron a gritos. Simuló Miguel desperezarse, miró con entontecido asombro el reloj de pared y exclamó, pesaroso:

—¡Dos horas y media frito como un gorrión!

Le ordenaron que juntase las mesas y en torno de ellas se instalaron los extravagantes parroquianos, en revuelta animación hombres y mujeres. Todos felicitaban a Alfonso por el triunfo y fue un pintoresco desfile de brindis y comentarios.

—Si te quejas, es de vicio. El pueblo se dio cita en el teatro.

—Todas las clases sociales, sin excepción —afirmaba, complacido, el pollo Castuera—, desde la Corredera a la calle de los tarantos.

—¡Y cómo lloraban, también sin excepción! —dijo con énfasis despreciativo la primera actriz.

El galán, más diplomático, intervino:

—Es un público muy generoso e inocente. Temperamental. Ya por las capitales, pervertidos por la moda, rechazan las emociones fuertes, las situaciones pasionales al desnudo.

El pollo Castuera agregó, un tanto molesto:

—¡Ha sido una gran jornada dramática!

Ahora, en su cuarto, recordaba Miguel los rostros excitados, las bromas picantes, el aspecto hastiado —cuando no le observaban— del pollo Castuera, su artificiosa alegría al participar en la conversación general timoneada por Alfonso. Miguel deseaba que se fuesen pronto, necesitaba estar a solas, sentía una irresistible tendencia a revivir en su imaginación lo acaecido. ¿Y si notaban la preocupación que se iba apoderando de él? —Por un instante, creyó ver ocupado el sofá donde descansó el forastero, y hasta su voz resurgía —sólo para él—, gangosa y aniñada, cordial y ruda. Escuchaba, obsesionante, la tonada que cantó en la carretera segundos antes de su rápida agonía.

Desvaríos, decíase. La realidad, la realidad única es la habitación del Palacio en que intento olvidar y la mina que en breve será mía y vomitará mineral hasta hartarme. Tendré paciencia, esperaré unos meses para denunciarla. Se necesitará algún dinero, ponerla en marcha es costoso. ¿Y si le pido un préstamo a don Nicolás o a don Emilio? Aunque sean republicanos y no convenga tratarlos, se devuelve rápidamente, y en paz.

—¿Qué nombre le pondré? No estaría mal llamarla como a la casa del tejar, «La Clavellina».

«La Clavellina», el sonido es agradable. Flor de amores y de juventud. Y su rojez es igual a la de la sangre rica —entonces se estremeció—, igual a la sangre del forastero. Sintió escrúpulos, ramalazos de remordimiento, agobios de temor. No, lo cambiaría. Era cosa de mal agüero. ¿Y acaso es digno de hombres retroceder ante supersticiones de beatas?

—Le pondré «La Clavellina» —determinó.

A su pesar, evocó el crimen de Senarro y sufrió una

vaharada de honda vergüenza al compararlo con el suyo, el «suyo». Porque el otro mató impulsado por un odio antiguo, que no era sólo de él, sino de todos los mineros. Y asesinó con riesgo, a pecho descubierto.

¡Qué duro, tembloroso y bañado de angustias fue su sueño!

VI

Mientras don Francisco Salgado, contable de «La Clavellina», inscribía asiento tras asiento en los libros, con
aquellos rasgos claros y firmes de su mano zurda, habilidad obligada por el brazo manco, su pensamiento se bi-
furcaba y podía, sin mengua del trabajo, vagar a sus anchas por temas que nadie hubiera sospechado en varón de
apariencia tan serena y abstraída. Balanceábase ligeramente la manga vacía, nido del muñón, en tanto que don
Francisco rellenaba de líneas parejas el folio. Bajo su vi-
gilancia laboraban en la oficina dos empleados —de la
especie inefable de los «meritorios»— dando muestras de
un celo servil. El pabellón cuadrado, curvo de techo, con
ventanas de cristal en los cuatro costados, recibía la luz
húmeda y pegajosa de una gris mañana de noviembre, al
día siguiente de Difuntos.

Veíanse desde allí la torre de «La Clavellina», plantada
sobre la corcova de un montículo, el edificio de planchas,
despintado y de gran fondo de los almacenes, los railes y
vagonetas de vía estrecha por donde se transportaba el
mineral, y más lejos, cual mantas de color cuyos flecos

intentaran baldíamente enlazarse, el arranque de la cadena
montañosa y el cromático relucir del caserío del pueblo.

Aún no había llegado Miguel —o «don Miguel», título
honorífico adquirido al cabo de tres años de triunfo— y
notaban su falta. El patrono no era lerdo en la habilidad
de hacerse imprescindible, de proyectar su presencia o ausencia. Y don Francisco, ágil en percibir con mayor nitidez
estos detalles, como hombre enfermizamente susceptible,
preguntóse, con cierta irritación, adónde desembocaría la
extraña fuerza que de él irradiaba. ¿No estaba contento,
ahito, con las ganancias «fabulosas» de «La Clavellina»?
¿Aspiraba a más, siempre a más, ese mocetón afortunado,
que no era sino un vulgar minero de origen, con algunas
letras postizas a guisa de lustre? En sus raros momentos
de intimidad con él, hablaba ahora de perforar nuevos
pozos en las inmediaciones, hasta constituir un cinturón
en torno a la mina madre. ¡Y pensar que su poder, y lo
mismo su fortuna, quizá hiperbolizada por la estimación
pública, había partido de unos miles de pesetas que, según
se murmuraba, le prestó don Nicolás Valdivia para dedi-
carse a «sacagéneros»! Luego fue el estupendo golpe de
suerte que le hizo descubrir el filón más rico y abundante
de la comarca. Para redondear su ventura, el plomo empezó a cotizarse alto en aquella época, por la amenaza de
una guerra europea.

Nació de pie y calzado —seguía meditando don Francisco—. Bien es verdad, añadía con rezongante espíritu de
justicia, que tiene una voluntad indomable. Sólo vive para
«La Clavellina»; incluso los domingos y fiestas de guardar se pasa en ella el día entero. Conoce el paño —le salió
pelo de barba en las galerías, junto a los barrenos—, es
mañoso al tratar a los obreros, apenas gasta en sí y hace
rendir grandemente a sus subordinados, con halagos de
amor propio y pequeñas recompensas.

—Yo no encontraría de qué quejarme —continuaba
don Francisco—. Me considera, compartimos la comida
que encarga a la fonda del Curro, me consulta todo lo re-
ferente a la administración, no es demasiado tacaño con
mi sueldo y, de vez en cuando, se descuelga con algún

regalito. Sin embargo, si me preguntaran qué sé de él, del hombre de carne y hueso, no del «amo», dificilillo me sería contestar algo interesante. Y eso que va para dos años que alterno con él y lo veo constantemente.

Finísima de nariz es Leocadia y perjura, con razón, que a mí debe importarme un comino lo que trame y cavile. Es un árbol recio al que conviene arrimarse, y así, asegurado está el pan. ¿Que peca de ingratitud con ese Juan, el carpintero, al que rehuye hoy, a pesar de que lo crió y le ayudó? De acuerdo, pero eso no cambia mi situación. ¿Que el viejo don Manuel, su maestro, está a la quinta pregunta, y él ni se inmuta? ¡Bah, los ricos recién amasados y salidos del horno serán como él, mientras el mundo sea mundo!

Si él —su mujer era más astuta y se lo aconsejaba— se dejara de escrúpulos, de cumplir simplemente con la obligación, y le bailara más el agua, otro gallo le cantaría. ¿Qué le costaba convertirse, de modo gradual, en su hombre de confianza? Ser una especie de amigo suyo, guardando, eso sí, las distancias, le beneficiaría… Era necesario preparar el futuro, había la posibilidad de que los síntomas de Leocadia se confirmasen y ella quedara encinta, después de largo período matrimonial sin frutos. Se atusó las guías lacias del bigote y sonrió orgullosamente.

A estas alturas de sus reflexiones entró Miguel y le saludó con su invariable sequedad. Revisó unos papeles en el escritorio y se apostó junto a la ventana, mirando con gesto de ufano cansancio la torre de «La Clavellina». Iba vestido de negro, denotando un sólido y severo bienestar, no muy a tono con su juventud, visible a pesar de algunas arrugas en la fisonomía y la permanente contracción de las mandíbulas. Se quitó los guantes y encendió un puro.

—Don Francisco, «ésos» pueden retirarse. Ya es hora, hasta la tarde. ¿Hay algo de particular?

Carraspeó el contable cuando estuvieron a solas, no sabía cómo empezar su ataque.

—Usted dirá que soy un atrevido, don Miguel, que opino de lo que no me importa, pero creo mi deber hablarle.

—¿De qué se trata? ¿Siguen las filtraciones en el almacén? ¿O es la cotización del plomo? ¿Quiere usted una semana de permiso? Merecida se la tiene y no se la regateo.

—Nada de eso. Es que a mí se me figura que quien necesita descanso es usted. Descanso y diversión. ¿No está demasiado absorbido por la dichosa mina? ¡Hace una vida de monje! Y a sus años...

—No se puede estar en misa y repicando. Ya me distraeré.

—Pero, de higos a peras, refrescar la cabeza le sienta a uno.

Miguel ablandaba el ceño.

—Usted quiere pervertirme, don Francisco.

—¡Líbreme Dios!

—Y a propósito, tengo apetito. ¿Está lista la comida?

—Hace un buen rato. Cuando usted guste.

Despejaron una mesa, colocaron en ella los platos de las fiambreras y, frente a frente, dieron cuenta del entremés, del bacalao empanado, de la tortilla de patatas y del flan. —El jefe no era delicado, sino de gusto muy llano en estas cuestiones.

—Por la noche debuta una Compañía en el Teatro Principal. Con una obra de fantasía, de Julio Verne: «Los hijos del Capitán Grant». Dicen que es cosa de maravilla, de ensueño, en decorados, en trucos, por la cantidad de comparsas. Leocadia y yo pensamos ir.

—Es usted perseverante, don Francisco. Se le metió entre ceja y ceja encampanarme. Quizás tenga razón... Pero invito yo. Mande usted ahora mismo a Sebastián a comprar las entradas. Mejor, un palco, el más caro.

—¡Don Miguel! Temo que lo haga por compromiso... No fue ésa mi intención.

—No le dé más vueltas.

—¡Será un acontecimiento en el pueblo que se presente en el teatro! Tela a cortar para muchos días. ¡Como es usted tan retraído!

Pero Miguel no le escuchaba. Volvió a la ventana, a recrearse en su mina.

Ya en el primer entreacto, del patio de butacas, anfiteatro y «gallinero» todas las miradas convergieron en el palco de Miguel. No se le veía en público, en un acto de esparcimiento, desde que se convirtió en uno de los mineros más poderosos del pueblo. Lo espiaban con curiosidad y envidia mal reprimidas. El, fingiendo indiferencia, recogía emocionado el involuntario homenaje que se le rendía. Y no era un don nadie, sino hombre de «aldabas» y «oro», un ejemplo excepcional de suerte y tesón que comentaban con la saliva pegada al paladar. El antiguo camarero del Casino podía codearse, y en plan de superioridad, con los más acaudalados e influyentes. Y entonces pensó, transido de hondo cariño, en un brote de gratitud, en «La Clavellina», fuente de su éxito, palanca de su fuerza.

Leocadia no cabía en sí de orgullo. Sarmentosa y descolorida, agitábase en la silla, tieso el espinazo, saboreando la expectación general que sobre ella derramaba algunas migajas. Francisco, a su izquierda, con el traje de cristianar, procuraba colocarse de lado, para ocultar la manga hueca y flotante, sin mano que la terminase. Simulaba admirar el decorado del techo, repleto de nubes, deidades y trompetas de la fama, y contestaba a los saludos de los conocidos con un pestañeo ejemplo de condescendencia y ritual dignidad.

Sólo cuando se alzó el telón por segunda vez volvió a fijarse la atención de los espectadores en el escenario. Miguel se desinteresaba de lo que allí ocurría. Aprovechó la oportunidad, como distracción, para observar a la gente y recordar fisonomías. En el patio de butacas distinguió a don Emilio, el dueño del Palacio, acompañado de su hija, joven casadera de rostro impreciso, hundidos ojos y garganta de porcelana: la niña que él vio jugar cuando era escolar. De pie, junto a la puerta de salida, en actitud displicente, manoseando la cadena del reloj, estaba don Nicolás Valdivia, perfectamente solo y ajeno a lo que a su alrededor sucedía. Leocadia hablaba en voz baja con su esposo.

—¡El republicanote! Sigue soltero y ella, esa marquesa de tanto humo y misterio, que se imaginaría perdonarnos la vida con el saludo, no se decide a dejar sus Madriles. Le tira más lo suyo. Ese noviazgo acabará como el rosario de la aurora o en agua de borrajas.

En el palco tradicionalmente reservado a la Empresa, a la derecha del proscenio, dos mujeres, escoltadas por el pollo Castuera, siguen con desigual interés las incidencias de la representación. Las hermanas de Alfonso —dícese Miguel. La mayor, inmóvil, los párpados entreabiertos, repiquetea los dedos sobre la barandilla de raído terciopelo, con marcado gesto de impaciencia y fastidio.

Leocadia comenta nuevamente:

—¡Están más tronados! Parece que Alfonso no sale de trampas. Es natural, ¿a quién se le ocurre prosperar con el teatro? Lo que gana se lo embolsan las cómicas, que tienen las uñas muy largas. Es un escándalo por partida doble. Y Asunción, que delira por grandezas, se consume de rabia. Porque, además, se le pasa el tiempo ¿y quién cargará con ella? María del Carmen es otro cantar, ni pincha ni corta. Han vuelto a hipotecar su casa, y un buen día los pondrán de patitas en la calle. ¡Cuando un padre fue jugador, vaya herencias!

¡La casa de la Corredera! La más hermosa del pueblo. Con su frente de balcón corrido, su jardincillo acotado por la verja de artísticos hierros, y en la parte trasera, el patio poblado de recios árboles, cuyas copas señorean toda la perspectiva y albergan las bandadas de pájaros del contorno... ¡La casa de la Corredera!... Con el ancho portalón por donde pueden circular carruajes y su luminosa galería encristalada.

Y Miguel recuerda cuántas veces se detuvo en los alrededores, de niño y de adolescente, cifrando en aquel edificio el inasequible ideal de una vida suntuosa, espléndida, la clave de la riqueza, el modelo concreto de la elevada posición social consolidada a través de las generaciones.

—¡Tendría gracia! —murmuró, sin atreverse a completar su pensamiento. Pero una vocecilla distante y tenaz martilleaba en su ánimo.

—¿Por qué no puede ser tuya? Has conseguido lo más

difícil: el dinero, la admiración, el temor... Lo demás, vendrá rodando.

Caen las cortinas y luego el telón remendado. Cada mochuelo a su olivo. Las últimas cortesías de los rezagados se intercambian cuando apenas unas pocas bombillas siguen prendidas en la sala. En el vestíbulo, dialogando con Alfonso y el pollo Castuera, don Patricio, el ex jugador redomado, que no ha vuelto a las andadas desde la muerte de su inseparable don Roberto, en un ejemplo de fidelidad digno de admiración, se rasca la perilla cenicienta y aparenta ignorar el grupo de Miguel, don Francisco y Leocadia.

—¡Los tumbos que da la suerte! Ese, capaz antes de volar para recoger una propinilla, convertido en un magnate que varea los duros... Y todos le doblan la raspa.

Miguel no ha podido escuchar sus palabras, pero adivina, sin embargo, el sentido hiriente de su expresión. Y capta, también, el desdeñoso encogimiento de hombros del «perdis» de Alfonso que, ostensiblemente, le vuelve la espalda. El sofoco le azota las mejillas y el cuello, empurpurece sus orejas y le quema la frente curtida. Camina, entre su empleado y Leocadia, más erguido y desafiante que nunca, braceando con brusquedad, sin mirar siquiera los rostros que le rodean. Sí, como ellos opinan muchos, les devora el rencor, no conciben ni admiten que uno se levante por sus propios puños. Pero él les hará sufrir de envidia, no parará hasta colocarse a una altura que les infunda respeto.

Aún charlan algunos en corrillos a la puerta: dependientes que se resisten al sueño, mineros solterones a quienes asimismo trae sin cuidado dormir poco. Ahí están, riendo gracias de sal basta y seguramente ocurrencias procaces, Paquillo y Joselito, los viejos compañeros, como vestigio acusador, imborrable, de otra época suya.

En la fisonomía de Paquillo espejea la indecisión al divisarlo y no sabe qué hacer. Pero vence la amistad antigua y se adelanta a su encuentro, esperando que Miguel le reconozca y le llame. El nuevo rico continúa su marcha y lo detiene con una sola palabra, áspera, dicha de refilón para afirmar la diferencia.

—Hola.

Paquillo, cortado, se muerde los labios.

—El pez gordo ya no quiere rozarse con los zancajos. Sudores de agonía le va a costar cada peseta. No te extrañe que el día de mañana le niegue las buenas noches al mismo «Mellao» que fue talmente su padre. Si alguna vez se le antoja volver... ¿Qué haces parao, como un bobo? Este no es nuestro sitio. ¡Arreando! ¡Salud, don Nicolás!

En la calleja, un vientecillo crudo, cerrar de portones, sombras y taconeos. Miguel se libera de sus devotos —y empalagosos— acompañantes y se dirige, como si le guiara un impulso irresistible, a la Corredera.

—Estoy sobrecargado de impresiones, agradables y molestas. Ahora no podría pegar los ojos. Conviene, por lo pronto, estirar las piernas —se justifica.

Apostado en la esquina, contempla codiciosamente la casa, la de más lucida y gallarda planta del pueblo. Suelen mostrarla siempre, desde ambas aceras, a los palurdos, para que se asombren. En el balcón se perfila fugazmente la figura de Asunción, caen las cortinas bordadas y el edificio entero se recuesta en el sueño.

Rosario —viuda picada de viruelas, marchosa y peripuesta— padece la enfermedad del visiteo y suele redoblar atenciones y palique cuando alguna de su amigas necesita de ella, bien sea por víspera de baile sonado, por preñez o luto, o debido a melancolías amorosas. Redondita, giratoria, pechillena, se constituye en catarata de movimientos y exclamaciones, en resonancia de novedades, en conducto de gratuitos oficios terceriles, como si de esta suerte desfogara sus cuantiosos ardores.

Es, en los hogares donde se la recibe, marea de la calle, busto confidente, alegre adversario de las tristezas de poca monta. Toda una institución, que ahora se ha erigido en ángel custodio de Leocadia; palmotea sus carrillos y caderas, mide con la vista el vientre que ya comienza a henchirse. Por las tardes irrumpe allí con la mayor naturalidad, ocupa una silla de tijera cerca de la ventana, requiere hilo, tela y dedal y ambas se dedican a los trapos

del crío, al que Rosario vaticina, con su pródiga labia pon-
derativa, un sinfín de encantos y monerías. Agotado este
capítulo preliminar conviértese en gaceta. Y Leocadia se
balancea en la mecedora, acorazada de almohadones, y
apremia con dejo mimoso.

—Cuéntame, cuéntame. ¡Si no hay cosa que tú no
sepas!

—Pues, agárrate... ¡Pero si ya lo habrás oído! ¡Si le
sacan punta en todas partes!

—Vivo tan retirada, para nada salgo de casa. No te
hagas de rogar.

—¡Chico revuelo hubo en el baile del Casino el sábado!
Yo, aunque sólo van las de «campanillas», también estuve. Tanto me porfiaron... ¡Hija, qué derroche! Quien
yo me sé hasta se privó de postres y chucherías meses y
meses, para comprarse un vestido lujoso. Música fina,
vinos de lo mejor, trajes de etiqueta. Por cierto que también se presentó el jefe de tu marido.

—¿Don Miguel? — y la embarazada, intrigadísima,
suspende el vaivén de la mecedora y procura no perder
ripio ni acento.

—El mismo que viste y calza, de tiros largos. A dos leguas olía a perfume ¡y lo que presumía de su sortija, con
un brillante como un garbanzo! No creas que exagero.
¡Ese hombre ha cambiado a una velocidad! Desde que
lo sonsacásteis para ir al teatro, parece que le tomó la
afición a las diversiones.

—Es joven. ¿Qué tiene de raro?

—Nada, nada. Pero aún le falta desenvoltura. Ya puede
forrarse de paño inglés, que ni así se le quitan los modales bastos de minero.

—¿Bailó? ¿Sí? ¡Pero antes no acertaba ni con un paso-
doble!

—No desperdició el tiempo. Toda la noche se la pasó
de parloteo, y muy dulce, con Asunción, la hija de don
Roberto, q. e. p. d. A ella no le disgustaba...

—¡Mal pensada!

—Me nacieron los colmillos en esos trotes. Al que no
le hacía ni pizca de gracia el amartelamiento era a Alfonso. ¡Ponía una cara de disgusto!

—¿Y María del Carmen?

—En la inopia, como siempre.

Leocadia, reservona, hace su composición de lugar. ¡Este hijo se anuncia con feliz estrella, traerá suerte! Hoy mismo hablará con Francisco, para que intime más con el «amo» y lo estimule hábilmente a crear una familia. Así, ganará su simpatía y por consiguiente mejorará en la colocación. Y con mano izquierda... Será preciso utilizar a Rosario, tirarle de la lengua para adaptarse a las circunstancias y pescar en el río revuelto que es un hombre encaprichado.

Día tras día, provoca el tema, aparentando indiferencia.

—La cosa está que arde. Lo que yo me sospechaba: Alfonso no lo puede tragar. ¡Hasta el pollo Castuera no se cansa de decirlo! Que le es antipático, que la conducta de Miguel no es limpia, que él no está dispuesto a que le «merquen» la hermana, como si fuera, vamos...

En la pausa, la preñada trastea con desgana el encaje de bolillos y se las promete muy venturosas si esa calamidad de Paco sigue sus consejos.

—Don Miguel necesita ahora alguien con quien desahogarse. Sin que lo pueda considerar una falta de respeto, insinúate, demuéstrale tu deseo de que todo le salga a pedir de boca. Con esos quebraderos de cabeza le agradará no ocuparse demasiado de «La Clavellina» y que otro, de confianza, le reemplace en las tareas menudas. Y tú puedes encargarte de aliviarlo de ese peso. Más adelante, te lo agradecerá. Y no estaría de más que te enterases cómo va el amorío. Tú no seas tonto y échale leña al fuego. Nada de extraño tiene que, como quien no se da cuenta, le hables de nuestras relaciones, de lo que a ti te pasó. Eso te conquista su simpatía y le despierta el hambre. ¡Si te dejases guiar por mí! Sólo sabes trabajar y trabajar, sin aprovecharte, sin cuidar del porvenir.

Leocadia extrema finezas y astutos halagos con la viuda. Después de harto el pico, ya cantará el pájaro, se dice con sonrisa de coneja. Hasta las prudencias y preocupaciones de su estado las relega a un segundo lugar, ante este acontecimiento que se puede rebañar como un plato de salsa espesa.

Andújar, 7-II

—Ahí, en la alacena de la despensa, tengo una fuente llena de rosquillas de manteca. ¿No quieres probarlas? Me siento perezosa. Tú misma coge algunas.

—Me conoces el flaco. Lo malo es que no acierto a terminar.

—Desde aquí no veo...

Viene Rosario, espolvoreados los labios gruesos y provocativos de granos de azúcar, un tinte de tostada grasa en el bozo rubiales. Se desborda de elogios.

—¡Manos de ángel! Y qué punto... Hasta hoy nunca comí algo mejor. Lo recordaré y se me hará agua la lengua...

—Llévate unos cuantos, en esa servilleta. Si me ayudaras a ribetear los pañales...

—¡Faltaría más!

Dura poco el silencio. Rosario es siempre mensajera de alguna noticia, y como a su amiga le afecta todo lo que con Miguel se relaciona:

—¡Algo fantástico! Es una pelea de perros y gatos. Y me da en la nariz que Alfonso escarmentará de ésta... Asunción se le ha sublevado —me lo contó una parienta de «Varita de Nardo», la vieja está que se deshace, no le llega la camisa al cuerpo— y ha reñido, pero en serio, con el hermano. Que si no le gusta, pues que por la puerta se va a la calle, que ella también tiene su genio, es mayor de edad y no se resignará a vestir santos. Total, se soltó el pelo. El botarate ese pescó una irritación fenomenal y el pollo Castuera pagó el pato. En fin, Asunción parece dispuesta a todo. Le gritó que ella no consentiría que por un capricho de niño terco se ofendiese a una persona decente, a un «caballero». No le permitiría que destrozara sus planes.

—¿Y qué puede reprocharle ese don Rodrigo en la horca a don Miguel?

—Pues, figúrate. Que no tiene educación, ni principios, que sólo aspira a emparentar, a fuerza de dinero, con una familia de abolengo. ¡Bah, ladridos a la luna! Don Miguel, sin levantar polvareda, es más zorro. El no comenta nada, como si todo el jaleo fuera con un desconocido. Pero si le amoscan, si le provocan, la hipoteca de la casa de la Corredera ya no es de don Niceto, sino suya. Y la hará jugar para conquistar, por las buenas, a Asunción. Y además se las dará de espléndido. ¡Y son bastantes miles de duros!

—¡La casa de la Corredera! —suspira, en arrobo, Leocadia.

—Aunque rabie Alfonso, la boda será de tronío. También pataleará, por espíritu de imitación, el pollo Castuera —agrega, con guiño rencoroso y cínico, la viuda.

Cuando marcha el torbellino, Leocadia se queda mirando, abstraída, a la calleja. Sobre los tejados, en la luz suave y lenta del atardecer, la torre de la iglesia mayor se baña en fugitivas claridades. Allí, piensa, repicarán pronto las campanas pregonando la ceremonia. —Me pondré, si ya salí del cuidado, la mantilla negra calada y los zapatos altos de charol. Paco irá como un figurín, que de eso yo me cuido. Y las gentes nos observarán con los dientes largos y don Miguel querrá que estemos cerca, porque no nos considerará ya unos simples empleados. ¡Y más de cuatro van a rabiar de celos y de envidia!

El vientre se mueve, con brusca palpitación, bajo la bata holgada. Ella lo contempla ufana, orgullosa. El retortijón duele y consuela. Sentirlo así, acariciado su regazo por los últimos resplandores del sol tibio, cuando nadie mosconea y el futuro es tan halagüeño..., no hay dicha que se le compare. Se inclina sobre la propia preñez y le habla, con ansioso estremecimiento, como si el hijo escondido pudiera entenderla.

—No, cachorro mío, no vendrás desnudo a esta tierra. Haré que tu padre se arrime a la sombra segura. El refunfuña, pero acaba obedeciendo. ¿Qué le cuesta? Aguantar la tabarra del jefe, simular interés, metérsele en el humor... Cuando tú nazcas, don Miguel no será tan de piedra que no te haga un regalo de duque. ¿Y si te apadrina? ¡Eso es! Luego te verá siempre con cariño. Te educaremos a conciencia, sabrás tirar de pluma y, llegado el momento, ocuparás el puesto de Paco. Y si la suerte no nos traiciona te casaremos como Dios manda, con una heredera de muchos doblones y señorío. ¡Y tú no irás con las

manos vacías! Pelearemos y arañaremos para ti. Paco es
dócil, se hace estimar, rinde en su trabajo.

Cualquiera, ajeno a sus reflexiones, de haberla obser-
vado en aquel trance, pensaría que Leocadia estaba entre-
gada a un cándido, purísimo ensueño místico.

En los pueblos una casa representa, de manera casi absoluta, el poder social. Así se manifiesta el prestigio y la
estabilidad de las familias, su tradición y su espíritu, su
vigor, en forma que los habitantes de las ciudades moder-
nas ni siquiera imaginamos hoy. Constituye la porción más
codiciada de las herencias e incluso un dato importante
de orientación topográfica, una fácil referencia en las conversaciones. El progreso de una casta se revela en la construcción que la alberga, en cómo mejora y adecenta su re-
sidencia o la cambia por otra de mayor boato. Y la ruina,
gradual o súbita, también halla aquí su símbolo público
de alma y piedra. La venta o hipoteca de estos edificios
patrimoniales es signo inequívoco de muerte o decadencia.

Aunque nos parezca raro, podemos considerar este sentimiento, con igual motivo, valor real y convencionalismo,
verdad y prejuicio. Y no es en los lugares de rancio abolengo histórico donde más hondamente priva, sino en
aquellos que, por su reciente origen y rápido crecimiento,
padecen el prurito de cifrar más en los bienes materiales
su flamante, cruda y rabiosa jerarquía.

Aquí, en esta ciudad nueva, que tanto se precia del
recto trazado de sus calles, de su pavimentación moderna,
de la procedencia variadísima de sus pobladores, tal concepto —de inmediata y plástica evidencia— adquiere un
carácter exclusivo, palpable en el ambiente. Por lo general, la riqueza minera de la comarca, explotada apenas
hacía unos cuantos años, no podía competir aún en este
aspecto con la sedicente aristocracia territorial y burocrá-
tica —pequeños latifundistas olivareros, funcionarios de
cierto rango, usureros, traficantes en productos agrícolas,
monederos falsos—. Las casas de la Corredera, supremo orgullo de ese sector, le pertenecían íntegramente.
Y los ajenos a esos linajes, adinerados y pobres, cada cual
desde su posición, miraban aquel corto trecho del pueblo

con ojos de admiración y resentimientos, como el Paraíso que sólo se alcanza en los bellos desvaríos. Por el contrario, sus propietarios aferrábanse a ellas, medrosos de los apetitos que les rodeaban.

Es natural que el matrimonio de Miguel y Asunción no fuera, en el juicio de estas gentes, una boda más. A ella iba aparejada una alteración revolucionaria, percibida por todos, confusa o claramente. En la casa más «galana» de la Corredera se instalaba, con gesto de mando, un minero. Y para colmo, un hombre de fortuna recién creada, salido de la miseria, cuya prosperidad insolente les zahería en lo más íntimo, aunque de labios afuera se vanagloriasen de su éxito como de una gloria local. ¿No sería —pensaban para su coleto los altaneros vecinos, salvo el caso de don Nicolás Valdivia, a quien placían estos trastornos— el principio del fin? ¿Serviría de estímulo ese ejemplo? En algunas fisonomías apareció, persistiendo largo tiempo, un mohín de congoja y duelo, manifiesto desprecio hacia la pareja, que Asunción notaba y le cocía de rencores las entrañas.

Pero todo se calma —Miguel está seguro— y los hombres y las sociedades se pliegan a las innovaciones. Era cuestión de paciencia para él, debía no reparar en minucias, apoyarse espiritualmente en el hogar, en «La Clavellina», en Francisco Salgado, su empleado de confianza. Ahora su tarea consistía —mientras adviniese el hábito, y a su grupa la ley— en adaptarse a la casona, a su atmósfera, a sus costumbres y modos, ante los cuales reconocía, dolorosamente, su novatería.

A decir verdad, en los primeros meses la casa le intimidaba. Dominábale siempre —aguda, vejatoria— la sensación de estar allí de visita, de ser, incluso en la perspectiva de su existencia, un huésped transitorio, impuesto, que no dejaría huella perdurable. Nunca, se le figuraba, estaba solo. De las paredes y de los muebles convergían sobre él secretas miradas y temió que no le sería posible hallar, bajo sus techos, un rincón donde refugiarse. Pero su espíritu arriscado, enterizo, se rebelaba contra esta flaqueza y se propuso combatir tales «visiones».

Para él —y lo mismo ocurría con las orgullosas familias

de la Corredera— fue un cambio demasiado brusco. Desde que «La Clavellina» empezó a funcionar, su vida, la social y la personal, se concentró en la mina. No había labor importante que él no controlase y hasta los trabajos más específicamente técnicos se efectuaban en su presencia, y en numerosas ocasiones el ingeniero manifestábase cohibido por su empeño fiscalizador, no obstante elogiar la intuición de «ese bárbaro», que, según su frase, «olfateaba el plomo como un perro de caza». Recordaba, uno por uno, con pelos y señales, a todos sus obreros; retenía en la memoria —¡una máquina prodigiosa su cerebro!— el material gastado en lejanas fechas y el mineral que mensualmente se extraía. El propio don Francisco Salgado, habituado a no dejarlo a sol ni a sombra, maravillábase de sus portentosas facultades mentales, que a veces ponían en aprietos su impecable contabilidad.

Una especie de pasión física lo unía a «La Clavellina». Necesitaba verla, rozarse con ella, incansablemente. No pasaba día sin que bajara a los pozos y permaneciese horas y horas en las galerías, sin que dirigiera los embarques y metiese la nariz en la correspondencia o en el almacén. Comía en la oficina y regresaba a pie al pueblo, molido, ya avanzada la noche. Y los domingos los dedicaba a revisar los libros, con el asesoramiento de Salgado.

Las dos habitaciones que durante su soltería ocupó en la fonda de doña Virginia —recibidor y alcoba— sólo le sirvieron para dormir y pasear, y eran escasos los autorizados a penetrar en ellas, excepto don Francisco y los capataces. La mayoría de los pensionistas no cruzaron nunca el saludo con él y casi no se trataba con la patrona y la servidumbre. Aquel lugar fue un «espacio neutro», donde guardaba la ropa y descansaba, sin que nada atrajese su afección o su interés. Todo le repelía allí, era sitio de tránsito donde no se crían raíces y resulta liviano de olvidar.

Tal actitud hubo de modificarse radicalmente en la casona, que tenía su tradición, su carácter, su rotunda manera de ser, ese clima abrumador que engendran las generaciones cuando se entroncan en el marco de unos muros, sin cielo despejado que las ilumine, y en ellos imprimen su forma, su respiración, su misterio. Y parecen, frente al intruso, aguzar sus ángulos diferentes, temblar en el pliegue de una cortina, resplandecer con hermetismo acusador en la moldura de un cuadro, debatirse en la siniestra boca de la chimenea, en el leve quejido de los sillones enfundados, exhalar un reto en el rápido gruñir con que se abre una cajita de tapas de marfil, solitaria sobre el velador del gabinete, todo él un cuenco de reposo indescifrable.

Por ejemplo, ¿a santo de qué entraría él en la sala del piano, emplazada en una curva del corredor, en el cruce de la galería de cristales, con su sedante vista a los árboles del patio? Se encontraba molesto y perplejo junto al buró atestado de papeles de música, y ante el conjunto de taburetes coquetones y macetas de lujosa florescencia. En el comedor —con su maciza mesa alargada— y la serie de bufetes, guardianes de vajilla fina y delicadas copas, envueltos en la penumbra, se le hacía un nudo en la garganta y menguaba su robusto y simple apetito. Temía que el ruido de sus quijadas suscitase un eco burlón en los vasos quebradizos, en las jarras primorosas y en las tazas frágiles. Una vez que fue a la biblioteca, quedóse sentado en el sofá de terciopelo, mirando respetuosamente la irreprochable alineación de los libros, sacudido de angustia e irritación. Y por las noches aguardaba a que Asunción se desnudara y apagase la luz para deslizarse como un ladrón en el dormitorio y encender una lamparita colocada al fondo del cuarto, y sólo al amparo de la semioscuridad podía quitarse tranquilamente la ropa.

Incluso en el despacho que le destinaron —muebles nuevos, adecuados, «menos de etiqueta», como él los calificaba—, con el gran balcón imperando en el panorama de la Corredera, no acababa de hallarse a gusto, aunque fuese su rincón favorito. Prefería el tosco pabellón de la oficina, plantado en mitad del campo, con «La Clavellina» a tiro de honda, y donde él se desenvolvía a sus anchas, y arrojaba en cualquier parte la ceniza del puro, se desabrochaba el cuello y lanzaba los puños de la camisa al primer rincón. Pero Asunción, con su terrible empaque comedido, se había propuesto influir en sus modales y no cesaba de aconsejarle, mortificadamente:

—A la gente de fuste no debes recibirla en la mina.

¿Qué se figurarán? Las apariencias juegan un papel tan grande... Si permitieses que yo te ayudara un poquito en estas cuestiones...

Además de la casa, esencialmente opuesta a su condición, los habitantes. No hablemos ya de la esposa, que merece párrafo especial, sino de María del Carmen y «Varita de Nardo». Y no es que él tuviera motivo de queja. Dentro de su timidez, la cuñada se esforzaba en ser amable, y la sirvienta distinguida se desvivía en complacerle, por su buen natural y sentido práctico de las cosas más que por simpatía. Decía para justificarse:

—Está aquí para siempre. Me enterrará. ¿A qué buscar pleitos y poner morros?

Pero entre las dos se tejía un vínculo indefinible, una aspiración común nunca manifestada. Tras su cortesía, Miguel adivinaba sus reproches, un constante resquemor. Aunque no lo pronunciasen, en sus labios y en su ánimo alentaba el nombre de Alfonso. El hermano menor se opuso violentamente, groseramente, al matrimonio, no asistió a la boda —¡qué campanada, Señor!— y la víspera de los esponsales abandonó, maleta en mano, procurando el escándalo, la casa de sus mayores. Toda la Corredera siguió, con pícaro alborozo, sus andanzas y dichos de aquella mañana.

Sólo a don Nicolás Valdivia —la sempiterna nota discordante— le agradó su determinación y sentenció en una tertulia del Casino:

—Puede que no esté en lo justo. Pero ese mozo tiene temperamento, no es interesado.

Asunción no se dignó despedirlo. Limitóse a repetir lo jurado y perjurado, temblequeante de ira la barbilla afilada.

—Yo jamás me rebajaré después de este bochorno. Para mí, como si estuviese muerto y sepultado.

De nada valieron los oficios componedores, entre uno y otra, de María del Carmen, la «malva» de la familia, y de la discretísima «Varita de Nardo». Pero Miguel intuía cuán apasionadamente lo añoraban y que hacían recaer sobre él la culpa de su ausencia. Y cuando las sorprendía cuchicheando y callaban como por ensalmo, experimentaba una sensación molesta, punzante. En esos momentos, por asociación de emociones, la casona semejaba serle aún más hostil, infranqueablemente ajena. Y él aquilataba que sin Alfonso el edificio perdía su jocunda fuga al exterior, la animada resonancia de la calle. Era como si se acartonase. No es sorprendente que llegara a odiar al «hijo pródigo».

¡Si al menos hubiese encontrado consuelo en Asunción! La esposa le parecía, en cierto modo, una prolongación de la casona, de su pétreo corazón, rígido e inaprehensible. Esfumados los breves días de intensa entrega carnal, de voluptuosa exaltación, la mujer hacíale notar, muy respetuosamente, su inferioridad en mil detalles que le amargaban. Un gesto imperioso, corrigiendo la manera de colocarse la servilleta; instantáneo crispar de cejas si hablaba demasiado alto; un mohín expresivo le prevenía severamente que su indumentaria no casaba con su nueva posición.

—Ya me amoldaré, a base de paciencia —recomendábase Miguel.

¡Era tan difícil para él! Le suponía una tremenda tensión íntima domar sus inclinaciones, avezadas a la libertad y a la fuerza. La misma amplitud monumental de la cama, el enfadoso esmero con que ella se arreglaba en el tocador, su ademán vagamente despectivo al dirigirse a su encuentro, al acercársele en la noche, le cohibían y humillaban.

—Te doy una limosna, una limosna —se le antojaba escuchar de sus labios inmisericordes, de sus ojos abstraídos, de su mano fría, de los movimientos firmes, imperiosos y de la respiración pausada.

Cuando se le entregaba, no podía deshacer completamente la verdadera e inmutable distancia que casi desde el principio los separó. No le oyó nunca una palabra de rendida efusión —la preciosa ofrenda capaz de sublimar y fundir—, o de incontenible y resplandeciente alegría, ni siquiera un signo de profunda gratitud.

Después de la corta y estéril experiencia, Miguel volvió a su anterior usanza de vivir, a consagrarse sin regateos a «La Clavellina». Accedió a comer y dormir regular-

mente en la casona, charlaba con las hermanas de temas
fútiles, autorizaba modificaciones secundarias en la insta-
lación —sobre minucias nunca dejaron de pedirle su re-
frendo—, las acompañaba a misa mayor y a determinadas
visitas de categoría —el notario, el alcalde—. Cierto es
que Asunción lo presentaba sin titubeos, altaneramente,
en su círculo social, pero él deseaba escaparse de tal ambiente, trabajar con ahínco en la dirección de la mina,
alternar con los capataces, don Francisco y el ingeniero,
donde él dominaba, donde era, sin atenuantes, el amo.

En ocasiones Asunción condescendía a preguntarle por
sus asuntos e invariablemente reflejaba la extraordinaria
violencia que se imponía.

—¿Marcha bien la mina? Te roba el sueño.

—De ahí viene, y de ahí vendrá, nuestra fortuna. Tengo que atenderla. Y de eso sí entiendo de veras.

Cuando apadrinó al hijo del contable y depositó en su
cartilla de ahorros cinco mil pesetas —¡Leocadia no cabía en sí de gozo, lloró sinceramente!—, a Miguel la parecía realizar una venganza contra «ellas», contra la casona.
¡Aquel llorón sería de los suyos!

Alfonso rompió la última amarra que lo ligaba a su
mundo familiar y a su clase social al instalarse en casa
del pollo Castuera. Quizás al principio no se dio cuenta
cabal de este hecho y sólo percibió, andando el tiempo,
sus consecuencias. Era, por entonces, un garrido mozo,
de irresistible simpatía, y en quien parecían consubstan-
ciales las más graciosas extravagancias. En el concepto
pueblerino —un Código, como cualquier otro— su pro
fesión de empresario teatral equivalía a una patente de
corso, y los tediosos señoritos del Casino regocijábanse
con sus ocurrencias y frases.

Pero Alfonso no supo —contradecía su naturaleza el
ser calculador— acallar la inquina que le inspiraba Miguel. Aprovechaba todas las oportunidades para agraviar
lo, y esta actitud encontró, para su estupefacción, una
oposición generalizada. El nuevo rico se afirmaba, la gente
—incluso la de su casta, los soberbios propietarios de
la Corredera— reverenciaba el poder del dinero y de la

audacia, distanciábase del «cabeza loca», que únicamente podía ocasionar disgustos y contrariedades.

El pollo Castuera, a quien no se ocultaba esta reacción, intentaba amansar el encono de Alfonso.

—Bueno, ponte en razón. Asunción ya está casada con él. ¿Por qué te empeñas en ir contra lo irremediable? No es el único caso, ni mucho menos. ¿Qué reparos puedes tener? ¿Que de pobre ha subido a rico? En la actualidad, eso es tan corriente... ¡Ni que tú fueras un aristócrata de escudo, blasón y pergamino!

—Pero, infeliz, ¡que ni tú me entiendes! Si me apuras, no me importa demasiado que fuera antes un camarero, al que yo he dado propinas y me doblaba la raspa. Es otra cosa muy distinta. Tengo la seguridad de que es un hombre turbio, sin escrúpulos, metido como una gangrena en mi casa. Su fuerza de voluntad, ese cacareado tesón que le admiran, es algo insano, sobre todo cuando no responde a una fe noble y generosa. ¡Que no lo «paso», vaya! Hay un sexto sentido que me previene contra él. Y ése no se equivoca nunca.

Y en torno a éstos, o similares argumentos, versaban sus discusiones, no muy prolongadas, gracias a la tolerancia del pollo Castuera, que daba siempre el brazo a torcer. De otra parte, el boticario se alegraba en su fuero interno de aquella ruptura, pues no transcurría semana sin que María del Carmen y «Varita de Nardo» apareciesen por su casa en busca de Alfonso o para saber de sus labios cómo estaba de salud y humor. Hacían estas visitas clandestinamente, sin que se enterase Asunción, y permanecían allí breves momentos, embargadas de sofoco y temor, poco duchas en lo prohibido.

El pollo Castuera solía hacerse el encontradizo y disfrutaba de cortos, deliciosos instantes contemplando a hurtadillas a María del Carmen, embebida en cariñosa plática con el hermano. La saludaba y se iba al corredor para escuchar el murmullo de su voz, estremecido de ensueños y anhelos. Revisaba, en su nervioso paseo, si todo estaba limpio y ordenado en su «madriguera», si el conjunto ofrecía un aspecto decoroso y grato, que la impresionase favorablemente y le transmitiera una emanación cálida y veraz de su ser. En estas idas y vueltas, si por azar un espejo recogía su imagen esquivaba mirarlo, para que su risible estampa no le produjese amargura y desencanto. Sabía que se engañaba en todo, principalmente en su ilusión, y a pesar de ello necesitaba aferrarse a la esperanza disparatada para subsistir.

Percibía —rotundo, agobiador— el menosprecio que le rodeaba. Hasta en Alfonso, aunque en él afectuosamente, sin acritud. Inspiraba fáciles burlas su traza atildada, su exagerado esmero de indumentaria y sus ademanes pulidos, rayanos en lo cursi. Lo creían un hombre sin personalidad, débil y presumido, que sólo le servía de escudo a Alfonso. Y lo juzgaban incapaz de actuar por propia iniciativa, un temperamento incoloro, de esos que se esfuman prácticamente si sus mentores los desamparan.

A solas, en sus interminables noches de insomnio sobre todo, el pollo Castuera devanaba el sentido trunco de su vida. ¿No le había sido funesta la excesiva facilidad económica con que se desenvolvió? ¿No era también desmoralizador su desmañado apocamiento en ciertas lides? Veíase con exagerado afán autocrítico, y él mismo admitió ciegamente, desde muy joven, la personalidad ridícula que le atribuyeron, su carácter absurdo, que nadie tomaba en serio. Ello le hizo torpe en las charlas y extremoso de aliño. Nadie como él advertía la irregularidad de su figura desmedrada, la chocante imperfección de sus rasgos fisonómicos, lo inhábil y malsonante de su palabra. Cuando un chusco le colgó el remoquete de «pollo Castuera», el desventurado comprendió que le habían marcado un sino que habría de acompañarle hasta el cementerio. Y acertó.

La indignación del padre, farmacéutico asimismo, ante su cortedad, los consiguientes reproches y sofiones contribuyeron a deprimir su espíritu alicaído. Estudió sin pena ni gloria la carrera y a los treinta años hallóse sin parentela directa e importuna, dueño de la botica, de un par de casas y del tejar del ejido. Y no tardó en comenzar su angustiada soltería, el trasiego a la zaga de Alfonso, sus peripecias de inexperto empresario teatral en comandita.

Debido a su desprendimiento la botica rendía, aunque parezca mentira. Como era de blando corazón y extraordinariamente sensible a las desdichas ajenas, acudían a él las mujeres de los mineros y de los artesanos, en demanda de medicamentos caros, y el pollo Castuera les fiaba sin tasa ni garantías. Tropezaba con pillos y desaprensivos, pero la mayoría, emocionados por su desprendimiento, por la prueba de confianza, liquidaban, más tarde o más temprano, la deuda. Y si entre los señoritos prevalecía su fama de incauto, los pobres le crearon su justa leyenda de bondad. Para los cínicos criticones de su método «mercantil» tenía el pollo Castuera satisfactoria respuesta:

—¡Si es el negocio más saneado! Contados son los que me fallan. Vean este libro, todo está apuntado. Si no pagan, lo paso a «pérdidas». Si cumplen, es ganancia por partida doble: dinero recuperado y cliente seguro, para siempre. Los médicos, cuando tratan a un enfermo que no sabe dónde caerse muerto, le recetan con esta coletilla: «vaya usted a la botica del pollo Castuera, en la plaza». A veces me olvido de tomar nota, se me escapa algún asuntillo y al cabo de varias semanas, o meses, se presenta el interesado, la viuda o algún familiar y me dice: «Aquí le traigo unas pesetas, para ese piquillo que dejé». ¡Y tan campantes! ¿Cómo voy a negarle yo, que cobro rentas, remedio a un desgraciado?

Y después de este discurso, para él portentoso y castelarino, el pollo Castuera callaba en seco, temeroso de que su explicación pareciese una jactancia, un regodeo de la vanidad. Y tornaba a su silencio, a componer arrugas de traje y pliegues de corbata, a pensar en María del Carmen.

María del Carmen, un ideal imposible, repetíase, sin desarraigar por este juicio su tibia ensoñación, su influencia dulcísima. No recordaba cuando se enamoró, quizás se dio cuenta al verla vestida de largo, una mañana en que salía del cuarto de Alfonso y se cruzó con ella en el corredor. Llevaba una blusa gris perla, falda de gran vuelo, guías de seda azul en el pecho joven y un cuello de encaje, color hueso. María del Carmen lo saludó como siempre y al notar su sorpresa le preguntó, algo divertida:

—¿Tan «rara» estoy?

El pollo Castuera, anegado en rubores, balbuceó:

—Un poco, algo... La falta de costumbre. Yo no imaginaba... No te... No la esperaba ahora...

Y se despidió a la buena de Dios, avergonzado de sus expresiones incoherentes, de su azoramiento, profundamente vencido. Desde entonces la quiso, desde entonces sufrió. Porque —a su entender— los separaba la edad, la apostura, los escrúpulos, el pueblo y la gente, la familia. ¡Si Asunción llegara a enterarse! Y al pollo Castuera le entraban sudores de agonía y aun sin testigos mordíase la lengua y bajaba la mirada.

Nunca se le ocurrió exteriorizar sus sentimientos, en alguna forma. La revelación, temía, hubiera significado para él la peor catástrofe. María del Carmen no debía sospechar siquiera su estado de ánimo. Era arrostrar, pensaba, su indudable negativa, y quién sabe si su desprecio. El disfrutaba de un bien, la lejana y circunspecta relación amistosa y no consideraba prudente malograrlo. Este fue el principal motivo de su estrecha relación con Alfonso, la razón de que se convirtiera en forzoso remedo de su vida. A través de él recibía la presencia de la hermana, y ella el aliento arrobado del pollo Castuera.

De tal modo se esforzó en acentuar su incondicionalidad con Alfonso, que nadie pudo adivinar el verdadero motivo de aquella anulación voluntaria.

Hagamos la salvedad, en ocasiones, de «Varita de Nardo», que rumiaba el intríngulis y recelaba.

—¡Si no fuera tan «mendrugo» se me figuraría que está coladísimo por María del Carmen! ¿Será que no se atreve y disimula como un valiente? No me explico que Alfonso lo maneje con tanto descaro y él ni siquiera proteste.

Había que dar unos retoques al teatro durante el verano —una mano de pintura a la fachada y a las paredes, renovar varias filas de butacas, afianzar la tarima del escenario, sustituir el cortinaje deshilachado de los palcos —y Alfonso, desalentado por las pérdidas de la temporada, no se atrevía a plantear la cuestión al pollo Castuera,

Alfonso lo examinaba con sorna.

—Frívolo —corrigió, pero ante la fisonomía desolada del pollo Castuera su «diablo» enmendó la táctica, volvióse persuasivo.

—Recapacita, cabeza de chorlito. La ganancia es algo infalible. Y tus reservas, de lo más exagerado. ¿Qué importancia tiene que una cantante maltrate un cuplé inofensivo, indecente si hay malicia para interpretarlo? ¿En qué padecen tu sagrada honorabilidad y tu prestigio si una bailarina enseña las ligas en un remolino? ¡Y te vas a llevar cada sorpresa! Las señoritingas se hartarán de criticarnos, pero serán las primeras en no perderse una función. Vivimos en el siglo XX. Y el teatro se llenará hasta los topes. A los mineros mozos les agrada regalarse la vista y que los deslumbren con colorines, y pasar un buen rato con la música que ellos entienden. ¿Qué temes, la ira del párroco? Para guardar las apariencias se soltará con un sermoncito poniéndonos verdes y prohibiendo a sus feligreses que acudan. Pues, lo escucharán con gran respeto y luego, ellas y ellos, se precipitarán al «pecado»... ¡Y lo que sentirá el «pater», que en confianza es de armas tomar, es no disponer de un mirador oculto! Caray, una de cal y otra de arena. En el invierno, representaciones serias; de julio a octubre, y en dosis, a sacar los pies del plato. ¡No seas lila!

Desarmado por estas y sucesivas peroratas, el pollo Castuera accedió a remolque, temblando ante las consecuencias de su peligrosa debilidad. Un oscuro instinto le advertía que en la aventura se encerraban para él mayores riesgos, imprevisibles asechanzas.

Acordaron los socios el plan y dividiéronse la tarea. El pollo Castuera se encargaría de arreglarse con Juan, de organizar y vigilar las obras, mientras Alfonso contrataba artistas baratos por las ferias matalonas. Y en vista del «suceso», el pueblo, al que no se escapa ningún proyecto de esta índole jaranera, halló un delicioso pretexto de charla y picoteo.

A la mañana siguiente de esta, digamos, controversia, el boticario se dirigió al Palacio, por la Corredera. Al pasar frente a la casa de María del Carmen espió sus

único paño de lágrimas de la Empresa. Pero el p
rrimo farmacéutico observaba sus cábalas y fue él d
para evitar un trance penoso al amigo, tomó la inici

Según su criterio las obras eran imprescindibles
el invierno repercutirían en beneficio del «espectácu
Y sugirió la necesidad de contratar, además, un emple
fijo, encargado de reparar los desperfectos de poca mo
que pudieran producirse.

—Hombre, de primera intención —agregó Alfons
aliviado de conciencia— podíamos traernos a Juan, el d
Palacio. Parece que no abunda el trabajo y le convendrí
Tú, que le tratas más, le hablas. Lo convencerás, seguro
El único inconveniente de esta solución es que mi señor
cuñado descubra moros donde hay cristianos y piense que
lo hacemos para afearle lo mal que se ha portado con ese
bendito de Dios, al que tantísimo debe y del que no se
acuerda.

—No será un obstáculo. Y es fácil que tu pariente ni
lo advierta. Además, el motivo nuestro es bien distinto
y legítimo.

Quedóse Alfonso meditando, con tan alegre y malicioso
brillo en los ojos que puso en ascuas al dependiente de
la botica, un espía nato, de tomo y lomo. De pronto cas-
tañeteó los dedos, abalanzóse sobre el pollo Castuera,
sacudió enérgicamente sus hombros y exclamó:

—¡Ya dí con la salida! Si tenemos una miaja de suerte
la reforma nos resultará gratis. Escucha.

Al pollo Castuera —solemne y tancredesco enfundado
en su bata blanca— le brotaron sudores de mareo. ¿Er
qué nuevo lío iría a complicarlo? Pero ya nadie atajab
la inspiración desbocada de Alfonso.

—¡Es de lo más sencillo! Todos los sábados y dom
gos daremos varietés a precios populares.

El pollo Castuera tuvo un destello de rebeldía.

—Me opongo. ¿Tú te imaginas cómo nos pone
Libertinos, corruptores de la moral pública, etc.
no! ¡Sólo eso faltaba para que nos tirasen a las p
los caballos! Una cosa es el arte dramático, las co
y tragedias, hasta los sainetes, si me apuras... y
género sicalíptico.

balcones, con el deseo de vislumbrar a través de los visillos, aunque sólo fuera por un instante, su silueta. Y al imaginar que ella se enteraría de sus venideras andanzas, de los tratos con cupletistas, se turbó y sonrojó.

En el Palacio, el ritmo de siempre, el bullanguero ajetreo menestral, la pardusca algarabía de la posada. Tenía un aire más deslustrado y cansino el viejo edificio, tan sombrío en la quietud emperezada y luminosa de la plaza de la iglesia. Juan, cuyos temporales desvaríos tendían claramente a disminuir, lo recibió alborozado.

—¡Don Juan José, usted en persona por aquí! ¿Necesita que le componga las estanterías o que le cepille el mostrador? Pero siéntese, con prisa no se va a ninguna parte. Ya está limpio el banquillo.

El pollo Castuera secóse el sudor, revisó la pieza de una ojeada.

—¿Escasea el trabajo, verdad? Te defiendes medianamente, ya se ve.

—Pues pa no mentirle, se desenvuelve uno algo estrecho. Y es que yo no tengo asaúras pa rondar de la Ceca a la Meca y arramblar con las «chapuzas». De cuando en cuando me caen faenas de más peso, pero no me quitan de cuidao.

—¡Y menos mal que eres solo! Me extraña que no te ayuden, francamente no me lo explico.

—¡Ya sé a qué pájaro apunta! Si no fuera por don Emilio, que es muy considerao en el alquiler y no exige el pago, ni taller tendría a estas fechas. Uno se abandona... Por lo que hace a Miguelillo —nada de «don», contra, que casi lo vi gatear, lo peiné y le limpié los mocos— no me coge de sorpresa. Yo le estorbo, hasta cruzarse en la calle conmigo le molesta. ¡Debo recordarle tantas cosas! Hace años, desde que descubrió «La Clavellina», que no nos hablamos. Ha prosperao con botas de siete leguas. Fortuna, casa lujosa, mucho sombrerazo de los peces gordos y tiralevitas.

—Quizás te sobre la razón, pero no te atormentes. Cada uno es como es y con su pan se lo coma. Y yendo a lo positivo, ¿qué tal te parecería entrar en el teatro, con un jornal seguro? Tendrías un ingreso fijo, allí mismo

te daríamos habitación. Total, componer unas maderas
rotas, clavar cuatro clavos, hasta podrías manejártelas con
las decoraciones sencillas.

El carpintero se soba afanosamente la barbilla, par-
padea. Indiferencia y asomos de inquietud, alegría y preocupación se suceden en sus ojos fatigados.

—¿No te resuelves?

—...Me lo pensaré. Es un escopetazo.

—En fin, allá tú. Pero mi proposición te conviene.

—Lo sé, don Juan José. Y también me hace falta.
Pero abandonar el Palacio se me atraganta, me apena.
Son muchos años de aguantar aquí fatigas y zozobras, de
canturrear entre estas cuatro paredes, oyendo el trajín de
los demás, que casi no me sentía nunca solo y le tomé
apego. Se presenta don Emilio y charlamos como de la
familia. Me despiertan las campanadas de la iglesia. Si
quiero darme una ración de verde, me asomo a la puerta
y los árboles se me figuran unos compadres... En el Palacio me compareció el padre de Miguelillo con el niño.
Yo los acogí y tuve parentela, o algo así. A este cuarto
lo trajeron muerto, desdichao. Aquí he visto crecer a
Elisa, la hija del dueño, que no es ingrata ni fatua, sino
candeal fino.

El pollo Castuera no acertaba a rebatirle, le vencía el
simple, intenso dolor del carpintero. Pero éste reaccionó
de modo inesperado.

—Oiga usted y allá, entre bastidores, teniendo ocasión
de rozarse con reales hembras a tutiplén, y de chicolear-
las, ¿no habrá peligro?

—El mismo que corro yo, hombre. Tu soltería es ya
difícil de pelar. Además, en confianza, para mi gusto, las
cómicas de cerca no emocionan. A ti por pobre, a mí por
corto de genio, no nos deben atemorizar. Y si caemos en
el garlito, estaría de Dios.

Juan sonreía, tranquilizado.

VII

En las mañanas de buen sol, María del Carmen acostumbraba subir a la azotea. Colocaba en un rincón sombreado su silla de tijera y dedicábase a coser y bordar. Le agradaba la temperatura templada y se distraía viendo a su alrededor el vasto despliegue de tejados y torres, los pañizuelos de campo huertano y el negrear entreverado de los olivares. Así, con estos respiros, le cundía más la labor y disfrutaba mansamente de su soledad.

Era un hábito, también, que todos en la casona respetaran su paz durante aquellas suaves horas y no interrumpieran su aislamiento en el «Observatorio», como solía denominarlo Asunción, a quien mareaban ligeramente las alturas y la misma amplitud del panorama. Los pensamientos y sensaciones de María del Carmen, desde que tuvo uso de razón, germinaron allí, lejos de miradas impertinentes, sustraída al bullicio y a las prisas. Ni siquiera «Varita de Nardo» atrevíase a quebrantar sus graves o simples meditaciones. Y aguardaba a que ella se fuese para barrer, recoger la ropa tendida o regar las macetas de geranios.

Gracias a los solitarios esparcimientos de su imaginación olvidaba María del Carmen el apremio del tiempo,
las inquietudes domésticas, hasta la misma forma callada
e implacable en que su vida se consumía. En esos instantes alentaba con igual naturalidad y pujanza que las
cosas simples y causales percibidas en su cercanía —los
arbustos entre los pedruscos de una retorcida calleja; las
nubes discurriendo con graciosa serenidad en torno al
campanario de la iglesia; el fondo diáfano del horizonte,
la sutil elegancia con que se despenacha, por los tejares,
un brazo de humo.

Aun a distancia, conocía el pueblo palmo a palmo,
identificaba, por un rasgo de color o de línea en la masa
de los edificios, en la madeja de los arrabales, los más
varios lugares. La carretera que lleva al ferrocarril, camino de Madrid, símbolo de la huida; y el otro tramo
de vía, próximo al cual se levanta «La Clavellina» con su
orgullosa agitación; la fatigada, mustia presencia del Palacio; la fachada, como de columnas improvisadas, del
teatro; la fábrica de harinas, parecida a un cuartel; la
polvorienta mancha del ejido. Y por último, inmediatas,
cerco y caracol, su cuna y su mundo, las dos manzanas
de casas de la Corredera.

Casi frente a frente vive don Nicolás Valdivia. Desde
su azotea distínguese, en ángulo, el balconaje corrido del
primer piso, con sus tres espaciosas habitaciones. El despacho del abogado republicano, donde suele celebrar las
reuniones con sus afines, alberga una desordenada sillería,
una mesa de monumentales dimensiones. En un muro el
ritual tesoro de los prohombres barbudos del 73 y en la
pared contraria un pintoresco revoltijo de fotografías de
banquetes y mítines. En el centro, la sala de recibir, de
sobrio moblaje; al extremo el singular dormitorio atestado de libros, periódicos y trofeos de caza, y a guisa de
remate una desafiante bandera tricolor.

No era curiosa María del Carmen y durante años no
se había interesado por el movimiento de la casa vecina.
Un sentido elemental de discreción le obligaba a ladear la
vista, a no entrometerse en aquella existencia, de la que
sólo conocía la aureola hereje, repulsiva para una cre-

yente... Evitaba mirar a don Nicolás y no le costó gran
esfuerzo desterrarlo —a él y a su morada— de la imaginación.

¡Si no se hubiera presentado, después de una larga
estancia en Madrid, la «otra»! —Las cosas ocurren al
principio con asombrosa sencillez y luego se complican,
os envuelven en sus anillos, oprimen vuestro ánimo y
sinuosamente apodéranse del albedrío. Son venero de espirituales confusiones.

La noche anterior —habían pasado tantas horas y sin
embargo a ella le parecía algo cercano e inconmovible—
fue Asunción la que provocó su interés. Hablaba la hermana sin disimular el acento despechado, la insistencia
rencorosa.

—Está al llegar, y para quedarse. ¿No te enteraste?
Me lo dijo, al salir de misa, la del Correo. ¡Valiente par!
El réprobo y la marquesa, ni que fuera el título de una
comedia de París, de esas de escándalo. Se casaron en
Madrid, por lo civil. Aquí no se atrevió. La aristócrata
acaba de romper, y para siempre, con su familia. Me
supongo que nadie en el pueblo querrá alternar con ellos.
A cada uno por lo suyo. Y si esa loca es tan soberbia
como él, tendrán que encerrarse en el caserón, y ahí se
pudrirán de asco y de fastidio. ¡Bien lo merecen!

Hubo un largo silencio. Como siempre, Asunción imponía a su alrededor un clima severo y hosco.

—Ya me figuro a tu hermanito, pirrándose por la
rareza. Esto le parecerá de perlas, hasta ejemplar...

—Nuestro hermano —osó corregir María del Carmen.

—Lo sé, no necesitas subrayarlo con tanto retintín.

—Mujer, ¡si no he querido molestarte! Perdona.

No tarda en escucharse el rodar de un carruaje en la
calle. Asunción tuerce la cabeza, vuelve la espalda al
balcón, finge desdeñosamente no oír. Pero el tintineo de
los cascabeles, el amortiguado eco de las voces, se prenden
después al sueño de María del Carmen, donde adquieren
corporeidad y se infiltran en su mente.

—¿Cómo será ella? ¿Qué pensará del pueblo, de todos
nosotros? Si nos encontramos, me saludará, quizás me
hable. Y eso que ahora nada le importa relacionarse con

la gente. Están todavía en la época del querer goloso, como dos hambrientos. Después, vendrá el embarazo y un hijo... ¡Será muy feliz entonces!

Al otro día, dando las diez, María del Carmen subió a la azotea, desvanecida por completo la impresión de la noche anterior. Los pulsos le batieron impetuosamente al notar que los visillos del balcón del dormitorio continuaban echados, cual prueba de sus conjeturas. Intentó distraerse, trabajar con más ahínco, buscar entre el caserío, como aguja en pajar, el fugitivo brillo metálico de una fuente, por la calle de los tarantos. Pero su pensamiento, encaprichado, se vinculaba a la desconocida, a la forastera.

Tras varias semanas de espionaje sigiloso —y en cierto modo inconsciente— pudo verla, en el despacho. Iba despeinada, en chinelas, negligentemente cubierta con una bata. Parecía buscar algo, temerosamente, en los cajones y carpetas. Después, decepcionada, esbozó un gesto de irritación y se encaminó al balcón entreabierto, aplastó la naricilla contra el cristal aún bañado de relente. Era alta, rica de carnes, de brioso andar. Lucía y relucía bajo el sol friolento su pelo rojizo y espeso. Por lo demás, unos ojos de vaga tonalidad, la boca gruesa y vibrante, en el lóbulo de la oreja a contraluz el sombrear violento de una cicatriz que partía de la sien y atenuábase en el arranque de la recia garganta.

Por las trazas todos se concertaban para inclinar su voluntad hacia la extraña, existía una implícita obsesión en los suyos para obligarla a interesarse por el destino de la pareja.

—Esa mujer acabará aburriéndose de muerte —pronosticaba, malévola, Asunción—. Sin más sociedad que la media docena de republicanos del pueblo, que acuden a la tertulia de su marido como nosotros vamos al rosario. Me contó Ramona, la del notario, que la otra tarde se atrevieron a salir de paseo, de bracete, con mucho alarde. Parece que la señora se incomodó porque la gente los miraba con demasiado descaro y él, naturalmente, tuvo un incidente: se encaró con Jesús, el mayor del pañero, que se había quedado plantado como un poste de telégrafos, y en un tris estuvo que no la emprendiera a bastonazos. Colorín, colorado. Y desde entonces ya no ponen juntos los pies en la calle.

—Pues lo que es lujos y regalo no le faltan —intervino «Varita de Nardo»—. Aparte de la criada y una cocinera, don Nicolás le ha puesto doncella, también madrileña, para que no le venga de nuevo. Sólo se dedica a la señora... Le hace los recados, la calza y descalza, ¡la desnuda!

La opinión del cuñado —dictamen inapelable, que se formula para mayor solemnidad en la sobremesa— fue fría y hostil, como toda la naturaleza de aquel hombre.

—Es un engorro. ¡Si no vivieran tan cerca! Ya nos acarreará algún compromiso esa vecindad. A la gente no le son simpáticos y no vamos nosotros a hacer una raya en el agua.

El caso es que todos suscitaban el tema. Seguían ansiosamente la sorda lucha que, atrincherado en su caserón, sostenía don Nicolás contra la antipatía del pueblo entero. No le perdonaban la hermosura y señorío de su mujer, lo insólito de su acción, su testarudez en no pedir misericordia.

—No se puede negar que la doña Blanca es mucha mujer —exclamaba, con acento de envidia, Rosario la viuda—. Si pudiera, nos amansaría a punta de látigo.

El único criterio discrepante lo defendía, con su habitual apasionamiento, Alfonso.

—¡Qué nido de escorpiones y tarántulas, María del Carmen! Les hiere lo grande y lo fuerte. ¿En qué les daña ese matrimonio? Se quieren, no se meten con nadie... Y sin embargo, no les quitan ojo de encima, los rodean de aislamiento, como si fueran apestados, inventan misterios donde no hay nada. Y no es que yo sea un ateo como él, pero estas cosas sacan de quicio. ¿Qué mal han hecho? A veces dan ganas de escapar, de salir de este barranco. Fíjate si serán mezquinos que jugando al billar, porque no toleré que los desollaran, el hermano del médico, ese tisicucho sin oficio ni beneficio, ni ángel, insinuó que yo buscaba congraciarme hábilmente con la señora... A río revuelto... Lo desencuaderné a bofetadas. Supongo que nuestro reverendísimo cuñado tronará como

una Santa Bárbara, igual que los demás. De agradecido,
ni una uña. No me vengas con vaselinas. Estoy seguro.
De todas maneras, ese don Nicolás es un tipo de cuerpo
entero. Sigue haciendo su vida de siempre, sin inmutarse.
A la hora de la siesta no falla en el Casino, y los muy
mandrias, cuando oyen la contera de su bastón, paran la
charla como movidos por un resorte. No se atreven, le
conocen las malas pulgas.

—Peor suerte es la de ella —aventuró María del Carmen—. Don Nicolás puede gallear, pero a la mujer le
toca pudrirse, aguantar el chaparrón y que no se le tras-
luzca la pesadumbre. Y a propósito, Miguel...

—Más respeto, don Miguel. El nuevo ricacho, el com-
prador de Asunción —enmendó agriamente Alfonso—.
Sigue.

—Ya me cortaste. Tú no ayudas a que se hagan las
paces. Debías procurar no irritarle inútilmente. Por más
vueltas que le des, tarde o temprano es necesario que
haya reconciliación. Piensa que, dentro de poco, la hermana tendrá un hijo suyo. Y que esta situación nos des-
prestigia en el pueblo. Y tú te empeñas en agraviarlo.

—¿Pero qué pecado he cometido yo?

—Siempre que puedes, y con cualquiera, hablas mal de
él. Y ahora, para colmo, empleas a Juan en el teatro.
Miguel está muy sentido. Se lamenta de que tu acción
es como reprocharle en público que no lo haya protegido.
Tú, de la familia, quizás sin proponértelo, confirmas las
murmuraciones.

—Las verdades. Si ese señor tiene la piel tan delicada,
¿por qué no se interesó a su tiempo por Juan, al que
debía traer en palmitas? Dile al... caballero que bastante
hago no cruzándole la cara. De pez tiene untadas las entrañas. Lejos, muy lejos de ese bicho, a su lado me as-
fixiaría. ¿Por qué no te vienes conmigo, María del Carmen? Le alquilaríamos toda la casa al pollo Castuera. El,
que es pan migao, se iría de mil amores a otro sitio.
A mí, calamidad hasta la tumba, me haces más falta. Te
airearías, te relacionarías. Traes, es lógico, a «Varita de
Nardo» y será muy diferente mi rumbo.

—No, ese disgusto no se lo doy a Asunción. Tiene sus

arrebatos, pero mi puesto está allí, en la Corredera. Dejar
yo aquella casa, nuestra casa, ¡qué disparate! De ahí no
saldré, como no sea para la iglesia o el cementerio.

—Por las señales —contestó él, dolido— irás al cam-
posanto.

—Sería la voluntad de Dios.

Por «Varita de Nardo» Miguel la mandó llamar a su
despacho. La recibió sentado en el sillón, casi con un
gruñido, mientras le indicaba el sofá. Y luego, para prestar mayor solemnidad a la conversación, se levantó para
cerrar la puerta. Era la primera vez que él intervenía
directamente en sus asuntos. De ordinario Asunción se
encargaba de transmitir sus quejas.

Bajo la luz eléctrica brillaba, cual una máscara de impura tosquedad, su faz terrosa, encarnada, con cuarteadu-
ras de viento y sol. Los ojos de cejas ásperas, de metálico
mirar impreciso, aparentaron recorrer la estancia distraídamente. Con un movimiento maquinal se aflojó el nudo
de la corbata y estiró las mangas de la chaqueta, de sólido
paño gris. Era el preludio para disculparse.

—Si me permites un momento, termino de revisar estas
facturas.

Ante él, María del Carmen sentía siempre un diluido
terror físico. —Miguel hacía vida aparte, era muy reservado, jamás destempló el acento, ni le dijo una palabra
ofensiva. No recordaba haberle oído reír, ni llegó a sor-
prenderle un destello de tierna emoción, los únicos idio-
mas que ella entendía. Ahora, sin ningún apresuramiento,
para afirmar su condición de dueño, separaba y agrupaba
cartas y documentos, consultaba unos apuntes, exhalando
una respiración retenida y poderosa, que rebotaba en la
atmósfera quieta.

(María del Carmen sabía ya el motivo de su indignación mal disimulada, y experimentaba reacciones fluctuan-
tes de miedo y de arrojo. Es natural que le hubieran ido
con el cuento. ¿No le había visitado minutos antes su
consejero, ese intrigante hipócrita de don Francisco Salgado? Era su hombre de confianza, su perrillo faldero, el

informador obsequioso y servil. ¡Corren tanto las noticias! Pero ¿cómo empezaría Miguel?

Lo suyo fue un impulso que barrió con sus habituales
normas de prudencia. Sí, ella comprendía que fue grave
el paso dado, pero la mujer le inspiraba lástima; diríase
que María del Carmen había deseado en el fondo de su
alma ese encadenamiento de las circunstancias, un pretexto para la decisión ya adoptada. Ella, la insignificante,
la tranquila, la «malva», andaba en lenguas de chismosos,
¿y todo por qué?... —Estaba Blanca en el balcón, vestida de terciopelo de pies a garganta, con acusado ademán
de fastidio, como si anhelase que el tiempo transcurriera
locamente, fuera de ley y tino. Ya desde por la mañana
deseaba se proyectasen, salvándola del tedio, las sombras
de la noche, cuando la angustia debía aminorar para ella,
en aquel hogar silencioso y denso, esencialmente enemigo.
Levantó casualmente la mirada y vio que María del Carmen la estaba observando en franca actitud de simpatía.
La joven no quiso esquivar el encuentro y la saludó con
una inclinación de cabeza. Blanca correspondió agitando
la mano y sonriendo.

Media hora después su doncella atravesó la calle y
llamó a su puerta. La misma María del Carmen bajó a
abrirle. La muchacha —muy rellena de curvas, pelinegra,
de modales achulados— marcó una reverencia desmaña-
da, tendióle una carta e hizo señal de aguardar. De un
tirón, nerviosamente, la leyó María del Carmen y le dijo,
no sin vencer antes el último titubeo:

—Iré esta tarde, a eso de las cuatro.

Doña Blanca escribía con rasgos abiertos y redondos,
de largos remates.

«Querida y gentil amiga. Me atrevo a darle estos dulces
títulos por estar segura de su benevolencia. Tan cerca
una de otra y no nos conocemos... Es algo que no debe
continuar. ¿Sería mucho pedir de usted que me visitase
hoy? Mi ruego, posiblemente, está en contradicción con
las recetas corrientes del trato social, etc., pero com-
prenda usted que estas monsergas hoy no me afectan
demasiado. Prefiero dejarme guiar por mis sentimientos.

Ellos me advierten que usted y yo nos entenderemos a las mil maravillas. ¿La espero?»

Blanca la acogió como si reanudaran, sencillamente, una vieja y estrecha relación. Descubrieron que tenían igual edad, casi podían parecer hermanas. Le enseñó la casa, pieza por pieza, y puso un entusiasmo desbordante al elogiar la natural distinción con que María del Carmen se vestía, la gracia lozana y recatada de su personalidad. Luego, sin concederle excesiva importancia, se refirió al pueblo.

—Le agradaba, era tan pacífico... De las gentes no tenía mayor motivo de queja o disgusto. Había aún ciertos recelos, ciertas incomprensiones que poco a poco se irían apagando. ¡Como Nicolás está envenenado por la política y pretende reformar en un dos por tres a España! Pero a ella, cansada del bullicio de Madrid, le sentaba estupendamente aquella cura de sosiego, de discreta soledad. Ya ve usted: leo, sueño, duermo. Ahora la situación es muy distinta. ¿No había «respondido» María del Carmen?)

Miguel volvió a levantarse, empezó a manipular con las tapas de su reloj de oro, escarbó con el pie en la alfombra. Se notaba cuán difícil le resultaba iniciar el sermón.

—María del Carmen...

—Dime... —el tuteo le sonaba, de nuevo, a postizo.

—Yo nunca me he mezclado en tus asuntos, pero hoy, por una precipitación tuya, por lo que sea, has... bueno, te has equivocado, te has puesto en evidencia. Y de rechazo, también a nosotros nos censurarán.

—Esto tiene algo que ver con mi visita a casa de don Nicolás, supongo.

—Natural. Mientras estés en la «mía», eso no debe repetirse. Corta por lo sano, inmediatamente.

—Hice bien —le temblaba la voz, estaba a punto de llorar— y no pienso variar.

—¡María del Carmen! —el minero sintió una fogarada de ira—. ¡Esa infeliz en actitud de rebeldía y por un antojo bobo!

—No me grites. Esta noche, si quieres, puedo irme con

Alfonso —y pronunciaba las palabras firmemente, hundidos los ojos, apretándose las manos.

—Pero, mujer, no lo tomes por la tremenda. Si es una terquedad, allá tú. No era mi intención ofender. Te doy un consejo y tú determinas lo que te parezca. Pero, piensa en esto: la doña Blanca se agarra a ti como a un clavo ardiendo. Ella necesita salir del arrinconamiento en que se encuentra. Y tú le sirves de ganzúa —la expresión innoble producíase con vigorosa espontaneidad.

—Y aunque así fuese —protestó ella con tono descompuesto, próxima sin embargo a desmoronarse su energía.

—Lo dicho. Ya eres mayor en años. Y descuida, no te molestaré más.

Este incidente ocasionó una retadora y ostensible asiduidad de María del Carmen en casa de don Nicolás. Blanca se acostumbró gradualmente a su compañía, la convirtió en su amiga íntima. Pero ella, prevenida a su pesar por Miguel, la juzgaba ya más fríamente, procuraba penetrar en sus móviles secretos, intentaba calar en aquel corazón. En su adhesión —más aparente que honda— sólo la sostenía la idea de que Blanca era víctima de una injusticia. Aprendió a conocer los giros de su humor, a presentir sus aspiraciones reales. Tras de su efusión o sus desdenes, Blanca consumíase de aburrimiento, y empezaba a palpitar en ella una rencorosa nostalgia por su antiguo ambiente social, por el brillante medio familiar perdido, un brote de seca hostilidad hacia don Nicolás.

En este choque encubierto —los efectos quedábanse en su adentros— con otra sensibilidad, el espíritu dócil y humilde de María del Carmen maduraba, se entristecía silenciosamente. ¡Fue como si oliera un tallo de flor que llevase varios días en el agua verdecida del pozo y le ahogara su emanación insana!

El álbum de fotografías —rojas pastas grabadas, dorado broche— del colegio, disculpa a Blanca para añorar sus años escolares y ponderar la suerte, tan distinta de la suya, de las condiscípulas.

—Todas, menos yo, han conseguido algo de lo que soñaron —lamentábase.

—Otro cantar sería con un hijo —objetaba, radiante, María del Carmen—. Y te desaparecerían las cavilaciones.

—Prefiero que no sea —murmuraba con escalofrío de asco la esposa—. Luego se presentan en racimo. Se acaba el brillo, la alegría, envejeces.

Calladamente, María del Carmen se escandalizaba y cuando veía ondular en apuestos andares aquel bello cuerpo macizo, rebosante de juventud, terso, opulento, se le antojaba una inmensa profanación.

Blanca —y esto lo percibía ella con furioso desprecio y chispas de odio— hacíase cada vez más indolente, sin desarrollar otro esfuerzo que el de ataviarse para propio deleite, y leer y escribir inacabables cartas a sus amigas, para las cuales era el ejemplar raro de la especie, lo que le prestaba cierto atractivo. El manejo de la casa se transfería, lenta e irremediablemente, a manos de la doncella, la Engracia, que a duras penas contenía su desgarro marchoso y no velaba una sarcástica sonrisa al comprobar cómo ella era la única personilla indispensable.

Las raras ocasiones en que estando María del Carmen aparecía don Nicolás —en el Casino, por lo general— el abogado la saludaba con cortesía campechana y se encerraba apresuradamente en el despacho.

—Ahí lo tienes —rezongaba Blanca—, no hace nada de provecho. Arruinarse, gastar los nervios por una partida de maniáticos y zancajosos que quieren poner el mundo del revés. Y si por casualidad le toca defender un pleito, ya se sabe: además le cuesta dinero. Ahora mismo estará rompiéndose los cascos para sacar de apuros a uno que, indudablemente, no se lo agradecerá. Y se conquistará una enemistad más entre los suyos, entre los de su clase.

A María del Carmen le mortificaba profundamente este desprecio agresivo, no acertaba a comprender cómo la mujer de un hombre puede serle tan ajena. ¿No sería más honrado, en ese caso, romper las amarras?

Deseaba Miguel festejar de modo que fuese sonado el nacimiento de su primer vástago. No bastaba celebrar un bautizo de mucho rumbo — ¡eso está al alcance de cualquier ricacho! —. Para su ilusión de que el acontecimiento hallase un eco singular e impresionara imborrablemente la imaginación del pueblo, precisábase algo más.

La paternidad no había modificado sustancialmente el genio hosco de Miguel, no lo hizo, ni siquiera de forma transitoria, más hogareño e inclinado al prójimo, más propicio a la comprensión. El hijo, al que no puso su mismo nombre, significaba una prolongación venturosa de su poder social, un eslabón magno en la cadena que constituían «La Clavellina» y los pozos de sus inmediaciones, la casa de la Corredera, con las costosas reformas por él introducidas y que habían aumentado notablemente su valor. Con el nuevo brote humano —lloricón, pellejoso y enfermucho— él no era un intruso, sino que fundaba, entroncándola a otra de mayor solera, su progenie. Le traían sin cuidado, si bien no dejaban de halagarle vagamente, las ternezas efusivas de María del Carmen y «Varita de Nardo» con el retoño, y sólo cuando ésta insinuaba que se parecía a Alfonso, torcía el gesto y desviaba la conversación. Asunción cumplía, exacta e indiferentemente, su deberes maternales, cada día más activa y quisquillosa.

Le interesaba a Miguel efectuar una prueba de ostentación, de riqueza, pregonar que su familia era ya una institución poderosa. Miraba sin recelo el porvenir, sentía el orgullo de sus propiedades, la solidez de su encumbramiento. Y al vencerse la cuarentena de Asunción, como quien abre una caja de sorpresas, penetró en su dormitorio y la invitó, rebosante de vanagloria:

—Asómate al balcón, traje un regalo para ti. Toma al niño en brazos, avisa a tu hermana. ¡Y que no falte tampoco «Varita de Nardo»!

Acudieron, intrigadas, las tres. Y en la calle, frente a la verja del jardincillo, admirado por un grupo de rapaces y mirones en las esquinas, relucía, fresca la pintura, un coche de dos caballos. En el pescante, sudando bajo el uniforme, impávido, como un ídolo de gastada piedra, se engreía el «Perales», un tartanero borrachín y taciturno, un tanto corrido en el fondo por la larga espera y la curiosidad zumbona que le asaeteaba.

—Es nuestro, no hay otro igual en el pueblo —silabeó, vanidoso, el minero.

Gozó intensamente del pasmado silencio de las mujeres y agregó:

—¡Se acabó el atraso de ir a pie a «La Clavellina»!

Reparó María del Carmen —el mismo sofoco hubiera sufrido si la desnudaran al mediodía en la plaza— en la portezuela, donde se destacaban, con áureos reflejos, en letras relamidas, las iniciales del cuñado.

—¿Qué hacéis ahí paradas? Ahora vamos a dar un paseo, los cuatro y el crío.

Cuando a los pocos minutos arrancó el carruaje, le gritó al «Perales»:

—No vayas muy ligero. Es para que le dé el aire al «renacuajo». Por donde yo te indique.

Y Miguel le fue marcando el camino, sin pedir parecer a sus acompañantes.

—Esto me supondrá buenas talegas de duros. No sólo el armatoste, que por cierto es muy cómodo, sino el mantenerlo.

Pasó delante del Palacio, como si quisiera aplastar con las ruedas del coche aquel pétreo testigo de su vida pobre, para salir a la plaza del Ayuntamiento y desfilar ante los papanatas del Casino. Después el «Perales» guió por la estrecha callejuela del teatro. En la puerta, recostado en una columna, Juan silbaba indiferente. Al reconocerlos esbozó una sonrisa despectiva, se le torció el gesto. A Miguel su desdén le produjo el efecto de una mordedura y le suscitó otra penosa remembranza. ¿No fue aquí, en uno de estos muros lisos, donde Encarnación halló su mala muerte?

Se le había empañado el humor y procuró no traslucir la contrariedad. No tardaron en avistar las afueras, en dejar atrás un puñado de huertas y habares, y penetrar en la ondulada, calva planicie rodeada de colinas que concluye en «La Clavellina». La oteó con áspero sentimiento de amor, y sin mover los labios, apasionadamente, le consagró su hijo. Pero notaba que a ellas les aburría el panorama y evidentemente repugnaban entrar en sus do-

minios —¡don Francisco Salgado se hubiera alegrado tanto!— y dio orden de regresar, con un regusto de fracaso
en la boca.

Caía la caliente tarde veraniega sobre los campos en-
jutos, poniendo latidos de luces cárdenas en los tejados
pardos del caserío. En el coche acentuábase el silencio
forzado, la atmósfera de embarazo y temor, de encogimiento, siempre provocada por su presencia. Miguel advertía, como un dogal de asfixia, este despego y le consoló
el lloro del niño, que logró disminuir la tensión. No, no
le amarían nunca.

Deseaba llegar pronto a casa, pero en la plaza, al bor-
dear la manzana del Ayuntamiento, la gente apretujada
en el paseo estorbó el paso normal del coche. Por las
ventanas del Casino, abiertas de par en par, distinguíase
el salón principal, y en él un grupo formado por Alfonso,
el pollo Castuera y un manojo de cupletistas pintarrajea-
das. Por la noche se inauguraba la temporada de varietés
y este suceso empequeñecía el alarde de Miguel. Se agitó
en el asiento, espió la confusión pesarosa de María del
Carmen, el ceño agudo, ratonil, de Asunción.

—Ese hermano tuyo va de mal en peor. Ya ha perdido
el freno.

Como no le replicaban, añadió exasperado:

—¡Es extraño que no sea santo más de la devoción
del don Nicolás! Republicanos y faranduleros hacen buenas migas. En fin, son de otro mundo que el «nuestro».

...Antonia, la «Rondeña» —Antonia Serrano, de nombre civil—, obtuvo el éxito más ruidoso de la velada.
Transcurría con marcada languidez la función hasta que
ella, anunciando su entrada con un taconeo entre bastidores, se presentó en escena. Y no es que se tratase de
una hembra excepcional, pues más bien era chiquita y
menuda. Ni su voz poseía particular relieve, mediocre
en los agudos y en los graves, en chillidos o en parodias
flamencas, lo característico en el gremio. Pero su juventud auténtica, la carne apiñonada, la viveza sensual del
mirar y la electrizante agilidad de faldas le valieron rápidamente las simpatías del «respetable». Aunque moza, la

«Rondeña» se las preciaba, con razón, de avispada, y tenía una especie de táctica intuitiva para bandeárselas a su antojo y provecho con el público. Le gustaba oír consejos o lo simulaba —simular modestia nunca daña— y el empresario «guapo», Alfonso, la había prevenido ya.

—Métase en el bolsillo a los de gallinero. Si en el patio de butacas no se entusiasman al principio, no le importe. Para esas aves frías dispongo de otros números. Es el debut, y si no caldeamos el ambiente de «arriba», peor para usted y para mí.

En el «paraíso», en todas las localidades baratas, azuleaban las blusas y camisas de los mineros. Casi por compromiso habían aplaudido la primera rociada de tonadillas sentimentales, a cargo de una veterana de más ancas que meollo, bostezaron con los pasos de tango de la pareja de bailarines —aptos, por chichas, para una sopa de fideos, según su irreverente y escandaloso dictamen— y no parecieron dar muestras de gran satisfacción con los «versos sonoros» de un recitador ultramarino. ¿Cómo se las apañaría ella para transformar la atmósfera de indiferencia, para entusiasmar a los chasqueados?

Desde un agujero del telón lateral observó a la concurrencia. Eran, en su inmensa mayoría, obreros mozos, de ojos relumbrantes y caras chupadas, de recias manos tendinosas que hacían crujir ruidosamente las avellanas. Pero ella sabía el remedio. A su «tío» —el apoderado— lo tranquilizó con una frase despampanante:

—¡Aquí armo hoy la de Dios en Cristo!

Y ya en el terreno de la suerte, adelantóse al proscenio. En voz alta y desafiante, para que todos la oyesen, se encaró con el director de la orquesta, un quinteto inarmónico, como es natural.

—Maestro, despedimos el duelo. ¡Vamos, de aperitivo, con «El pirulí de La Habana»!

Volvió grupas, dio unas vueltas sandungueras para encandilar, tiró el mantón sobre la concha, y gesticuló, gachonamente, la cancioncilla de sentido procaz. Con tales meneos de pecho y cadera, tal tobogán de pupilas y rechupeteos de labios y serpentinas de brazos, que no la dejaron terminar, en medio de palmas furiosas y expresiones que por discreción se omiten. Luego, a dosis creciente de impudicia, con letrillas de doble y escabroso significado, acaparó las glorias de la inauguración.

—¿Te convences, descreído? —decíale Alfonso al pollo Castuera—. Esa «niña» nos ha sacado del atasco. A lleno por función, ya verás. Habrá que felicitarla. Por cierto que los otros artistas están de morros. La «Sultana» tuvo un ataque de nervios. ¡Hacerle una principianta eso, a ella! Se impone el desagravio, pues de lo contrario se nos estropea el cartel. Y el más indicado eres tú, a mano izquierda no hay quien te gane. ¿Entendidos?

Descargada la más ingrata tarea en el pollo Castuera, Alfonso se dirigió al camerino de la «estrella». Halló entornada la puerta, y cuando repiqueteó con los nudillos la «Rondeña» le invitó a pasar, sin más preámbulos. Estaba medio desnuda y un seno —pimpante, redondo— desbordaba el sostén.

—¿Qué le pareció, don Alfonso?

—¡Monumental! Es usted un prodigio. Aprendió la lección en un santiamén.

Terminó rápidamente de vestirse y se desembarazó del tío, que de pie, como empotrado en un rincón, bostezaba a sus anchas.

—Puede retirarse. Iré a la fonda dando un paseo. Después de este tute necesito airearme. Descuide que no me pierdo —y le guiñó el ojo—. Aquí don Alfonso me acompañará.

Por el camino procuraba ella, con artificios y monerías, acercarse a Alfonso, rozar levemente su brazo. Hablaba por lo bajo, con aire de intimidad, empastando el tono como si le hiciera una cariñosa confidencia. Le atraía el hombre y, además, «tenía la sartén por el mango».

—Estoy rendida… En el fondo a una no le «sienta» este trabajo. Usted se figurará, por lo que acaba de ver, que soy una atrevida, pero se equivoca. ¡Se gana una el mendrugo, y listo! Con muchos trajines, y nada más. Cuando pasen unos cuantos años, de retirada. Los viajes, las comidas de hotel y los empresarios —¡que no me refiero a usted, Dios me libre! — que le sacan a una hasta el tuétano. ¡Cómo envidio a las mujeres de su casa, de vida tranquila!

—Usted encandila y luego tira el jarro de agua fría —replicó, molesto por su juego, Alfonso.

—Con el público, sí, pero... —y le miró audazmente, encalabrinados los ojos, hondo el aliento.

—Hemos llegado. Que duerma de un tirón.

—Es dificilillo. A lo mejor, me da por soñar con quimeras.

Alfonso se separó de ella con la certidumbre de que pretendía insinuarse en su voluntad, con la intención de una aventurilla vulgar y lucrativa. No sería la primera vez que así, o de análoga manera, se iniciaba un galanteo. Y no solía durar más allá del par de semanas. —Andaba despacio, sin experimentar mayor emoción, ni siquiera el incentivo del deseo que en ocasiones le dominaba o el vago afán, latente en él, de aturdirse. Había surgido en Alfonso la tendencia esporádica a sopesar el valor de su vida, y al hacerlo le asustaba su vacío irremisible. El no podía reincorporarse ya al carril de las personas de costumbres sencillas. Toda su actividad, el concepto que de él habían forjado, señalaban su derrotero. Si no chocaba con los hábitos generales, si no derrochaba el dinero y prescindía de «líos de enaguas», la gente se llamaba a engaño, como los espectadores defraudados ante los monstruos de las ferias. Reflexionó que una serie de hechos le habían conducido a esta situación inestable y oscilante: su carácter frívolo, las complacencias paternales, el halago cobarde de los amigos, la aureola de cínico y audaz que le habían creado y criado, y tras la cual se ocultaba la poquedad miserable de los aburridos; contribuía, también, la desintegración moral de su familia, acelerada por el minero forrado de billetes y ambicioso de nombradía. Recordó la exhibición del coche por la tarde y sonrió ácidamente.

—¡Patán, más que patán!

Y para completar el cuadro, Antonia, la hembra tirada, presumiendo, con mucha trastienda, de melancólica y hogareña... ¡Una comedia transparente para el señor empresario! No le interesaba la fulana, pero admitió que podía resultar peligrosa. ¿Seguiría la táctica astuta, resbaladiza, de mostrarse decepcionada, de clamar por un «sorbo de paz»? Y si ella perseveraba en esta tónica, ¿no corría el riesgo de ceder en uno de sus turbadores momentos de angustia y soledad?

El pollo Castuera fue a su encuentro.

—Ya es hora de acostarse, ¿no te parece? Y a propósito, calmé la tempestad. La «Sultana» se disponía a tomar el portante. La tranquilicé haciéndome el inocente, y le dediqué más elogios que a la Raquel Meller. El truco surtió efecto. La tienes más suave que un guante, resignada y contenta en lo que cabe. Imagínate cómo desempeñaría la misión que a esa «artista» se le figura tenerme en su poder. ¡Cree que estoy loco por sus huesos! Bueno, lo de huesos es problemático.

—Pues, miel sobre hojuelas, hombre. Sacrifícate. Me prestas un servicio y le das gusto al cuerpo.

Pareció no encajar la chanza el pollo Castuera. Se ensombreció su cara caballuna y no contestó. Alfonso, impresionado por su tétrico silencio, por su gesto de fatiga y desencanto, pensó, un instante, sin más trascendencia, que quizás ignoraba el íntimo sentir de su mejor amigo. Algo de más enjundia debía esconderse tras lo desgonzado y patéticamente risible de su figura estrafalaria.

—¿No serás tú un tipo portentoso, Castuera, de lo que pasó a la Historia? No recuerdo ni un noviazgo tuyo, ni un mal amorío. ¿Tendrás vocación para el convento? Tú me birlas algo, estoy seguro.

Juan José reprimió un espeluzno de sobresalto y atirantó, con engañoso signo de cinismo, los rasgos tristones de su fisonomía acartonada. Rióse exageradamente, mientras enarbolaba, más grotesco que nunca el ademán, su bastón.

—Es una enfermedad que se debe al largo ayuno... ¿Es honesto recogerse tan temprano? Decías del convento... Mi convento es la casa de la «Marcada». ¿Hace un rato de bureo?

Alfonso, divertido, se encogió de hombros, y lo siguió.

Por la calleja, frente al portal de la «Marcada», escucharon aún, como una melopea familiar, el pregón basto y ronco del sereno y sus paso torpes, de patizambo, que iban amortiguándose en la quietud hollada de la noche, entre huir de sombras y silbos de airecillo fresco.

VIII

Terminado su contrato, la «Rondeña» negóse a prorrogarlo, a pesar de las instancias de Alfonso. Invocó razones de peso.

—Tanto azúcar o tanta pimienta, cansa. No se debe abusar. Tendría que repetir repertorio y se le quitaría la gracia. El público lo sabría de memoria. Una es como un meteoro. Así, pasado un año vuelvo. Como dejé buen sabor, usted saldrá ganando. Y yo también.

Pero se sentía contrariada de que él no recurriese a motivos más apasionados para persuadirla. En aquellos días, el magín de la «Rondeña» estuvo ocupado en graves meditaciones: su suerte, el añejo proyecto de clavar anclas en el instante y lugar más propicios. Ella no abrigaba desmesuradas ilusiones respecto a su «arte», comprendía su endeble valor, que tales mañas no resisten al tiempo, al vivir desordenado e incierto. Era, bajo la corteza frívola, una calculadora serena y sagaz, y no cesaba de repetirse:

—Antonia, así no aventajarás. No hay quien te libre de ser una cupletista de quinta fila. Y eso, para los pú-

blicos de tragaderas anchas. De aquí a cinco años estarás
hecha un desastre. Te conviene, si el precio interesa,
sentar cabeza. Al fin y al cabo no tienes parentela y
puedes hacer tu santo antojo. Vamos, despacito, que no
se te amontonen las ideas, cohetes de verbena. Por guapa, lo que se dice guapa, no saldrás de cavilaciones. Me-
dianeja de cara, de cuerpo pues... pasable. Unicamente te
vale el no ser tonta de nacimiento. El pueblo éste parece
de porvenir, corre el dinero y son flacos de memoria, con
tal de que suene el «din». Es necesario liquidar el último
lastre y camelar al empresario. ¿Qué más quieres? Fachada, tipo y labia, algo de posibles. Yo lo trastearé, basta
un poco de «ten con ten». Hasta que no se pueda mover
sin mí. Se acaba en la iglesia, y con un nombre y quizás
situada. Murmurarán al principio, pero luego la costumbre lo arregla todo.

Y la «Rondeña» adoptó una determinación tan radical
que el «tío» no acertó a oponerse.

—Angel, hablemos claro. Estoy hasta el copete de dar
tumbos por ahí. Me entró la querencia de cortar por lo
sano. Has cumplido bien tu papel, y se te estima. Nadie
sospecha que entre tú y yo, vamos..., y te creen de la parentela. Te he correspondido, no te engañé nunca, he
procurado que no te falten unos duros en el bolsillo. Pero
vamos a disolver la «sociedad» y a seguir tan amigos.
Y no se te ocurra alzar la voz ni representar un drama.
Partimos las pesetas, tú te largas y que no te vea más.
No protestes... Si te empeñas, reñiremos en serio. En
plan de soltar verdades, tú pierdes y no yo. Con presen-
tarme en el puesto de la Guardia Civil, estoy en la otra
orilla. Nada de lagrimitas, hombre, que tú eres templao.
Se siente la separación, conformes, pero cada uno tira por
su atajo. Toma estos billetes, no te dé escrúpulos ahora.

Lo acompañó a la tartana, se cercioró de que se plegaría
a su mandato y lo vio partir, libre de pesar. De regreso
sorprendió a la dueña de la fonda anunciándole que se
quedaría una temporada.

Desde ese momento cambió de ruta la «Rondeña». Y de
lenguaje.

—No, lo de las tablas se acabó para ella. ¡Lo juraba

por la gloria de su madre! Estaba tan «baqueteada», sentía deseos de paz, de vivir decentemente, tranquila la conciencia. Como el pueblo le gustaba, a lo mejor se establecía más adelante con sus ahorrillos. Para desenvolverse modestamente le sobraría. Una mujer sola casi con alpiste se alimenta.

Como en un espejo que reflejase su nueva fisonomía, se contempló jubilosamente en el asombro de la «patrona». Si había merecido su confianza, ¿por qué, con tesón, no se le rendirían las demás suspicacias?

Empezó a fabricarse, cual una piel distinta, las flamantes costumbres. No fue tarea fácil, pues a veces el cuerpo le brincaba de impaciencias y se revolvía desesperado ante la árida placidez con que paulatinamente iba recubriéndose. Y añoraba el picante atractivo de sus anteriores andanzas, notaba la falta de aplausos, de la curiosidad gruesa de los hombres y de la rencorosa envidia de las hembras honradas. Incluso, en sus noches solitarias, evocaba con exasperación seca y crujiente las caricias bárbaras, achuladas de Angel, ¡pobre animal! No apartaba la mirada —toda ella angustiosa avidez— de la maleta que, en el fondo del cuarto, cerca de su cabecera, guardaba sus trajes de cupletista —gama de colorines, puñado de fulgores mentirosos.

En alguna madrugada, rondándole el deseo insatisfecho de suscitar admiración —poso y llama aún de su espíritu—, levantábase de la cama, comprobaba si la puerta estaba bien cerrada por dentro, con doble vuelta de llave, y encendía un cabo de vela. Se valía de su pequeña luz temblona, que dividía en franjas acuchilladas la oscuridad, para vestirse una falda de lunares. Se ajustaba implacablemente el corpiño hasta sentir que le escocían los pezones, se hincaba una peineta en el pelo y pintábase labios y mejillas, con trazos rabiosos y apasionados. Arrinconaba después las sillas, para disponer de mayor espacio libre, y evolucionaba con pronunciados movimientos por la estancia de bajo techo y desnudas paredes. Exageraba lo femenino y sensual de su ademán y entornaba la boca, con frunce de quejido y lujuria, como si pronunciara, mordisqueándola, la última frase de una canción excitante. Tras estas maniobras, que le parecían un enloquecedor pecado secreto, digno de las tinieblas, acostábase derrengada, tensos aún los nervios. Y su sueño tardaba en llegar, y era como una losa de plomo aplastándole los párpados.

Pero una voz insistente, de fibrosa contextura, la de su otra naturaleza, la ponía en guardia contra esos extravíos, y los abandonó lentamente, gracias a su enérgico propósito de suprimir el pasado y sus huellas. En los primeros tiempos no salió de su habitación pretextando debilidad, desgana. Se hacía servir en ella la comida y demostraba escaso apetito. Rehuía la cháchara de las criadas y se ocupaba, con singular empeño, del aseo de la pieza. Corría los visillos de la ventana de manera que no la viesen desde la calle y poder observar, sin peligro, a los transeúntes. Transcurrían allí horas interminables y mansas. Logró, no sin repugnancia, tras vencer íntimas resistencias y nostalgias, acomodar su ánimo al ritmo pausado y aburrido que la cercaba.

Esta reclusión tenaz, la palidez que se le grababa, su visible resistencia a cualquier clase de conversación, su aire triste y el ladino recato, su desdén insultante ante las insinuaciones y recados de algunos huéspedes, le crearon una fama singular en el pueblo e inspiró fervorosa simpatía a la dueña.

—Mire, hija mía, yo no sé lo que le pasa, ni me importa. ¡Pero esa voltereta es de pronóstico! Me da pena verla encerrada como una monja de clausura, sin trato con nadie, sin pizca de alegría. Usted enfermará y no estoy dispuesta a consentirlo. Por lo menos, déjeme que le haga un ratito de tertulia por las tardes. Traeré la costura, charlaremos, merendaremos juntas. Yo también me siento muy abandonada, desde la muerte de aquel bienaventurado que me espera en el cielo, si soy merecedora de su suerte... ¡Lo añoro tanto! Llevaba la fonda derecha como una vara.

Antonia accedió —gesto lánguido, sonrisa amable y distraída— mientras le bailaba el contento en el pecho.

Después de unas semanas, hábilmente, sin salir de su tinte de melancolía, de su porfiada reserva, logró atraerse del todo a la patrona.

—Una lengua, y no perezosa, a mi favor —pensaba.

Dio el segundo paso.

—Doña Ricarda, dígame la verdad. ¿Usted cree que puedo ir a la iglesia sin que se escandalicen ni critiquen, sin que sea mal visto? Porque una es cristiana, a pesar de todo —y se le empañaron los ojos, se le quebró el acento.

—¡Pero criatura, si a las de entrañas más negras que el hollín les tendió su mano Nuestro Señor! ¡Faltaría más! Y tú eres la oveja vuelta al redil. Te has equivocado, cierto. ¿Pero quién está limpio de culpa? Tu vida es ahora como un cristal, como un agua clara.

—Es que tengo escrúpulos...

—¡Alma de cántaro! No está bien humillarse demasiado. Para que te tranquilices, lo consultaré con don Damián, el párroco. El aprobará.

—¡Ay, ojalá consienta! Podíamos ir, usted y yo, todas las mañanas a misa de alba. Observaría la ley de Dios y la de su Iglesia.

Don Damián se alborozó cándidamente ante conquista tan preciada, y el trámite fue fácil. Bastaba una confesión general y Antonia se reintegraría, con la frente alta —éstas fueron sus palabras—, a la religión. La noticia tuvo amplia resonancia y hasta los incrédulos no se atrevían a exteriorizar francamente su recelo.

Cosían afanosamente las dos mujeres, aprovechando los últimos resplandores del día. Notaba doña Ricarda que la modorra le entornaba los ojos y pidió maquinalmente:

—¡Canta algo! Me gustaría oírte, sí, entre nosotras.

La «Rondeña» habló —tono firme y duro ceño— tan impulsivamente que la conmovió.

—Dios me libre. Le he prometido no volver a cantar jamás.

Hacía meses que María del Carmen visitaba muy de tarde en tarde a Blanca. En ese tiempo, por ser el niño una criatura tan desvalida y extrema la desmaña de su hermana, por tácito acuerdo con «Varita de Nardo» le consagraron sus afanes. Y así adquirió una rica experiencia maternal. Se ocupaba constantemente del pequeño, lo lavaba y vestía con manos diestras y primorosas, predestinadas, como si ésta hubiera sido su tarea de siempre. Observaba, estremecida de ternura, los gestos y movimientos del sobrino, la misteriosa y mudable forma con que la fisonomía iba estableciendo sus rasgos. Insensiblemente, perezosamente, Asunción le cedió sus prerrogativas, aliviada en el fondo por librarse de la obligación antipática.

Cuando la mayor estaba ausente, desbordábase la locuacidad de «Varita de Nardo».

—¡Si la verdadera madre eres tú! Ella lo parió y sanseacabó. ¿Pero con qué voz se calma ese esmirriao, quién se despepita por él, quién despierta cuando llora, quién lo atiende? ¡Es una injusticia, y gorda, que tú no tengas hijos propios, no prestados! El crio te cambió, mujer. No piensas más que en sus trapos, se te conoce la satisfacción cuando lo tomas en brazos. Por faltarle condiciones a Asunción, hasta se le retiró la leche, que Dios se la secó.

—Calla. Llegarás a blasfemar.

María del Carmen disculpaba a su hermana —cada una es como es— y se alegraba de que alguien la necesitara con tal imperio, con tal ansia. Ello le hacía olvidar todas sus cavilaciones y reconcomios, y sus ensueños cifrábanse en la criatura, que se apegaba a su pecho de soltera. Ya reclamaba, con grandes lloros, su presencia, parecía complacerse en mirarla, se fundía amantemente con el tacto de su piel. Supo del orgullo de sus palabras balbuceantes, de cómo la vida se adscribe a una imagen y desvanece la inquietud por las «cosas de fuera». Miguel mismo, a pesar de su rudeza, notaba esta confusión de papeles y se esforzaba en tratarla con una delicadeza insólita en él. Y aunque no lo manifestaba, en sus ojos cansados bullía una sorda hostilidad hacia Asunción, enteramente absorbida por el ornato de la casa y el aderezo de su persona, por las relaciones sociales y sus costumbres de señorona que no quiere arrugarse la falda planchada.

Pensaba el minero que no es muy de hombres rondar en torno a los hijos. Más valía seguir laborando para acrecentar su futura fortuna. En su estima, la casona reducíase a un despacho silencioso, a una alcoba donde se encontraba a disgusto, a un edificio, en suma, que se jactaba de poseer ante los extraños. Pero estas decepciones —los

caracteres enteros las resisten sin dar dos cuartos al pregonero— estaban atenuadas por el fuerte trabajo, la creciente admiración del pueblo y la fama de riquezas, y
suerte que todos coreaban. Distraíanle de sus resquemores
la obsequiosidad de don Francisco, los problemas que le
planteaba «La Clavellina», el penoso hormiguear de recuerdos al tropezar en la calle, alguna vez, con Juan y
que éste ladeara la cabeza. La misma actitud despectiva
del cuñado, la irritación por la vecindad «insolente» de
don Nicolás y doña Blanca, que a unos metros de distancia semejaban desafiarle con su oposición a la sociedad
establecida, exacerbaban estos sentimientos cotidianos.

En tanto, María del Carmen pasaba las noches en vela
para combatir un amago de enfermedad en el sobrino,
arreglaba incansablemente su ropa, sin ceder la abliga-
ción a manos extrañas, lo llevaba, entre palabras de caricia,
por los corredores. Vigilaba su rostro y ademanes mientras sus piernecillas escuálidas pataleaban al sol, sobre
unas mantas. Sólo ella sabía la predicción temerosa del
médico.

—¡Ojalá yo me equivoque! Pero el niño tiene un aparato digestivo muy deficiente, y si no lo cuidan les dará
un disgusto gordo.

El augurio se perfilaba, trastornándola, en cada síntoma
de anormalidad y cualquier queja del pequeño le punzaba
una zozobra. Sufría si se mostraba desasosegado, observaba inquietamente su expresión al dormir. Y muchas noches, casi desnuda, descalza, se acostaba cerca de su cuna
y durante horas, inmóvil para no despertarlo, hasta que se
le helaban los pies, escuchaba el ritmo de su respiración.
Con nadie compartía esta angustia, sentíase feliz al pade-
cerla sola.

Y no es que el chico fuera guapo ni simpático, capaz de
sorberle el seso. Lo veía, sin tapujos del espíritu y del
afecto, en su precaria realidad: el color turbio, la cabeza
tirando a deforme, parado y mortecino el mirar, raquítico
y mísero el cuerpecillo. Su fealdad, su carencia de atractivos, su lastimera inapetencia, aumentaban el apasionado
cariño de María del Carmen, la impresión de que sin ella
no encontraría salud, dicha, protección.

Trabajo le costó abandonarlo por unos días al recibir el alarmante mensaje que le transmitió Engracia, con un ademán cómplice y pliegues hipocritones en la boca carnosa.

—Vengo de parte de don Nicolás. La necesitan a usted allá, en seguida. El ama está muy grave —y agregó con un tono de malicia redomada—, pero conviene que los suyos no sepan todavía el verdadero motivo. Eche un pretexto.

Encomendó el niño a «Varita de Nardo» y la siguió.

En el gabinete, junto al balcón, la esperaba don Nicolás. La mano derecha, apoyada en el bolsillo del chaleco cruzado, temblaba levemente; se hinchaban las venas en la frente orgullosa. Se adelantó a saludarla con un gesto cortés y caballeresco, intentando vanamente sonreír y simular naturalidad.

—¡No se figura cuánto se lo agradezco, María del Carmen! Dudé mucho antes de recurrir a usted, pues no sé si tengo derecho. Pero usted es la única persona a quien adivino digna de comprender, de ayudarnos, de callar. Siéntese —y le aproximó, con ligera inclinación respetuosa, un sillón.

—¿Y Blanca, qué tiene? ¡Si estaba bien! —dijo ella.

—Se lo explicaré. Aunque me es demasiado violento, la verdad —permanecía de pie, a cierta distancia, hundida la cabeza en los hombros robustos. Hablaba a medio tono, lentamente.

María del Carmen, nerviosa, intentó levantarse.

—No, aguarde un momento. Por lo pronto, Blanca está atendida. Dentro de unos instantes saldrá de ahí don Guillermo. Pero cuando el médico se vaya, es indispensable que la cuide alguien, alguien que no sea una criada, sino una amiga leal, como usted, para que mantenga su ánimo y no cometa otro disparate. Ahora, yo no serviría.

Interrogaron, suavemente, los pardos ojos de María del Carmen.

—Debo confesarle un hecho desagradable, repugnante, que usted no puede concebir. Le aseguro, por lo más sagrado para mí, que he sido completamente ajeno. Lo hizo en mi ausencia, contra mi voluntad. ¡Si mi mayor alegría,

mi única esperanza hubiera sido un hijo! Pero ella —y
esto es otro cantar, ya lo discutiremos cuando se salve—
no quería... Aprovechó que me fui una semana de caza
y una de esas comadronas desaprensivas se lo «mató».
Por dinero. Me avisaron de prisa y corriendo. Don Guillermo es de fiar y se hizo cargo... ¡Ojalá la saque con
bien! Si hay Dios, El la perdonará, según creen ustedes.
Ante la gente, el silencio, fingir. ¿Puedo contar con su
reserva, María del Carmen? ¿Será su enfermera? Pero su
familia no debe enterarse. Ni a mis correligionarios de
más confianza les diría una palabra. ¡Estoy tan solo! No
me juzgue mal. Lo sucedido quedará entre nosotros cinco:
Blanca, Engracia, don Guillermo, usted y yo.

Descorrió don Guillermo los cortinajes —terciopelo
rojo, listón plateado— del dormitorio y se dirigió a María
del Carmen.

—¿Usted accede? ¡Qué tranquilidad para mí! No se
aparte de su cabecera. Vigile la temperatura, que no se
produzca una hemorragia mayor. A mediodía me daré una
vuelta. Y, además...

Ella le acompañó hasta la puerta, procurando retener
sus indicaciones.

Al volver al centro de la habitación, don Nicolás continuaba junto al balcón, erizadas las cejas, en la misma
postura de antes.

—Después les diré a los míos que es un grave ataque
de nervios y que Blanca necesita, moralmente, de mí. Y usted —su voz adoptó un súbito acento imperativo— salga,
distráigase, un poco de aire le calmará. Seguramente evi-
taremos lo peor.

Y entró resueltamente en la alcoba cuajada de silencio
y penumbras, donde sólo se percibía un oscuro jadeo.

Don Nicolás no la miró al alejarse.

Durante cuatro días enteros, María del Carmen estuvo
a su lado, incansable el cuerpo menudo, atirantados los
ojos por el esfuerzo, un nuevo aspecto severo en su fisonomía. Se había disculpado brevemente con Asunción.

—No puedo dejarla así, sin ayuda ni consuelo. Aunque
sea una mujerona, ahora está más indefensa que un recién

nacido. Necesita que la velen, que se le den alientos. En esas aristócratas, los nervios son algo terrible, como caballos locos. Nunca llegué a imaginármelo. Yo me reía antes de esos achaques... «Varita de Nardo» te atenderá al niño. Ya le he leído la cartilla.

Las raras veces que María del Carmen, tan dulce y sumisa, hablaba con aquel tono firme y parpadeaba violentamente, era inútil contradecirla y Asunción optaba por llevarle la corriente.

No se separó de Blanca en aquellas interminables horas de peligro. Instalada en su dormitorio —corrió la persiana del balcón para que el reflejo del sol no la molestase—, se sentaba a la cabecera de la cama, sin rebullir, sin apartar de ella la mirada inquisitiva. Oía, en la pieza vecina, sobre la alfombra, el pasear obsesionante de don Nicolás, y creía ver su rostro cavado de arrugas voluntariosas, el colérico fruncir de labios, las venas que se henchían, prestas a estallar, en la hermosa cuenca de la frente.

Estaba María del Carmen entre la vida y la muerte —el hombre vigoroso e irritado, impotente para expandir su pesar, y la esposa que se desangra, casi sin arrestos—, entre dos presencias que la inundaban con su cálida contigüidad o con su frío, exánime acercamiento. Mientras, debía ocuparse de algo concreto, de tareas que canalizaban sus fuerzas y desvelos: enjugar con el pañuelo sus sienes sudorosas y estremecidas, no permitir que se destapase, auxiliar al médico en las curas, recoger los paños manchados y fétidos, darle el ligero alimento, desinfectar en el infiernillo el instrumental de don Guillermo. Pero en la soledad, en los largos períodos de tensa espera, la atmósfera de la casa, el clima emanado del matrimonio y su imán de antagonismos, una sensación pesada y opaca que rezumaban las paredes, gravitaban sobre su espíritu indefenso, estrujándolo sin piedad. Y estos indicios e intuiciones afloraban a la luz deslumbrante de su conciencia sentimientos que ella misma había ignorado antes.

La contemplaba sin cesar, misteriosa y malignamente atraída. En la almohada, el pelo rojizo de Blanca desprendía destellos metálicos, de cosa inanimada, mineral, de piedra que surcan impuras vetas de azufre. Cuando don

Guillermo entreabría cuidadosamente la puerta y avanzaba con su andar sigiloso, el resplandor de la lámpara del gabinete proyectaba sobre la enferma, al moverse, una palpitación de penosa realidad, un remedo de persona embalsamada. Y su plañir casi continuo se paraba e inconscientemente pretendía cubrirse los brazos, de tan mayestática carnosidad.

Por la noche, en el ambiente de quietud enrarecida, Blanca recobraba para ella sus rasgos fidedignos, la expresión veraz de su alma requemada y vieja. En el amplio lecho —donde faltaba el varón, donde se marcaba, fantástica, la huella de su imperio— Blanca semejaba una riqueza inútil. Quejábase sordamente, con un gesto de rabia, engarabitando los dedos sobre los pliegues de la sábana. Era un resuello silbante, una contracción agria y rencorosa de facciones. Entonces surgía en la esposa una especie de máscara al margen de su etiqueta, una desnudez de carácter, que así revelaba su signo infecundo. ¡Cuánta repulsión le inspiraba entonces!

A María del Carmen sólo la reconocía en sus pocos momentos de plena lucidez, al sentirse pasajeramente mejor y amainar la fiebre. Entonces se deshacía en cumplidos, adoptaba frente a ella una actitud de cariñosa inferioridad, intentaba disculparse...

—Unicamente tú eres capaz de sacrificarte así. Vales más que toda la plata de estas minas. Pronto estaré bien y, aunque protestes, te voy a compensar tanta fatiga. Nos iremos tú y yo, solitas, de viaje, adonde me pidas, al sitio que más te haya ilusionado visitar. No te quedes tan seria, virgencita, sé lo que te barrena el cerebro. Tú no te explicas lo que hice. No me lo niegues. Quizás sea un pecado, pero si vieras cómo me asquea esa carga «ahora». Soy joven, y quiero vivir, comprenderás que no voy a estropearme tontamente. Si consientes, te llueven los hijos y los lloros, te encierran para siempre. Te conviertes en una esclava. Más adelante, cuando una no tenga este humor.

María del Carmen, removidas las entrañas, salada la boca, cambiaba de conversación, le aseguraba que lo «suyo» no tenía vuelta de hoja. Se levantaría en unos días

más, podría reanudar su vida normal. Al decirlo, desviaba
la mirada, inventaba algún quehacer para alejarse de su
lado y que no le descubriese su arrebato de repugnancia
y odio.

Al recrudecerse la calentura, se hundía temblorosa en
el sillón, siempre bajo el temor de escuchar sus frases
entrecortadas y cínicas, retenida allí sólo por el miedo de
que se agravase. Roto el velo, a merced de sus más recón-
ditos pensamientos, Blanca daba rienda suelta a su confesión y la amiga veíase arrastrada a un mundo incógnito
y amenazador, de abismos, vertiginosos descensos y fre-
néticas oleadas.

Fácil le era —no lo deseaba, pero una fuerza instintiva,
superior, le obligaba a bucear en sus existencias— por las
amargas lamentaciones que vertía, por sus ademanes dis-
locados y sus retorcimientos impúdicos, recomponer la
vida común, tan estéril y árida, de don Nicolás y Blanca,
pulsar su irreconciliable divergencia y, sobre todo, la hostilidad que la mujer albergaba hacia él.

Reproducía, con absoluto descaro, íntimas escenas con-
yugales; en ellas, Blanca, según su revelación, correspondía al apasionamiento del marido con un desdén terco,
pregonando que, a pesar de su carne, no fue nunca po-
seída en el riguroso sentido del término. Supo de la ilusión
caudalosa de don Nicolás por un hijo, de sus humildes
súplicas y de la esquivez egoísta en que se estrellaban.
Desfilaron por su entendimiento abatido las riñas por motivos fútiles, la aversión que Blanca sentía por el pueblo,
sus insultos a las flaquezas del visionario. Aquilató, horro-
rizada, el vacío que los separaba una y otra vez, al conversar, en las aspiraciones más queridas. ¡Cómo maldecía
ella, la aristócrata, el haberlo conocido!

Sus acusaciones, sus sarcasmos, aquella historia turbia
que se le descubría, determinaron una transformación profunda en María del Carmen. Observaba celosamente sus
obligaciones de enfermera, notaba con una mezcla de satisfacción e indiferencia cómo Blanca retornaba lentamente a su condición física natural, mas le era por completo extraña y hurgando en sus propias reacciones, enemiga. Representaba su antítesis, su negación. ¿Cuándo

llegaría el momento, tan anhelado, de alejarse? ¡Estaba convencida de que jamás la vería sin desconfianza, con sincera efusión, con su primitivo impulso de simpatía!

Por el contrario, la madeja de sus pensamientos y sensaciones la acercaban más y más a la comprensión de don Nicolás, el infeliz que en el gabinete próximo, entre sombras, paseaba como alma en pena, en lucha con su aspiración y su frustración. ¡Cuán cálida y espontáneamente compartía su amargura por el hijo que la «otra» le había robado! ¡Cómo se identificaba con la tristeza que le supuraba en los adentros, por la terrible decepción que él, ciertamente, debía experimentar! Sin verlo, lo presentía, creía anticiparse a sus reflexiones desoladas, a sus momentos de angustia y rebeldía contra el destino. Lo albergaba en su espíritu y el absoluto desamparo en que se debatía producíale un vago estremecimiento. Recordaba sus deliquios de ciego cariño, sus ensueños aplastados, sus ambiciones arrancadas de cuajo, todo lo que Blanca canallescamente —también hay una vileza cuando se delira— le mostró.

¡Y María del Carmen había imaginado que, a despecho de los sinsabores y rencillas, era éste un típico ejemplo de «matrimonio por amor»! El desengaño resultábale intolerable. ¿No fue esa creencia ingenua —decíase— lo que me unió a ellos? ¿No admiraba yo en Blanca el valor para arrostrar los prejuicios, ese temple de que no soy capaz? Ha destruido la pureza de ese ideal en que yo me complacía. Y lo ha rebajado todo, es como si hubiera pisoteado brutalmente el césped tierno que constituía mi recreo, donde encontraba secreto refugio, misterioso consuelo.

Una buena mañana, poniendo término material a la pesadilla, a la tortura de su conciencia, el médico le anunció que su misión había concluido.

—Es usted una mujer muy valiente, una enfermera extraordinaria. Casi estoy por contratarla —bromeó—. Estoy convencido de que doña Blanca notará su falta en la convalecencia, pero usted tiene sobrado derecho a descansar.

Se despidió de la «otra», sin disimular cierto apresuramiento y salió el gabinete, con un gesto de liberación.

Pero al ver a don Nicolás —al igual que entonces a la vera del balcón, crispada la mano en el bolsillo del chaleco, alto, caviloso— el corazón le dio un vuelco.

—María del Carmen...

Ella no tuvo más remedio que detenerse.

Don Nicolás señaló hacia su casa, mientras la miraba con intensa serenidad.

—Ya se va... Le debemos gratitud y afecto. ¿Aquel balcón es el de su dormitorio?

María del Carmen afirmó mudamente, sin sorprenderse de la pregunta. En cierto modo, la había esperado, la deseaba.

El abogado le dedicó una cortés inclinación de cabeza.

—Gracias, María del Carmen... —y pronunciaba su nombre con marcada pleitesía, como una limpia caricia.

Bajó la escalera apoyándose en la barandilla, con desbocado batir de pulsos y una sensación refrescante en los ojos hundidos de fatiga.

La calle resplandecía de luz tibia, verdecidos los árboles de las aceras. Al cruzarla, al golpear con el aldabón —doradas fauces de galgo— la puerta de su casa, presintió que penetraba en un sepulcro. Para ella se había decidido el combate entre la vida y la muerte.

Estaba vencida. Sólo eran sus piernas las que andaban.

IX

Ajeno a todo lo que a su alrededor ocurría, Miguel continuaba absorbido por la atracción todopoderosa de «La Clavellina». El pozo principal seguía vomitando toneladas de mineral y sus filones parecían inagotables, nuevos, como si los barrenos no se hincaran en su entraña, no los rociase el caliente sudor de los hombres y no estuvieran sus galerías tan apuntaladas de maderos. De las honduras de la tierra le subía en bocanadas bienhechoras la recia actividad. Se sentía tonificado por la idea de que en cada espalda curvada, en los molinetes de los picos, en el más pequeño terrón de plomo extraído, imperaban su persona y su mandato. Esta impresión le era casi siempre más grata que el concepto material de su fortuna. En cualquier manifestación de su dominio, aun en la más insignificante, recibía una compensación vengativa y voluptuosa de los primeros años de su vida, sórdidos, irritantes, «cuando él no pintaba nada».

Para sobrellevar la creciente hostilidad —de los objetos, del ambiente, más acusada todavía en los seres— que le oprimía en la casona, sólo hallaba la espaciada satisfacción de pulsar el pasmo y la aversión de los envidiosos. O se recreaba, orgullosamente, en el trote, para él altanero, de sus caballos. Evitaba ir al Casino por miedo cazurro a la familiaridad, para permanecer alejado de los «extraños», punto menos que inaccesible, y no dar margen a esas confianzas escurridizas, tan peligrosas y corrosivas en los pueblos. Se dejaba ver rara vez, y cuando aparecía pasaba allí breves momentos, hosca la actitud, agrandando la barrera que, según él, los «mantenía a raya». Sin embargo, en alguna ocasión, su distanciamiento de todos le provocaba una especie de laxitud, una desgana amarga ante los incentivos que mueven a las criaturas sencillas, corrientes.

Don Francisco Salgado encarnaba, quizás, la sola excepción. El «manco» se había habituado a su genio, y por su cuenta y motivo solía sugerirle distracciones, para ablandar su ánimo endurecido y correoso. Ultimamente su renuncia a charlar y sus arrebatos despóticos le previnieron que el jefe padecía una crisis alarmante.

—Si yo fuera usted...

—¿Qué quieres? Desembucha.

—¿No le gusta el campo? —y empleaba el tono ordinario, pero ligeramente más sinuoso.

—Algo te traes tú entre ceja y ceja.

—Un campo de uno, que le pertenezca.

—Es gracioso, ya tengo «La Clavellina».

—No me refiero a la tierra que no se ve de inmediato, sino a la que se planta y verdea, y tiene sombras de árboles y aguas de acequia.

—Tú intentas convencerme de no sé qué.

—Casa propia, la mina, fondos en el Banco y... —el taimado insistía.

—¿Qué me falta, pues?

—Estoy seguro de que don Calixto vendería «El Rincón». La boda de su hija mayor es para junio y necesita dotarla.

—Queda lejos, dicen. Yo no estuve nunca.

—Poco trabajo cuesta, sobre ruedas...

«El Rincón» distaba unos seis kilómetros del pueblo. No se distinguía desde la carretera real, por estar situado tierra adentro. La finca alteraba en dulces ondulaciones las parduscas filas de los olivares, que arrancan tras unos repechos, en las últimas planicies de la cuenca minera. Era necesario recorrer un camino de herradura para avistar la huerta y el cortijo de dos pisos que la señoreaba. Como una cintura vegetal la ceñían ruedas de higueras y melocotoneros. A su espalda, la alberca de los patos y a la entrada un diminuto jardín, en abandono, ahogado de malas yerbas.

Don Calixto —labriego de riñón forrado, descendiente de colonos alemanes de la época de Carlos III, lo que se reflejaba en el blanco tinte pecoso de la piel, en la solidez del cuello y en lo macizo de la talla, en la transparente claridad de los ojuelos— le acompañó elogiando calurosamente todas las ventajas del lugar.

—¡Se hará usted de una verdadera ganga por cuatro reales! Este es Pascual, guarda, gañán y lo que se le mande. ¿Quién diría que va para los setenta, tan campante y con ese color de salud? Son estos aires, capaces de resucitar a un muerto. Si decide comprar «El Rincón» se lo recomiendo. De niño lo conozco y por el amo lo descuartizarían sin que protestase.

Examinaron, con parsimonia e hipocresías de chalanes, las distintas piezas del cortijo, todas ellas anchurosas y destartaladas, con urgente precisión de enjalbegado y compostura. Miguel exponía sus reparos.

—No sé si me resolveré… Para mí, la casa no apremia. Aquí será necesario gastar dinero a carretadas para que sea habitable. Es un capricho demasiado caro. Además, tendré que consultar con Asunción.

—Pues, mire, si no fuera por las obligaciones de la boda, ni trataría. Se lo ofrezco malbaratado. Y todavía me dan tentaciones de arrepentirme. Buscaría la solución por otro lado. Un préstamo, cuando hay con qué responder, no es tan difícil. Usted se lo piensa, que no es moco de pavo, y determina. Ni una peseta menos.

—¿Palabra de rey?

—Mañana espero su aviso. Sí o no. Ahora me dispensarán que no vuelva con ustedes. Pascual me presentará las cuentas del mes y luego, pian piano, al pueblo.

Desde el coche, Miguel gira la cabeza para abarcar la sencilla y quieta hermosura de la propiedad. —Sentía, gozosa y ligera, la propia respiración, ideaba afanosamente planes de reforma, entusiasmábale pensar cuán delicioso sería pasar allí, lejos de toda preocupación, los días de fiesta.

—Tiraré los tabiques de la planta baja y haré una sala grande, donde puedan moverse como en una plaza más de veinte personas. Un retoque a la escalera del jardín; pondré arriba los dormitorios. Habrá que embaldosar los pisos y echar cielo raso a los techos. Acomodaremos la cuadra. Con una habitación para ese Pascual, tiene de sobra. El fogón está inservible, habrá que ampliar la despensa.

Don Francisco Salgado espiaba su ceño emprendedor.

—Don Miguel, me huelo que usted no deja escapar esa liebre.

—Por dinero no será. Ya me conoces. Tardo en lanzarme, pero una vez embalado nadie me resiste.

Se cumplían uno por uno, hasta conservando un orden «natural», sus ensueños más ambiciosos. Estaba a punto de conseguir todo, absolutamente todo lo que antes, de manera vaga, se propuso. Y empezó a rememorar las diversas etapas que su empeño hubo de salvar; desfilaron, en veloz visión, rostros, hechos, incidentes de su existencia. Pero llegaba un momento en que su conciencia señalaba un tajo profundo y no le permitía seguir adelante. Era cuando apuñalaba al forastero o se acordaba, con íntimo latido de sorpresa, con ácida pena, de Encarnación. Y al interponerse su imagen cerrábase la percepción de Miguel, se negaba a penetrar en aquel ámbito perturbador, tornaba, aún asustado, a la redonda virtualidad de su presente, como a un asidero que le taponaba el juicio.

Recostado en su asiento, don Francisco Salgado palpábase el muñón por encima de la tela, espiaba a este hombre que le parecía la encarnación del triunfo. Se comparaba con él, agarrotado de envidia el organismo. En el fondo, pese a la aparente subordinación, no le inspiraba cariño ni respeto. ¡Era un tipo de suerte, audaz, hinchado de orgullo y soberbia! Y experimentó, invencible, el afán

de zaherirlo, en ese instante en que Miguel denotaba tanta
ufanía. Carraspeó el contable, dibujó un gesto de fingido
embarazo y lo miró fijamente.

—Supongo, don Miguel, que no tardarán en arreglarse
sus diferencias con el cuñado.

—No seré yo quien dé el primer paso.

—Las cosas cambian. Dicen por ahí que se casa.

—Dime el nombre.

—Ella se desvivirá por hacer las paces.

—¿Quién es?

—Pues, una cupletista. Antonia, la «Rondeña», esa que
armó tanto revuelo el otro verano. Ahora va para santa.

Por lo pronto Miguel no replicó, pero en el temblor
desenfrenado de su labios, en el rojizo paño de color que
le nubló la frente, revelaba su cólera. Perdió la contención, el prurito de no destemplarse con su empleado de
confianza.

—Lo harías sin ese propósito, «Manco», pero me aguas-
te la fiesta.

Don Francisco Salgado hizo retroceder, miedosamente,
la manga vacía y colgante.

Al principio, Alfonso creyó que las nuevas costumbres
de la «Rondeña» eran una pamema para hacerle tragar el
anzuelo —¡cualquiera averiguaba su verdadera intención!— o un arrebato de genio, un transitorio despecho
fruto de ignoradas causas, que no tardaría en disiparse,
tornando la moza galana a sus andanzas y estupendo desparpajo. Pero como transcurrieron semanas y semanas, y
hasta él llegaba el rumor de su edificante conducta —doña
Ricarda propalaba que, agotados sus recursos, la joven se
ganaba lo más indispensable con labores finas de costura,
agenciadas por la fondista; las habían visto más de una
vez en misa de alba; ella no salía nunca de casa y procuraba siempre la compañía de la gente respetable—, Alfonso dudaba entre deshacerse en sarcasmos o fiar en su
transformación, poco menos que milagrosa.

El caso es que, quieras o no, Antonia atraía su pensamiento, exaltaba su inquietud, ya enfadosa. Concluía pre-
guntándose, con cierto temor supersticioso, dónde acaba-

ría el interés que lo ligaba, con sutil grillete de enigma, a
la cupletista retirada. Como se sentía muy solo y espiritualmente a la deriva, languideciente la relación con la
hermana —María del Carmen mostraba en los últimos
tiempos un humor concentrado y sombrío, incomprensible en ella—, harto de la cuadrilla de amigos del Casino,
un tanto enervado por la presencia infatigable y aburrida
del pollo Castuera, la figura de esa mujer lista y paradó-
jica, constituía un fuerte incentivo, se adentraba sólidamente en su ánimo.

Pero no se entregaba sin combate, persistía en él una
resistencia interior a doblegarse, un oscuro instinto que le
advertía sordamente. Este juego de atracción y repulsión
consiguió perturbarle los nervios y decidió entrevistarse
con Antonia —no había querido acercarse antes para que
ella no se considerase vencedora.

—La veo, charlamos y ante una embestida de dinero se
rendirá. En cuyo caso, me libro de embelecos —decíase
con un aleteo de cinismo.

Tuvo que hacer antesala. Doña Ricarda lo recibió en
el comedor, con ceño dragonil.

—¿Qué se le ofrece?

—¿No me conoce? ¿Usted está de broma?

—De oídas sí que le conozco. Más de la cuenta.

—No exagere, doña Ricarda. Vengo a charlar con Antonia —y se detuvo, confuso, al percibir el desagrado que
le producía su familiaridad.

—Pero no sé si ella querrá. No está para enredos. Qui-
tándome a mí, con nadie se trata.

—Usted manda —objetó impaciente—. ¿Por qué no le
pasa el recado?

Al fin, después de varios viajes en que doña Ricarda
actuó de imparcial intermediaria, Antonia accedió a la
entrevista.

Cuando entró, siguió sentada, hincada la cabeza en la
costura. Le indicó una silla, colocada ya a conveniente distancia, y con un parpadeo suplicó a la fondista que no se
marchase.

—Le escucho.

Alfonso, repuesto, se sonrió con burlona indulgencia y

permaneció callado, como indicando que doña Ricarda sobraba en el coloquio.

Después de otro intercambio de miradas se retiró la buena matrona, dejando abierta la puerta del cuarto. Se la oía trajinar en el pasillo.

—Cualquiera la reconoce, ¡diablos! —reflexionaba Alfonso—. Ni un colorete, ni siquiera un lunar postizo, sólo agua clara y jabón. Y así está más «rica». Da la impresión de algo nuevo, fresco. ¡Si yo no supiera su historia! Pues, dos ventajas. El simulacro de la virgen y la experiencia de la cupletista corrida. Es un bocado que despierta el apetito más reacio. Si la oferta es tentadora ya no se hará la remilgada y acabará aceptando.

En voz baja, para que únicamente ella le oyera, inició el ataque.

—Me parece que usted se equivoca ahora, Antonia. De medio a medio. Muy meritoria su resolución, muy «heroica». ¿Pero no confía más de lo justo en sus fuerzas? Estos trabajos no son para usted, pierde la vista y la alegría. Y terminará aburriéndose, echando de menos su vida de artista, los aplausos, la admiración, la facilidad para ganar pesetas. Aquí en el pueblo, o en un sitio del mismo pelo, aunque tenga usted más virtudes que una mártir del santoral, a la gente le queda el recelo. Es difícil para ellos borrar una fama. Concibo que se haya refugiado en esto, por fastidio del ajetreo, como un descanso. Quizás ya no le interese, definitivamente, el teatro. Si usted consintiera... Podríamos encontrar una situación discreta, de su provecho. No soy tan despreciable como hombre. Viviríamos juntos, con plena libertad de su parte para alzar el vuelo cuando le diese la ventolera. Depositaría a su nombre una cantidad en el Banco. Y a lo mejor, ¡quién sabe si al cabo del tiempo, con el roce, no nos acostumbraríamos el uno al otro y acabaríamos legalizando esa unión!

Antonia no contestó con un insulto, como él esperaba, ni con ardientes protestas de inocencia ofendida. Levantó los ojos del bastidor, le habló cual si fuera un niño caprichoso que no aquilata la injuria inferida. Su tono era de tan penetrante tristeza...

—Es usted incorregible. Se niega a creer. Verdad es que sólo juzga por apariencias y que lo que una siente aquí —y se golpeó suavemente el pecho agitado— no se trasluce. ¿Ve cómo tenía motivos para negarme a esta conversación? Váyase y déjeme tranquila. Es lo único que le pido.

Y reanudó su labor, sereno el semblante, como si él no estuviera, sin prestar oídos a las palabras persuasivas que de pie, aturdido, le dirigía. Salió apresuradamente, sin saludar en el corredor a doña Ricarda, con una sensación humillante de derrota, a merced de encontradas ideas.

—¿Será una farsante de marca mayor o no se tratará de que yo, escéptico y maleado, soy ya incapaz de admitir una transformación honrada? —preguntábase, perplejo, en la calle.

Inconscientemente encaminó sus pasos a la botica del pollo Castuera, que al verlo tiró la bata y se puso la americana, tan ajustada como el resto de su relamida indumentaria.

—Te esperaba, una corazonada. ¿Damos una vueltecilla? ¿Estás enfermo? —agregó, reparando en la expresión desencajada de su fisonomía. Por vez primera Alfonso se le mostraba abatido y ello le estimuló a ejercer su inédita protección. Lo tomó del brazo y enfilaron hacia la plaza del Ayuntamiento, casi solitaria en la hora perezosa de la siesta.

—Como estamos sin moscones alrededor cuéntame, hombre. Algo te trae de coronilla.

Alfonso, con el mismo desorden que imperaba en sus sentimientos, le puso en antecedentes de su singular tentativa con la «Rondeña» y del fracaso de su oferta, que aún le dolía. Manifestó sus dudas, su desconcierto, cómo le intrigaba su actitud segura y modesta. Y después, ansiosamente, inquirió el parecer, nunca tenido en aprecio antes, del pollo Castuera.

Este bizqueó los ojillos, se golpeó con el bastón la raya impecable de los pantalones —de un precioso color verde botella— y se quedó parado, mirándole con escama.

—Pues me pones en un brete. Cuando se piensa en consejos, el daño no tiene remedio. Y más, tú a mí...

Pero, en fin, y aunque lo que te diga te subleve, allá va. Tú estás colado, sin salvación, por esa fulana. Ella es una lagarta de tomo y lomo, persigue algo y lo atrapará. No protestes, aguarda. A ti te ha encandilado cuando deseas afianzarte y estás hasta la coronilla de juergas y trotes. Es hábil y te manejará. Se hace desear, vamos. A mí me ocurre que juzgo las cosas de los amigos con una calma que ya quisiera para mis asuntos —concluyó, con un vacilante dejo melancólico.

—¡Ay, Castuera, los mismos infundios que la gente, tú! Si la vieses, si hablases con ella, ya no negarías que ha cambiado.

—Entonces, tú estás convencido.

—¡Qué sé yo!

El pollo Castuera adoptó un gesto de perfecta gravedad, entre burlón y compungido.

—El honor de apadrinarte en la boda no me lo quita nadie. ¡Una eterna felicidad para el diablo harto de sayas y la cupletista que se metió a mujer de su casa!

—¡Castuera, Castuera, que estás meando fuera del tiesto!

Súbitamente serio, el pollo Castuera advirtió:

—No me harás caso, Alfonso, pero en ese negocio saldrás con las manos en la cabeza. Al tiempo.

Para las fiestas de San Juan de la Cruz, famosas en toda la provincia, la Junta, recurrió, en primer término, a Miguel. El minero —bajo el impulso de la mirada alentadora de Asunción, embarazada nuevamente y a la que no podía negarse el antojo— aceptó la presidencia de honor, lo que, traducido en dinero, equivalía a sufragar los gastos de mayor cuantía y compromiso.

Y aquel año pudieron alardear de rumbosos. Los castillos de fuegos artificiales invadieron el cielo despejado con mayor acopio de luces, pasmosa variedad de combinaciones y figuras; la subvención a los empresarios del teatro —efectuada a través de discretos componedores, para no soliviantar la mutua animosidad de los cuñados— permitió presentar a una Compañía que asombró a los espectadores con sus obras de gran espectáculo, donde des-

filaban un sinfín de decoraciones y podían admirarse una
serie de efectos increíbles, tales como un incendio, el
naufragio de un buque y la imitación de un terremoto en
país tropical. Se celebró en el Casino un concurso de
mantones de Manila entre las damas de la «alta sociedad», diéronse funciones gratuitas de cine en varias ex-
planadas y en el trinquete. Pero el máximo incentivo de
forasteros lo constituyó una Banda madrileña que ofreció
varios conciertos —ya se sabe, preludios de zarzuela
grande, pasodobles, valses y oberturas de mucho viento—
en el quiosco de la plaza.

La última audición revistió excepcional solemnidad.
Desde el balcón central del Ayuntamiento asistieron a
ella, entre otras notabilidades mayores del lugar, Miguel,
Asunción —bien fajada para que no escandalizase su
preñez— y María del Carmen. Adornada con hileras mul-
ticolores de farolillos, atascada de gente, la plaza parecía
un rincón del mundo en que el regocijo y la vida fácil
hubiéranse albergado. Paseaban en grupos bullangueros
los tarantos; por la calzada, ocupando las sillas cercanas
al pabellón charlaban los novios de la clase media, y en
las ventanas del Casino, abiertas de par en par, comentaban los «señoritos» el ir y venir de las muchachas casaderas, cogidas del brazo, entre cuchicheos y sonrisas re-
ventonas.

Pero de vez en cuando, como un descanso de tanta
música, todos los ojos se dirigían al balcón del Ayuntamiento y procuraban husmear el gesto y la actitud de
Miguel, movidos por un irresistible impulso de admiración, y también por resquemores envidiosos.

Miguel se esforzaba en simular naturalidad, no en re-
flejar el orgullo que le poseía en aquel instante de es-
plendor y triunfo; miles de pesetas le había costado este
momento inolvidable, dura brega le supuso ascender en
la cucaña de las jerarquías, pero sólo advertía su goce,
inmovilizado y aparentemente interminable, sin un lunar
de inquietud, sin la sombra de una nube. Incluso el soberbio ademán de Asunción, para que la distinguieran
a su lado, le henchía de certidumbre y fuerza. No observó
la palidez y la expresión hastiada de María del Carmen,

que tanto desentonaron en la velada. En el espeso y vocinglero movimiento humano de las aceras captaba ella el
resquemor que la fortuna de Miguel provocaba, lo seguía
en el pliegue amargo de centenares de bocas, y le parecía
sentir en el rostro el vaho de aquella nota agria y picante,
rondando la vanidad burda del minero.

Se retiraron minutos antes de la media noche. Les
abrían hueco entre el gentío, los más con extremos de
reverencia, respetuosos los menos. Pero sobre sus espaldas se clavaban, en reguero, los comentarios.

—¡No le falta más que ser Senador!

—Un tío de chiripa, nació sentado y con la servilleta
puesta.

—Mientras los mineros se hacen cisco los pulmones,
él bien que se redondea.

—Pues uno no se explica esa suerte, como no se recuerda otra.

—Desde que descubrió «La Clavellina»... De ahí sale
el plomo a montones, creo que nunca se le acabará.

—Y con la plata todo se consigue. Se olvida que antes
era un muerto de hambre, un lamparoso. Hoy, se le abre
de piernas la más señoritanga, el Alcalde y el alguacil le
tocan el pandero.

—Pero reconozcamos que es emprendedor y sabe lo
que se pesca.

—Quien no lo traga es Alfonso. Y como no tiene pelos
en la lengua... ¡Hay que oírle!

—Es una calamidad esa familia.

—Asunción tuvo que hacer de tripas corazón y casarse
con un saco de monedas. Alfonso ya picó en el cebo de
la cupletista. María del Carmen se quedará para vestir
santos. No es «partido» y nadie le dice por ahí te pudras.
¡Si el padre resucitara!

—El tuvo la culpa, por jugador, blando y manirroto.

—¡Torres más altas que ese Miguel —don Miguel,
cuidado— he visto yo derrumbarse!

—¡Don Miguel!

En la casona de la Corredera se prenden las luces del
zaguán para recibir a los dueños. Ya en el gabinete Miguel
quiere rubricar el éxito de la jornada y beben unas copas

de Jerez con bizcochos, servidos por «Varita de Nardo», que no aguanta la fatiga.

El minero rebosa de contento, muestra insólita cordialidad.

—Así da gusto. ¡Cómo les ponías los dientes largos a las mujeres, Asunción! Tú, María del Carmen, hora es de que te espabiles y eches el gancho. Seré el padrino de tu boda y no irás con las manos vacías. Que de eso, y más, me encargo yo.

María del Carmen no responde y pretexta cansancio para retirarse a su dormitorio.

En la casa, al rato, privan la oscuridad y el silencio, el sordo compás de las respiraciones, se desenvuelve la urdimbre de los sueños.

De madrugada, para distraer el insomnio, por una costumbre de que no puede prescindir, María del Carmen se desliza descalza hasta la salita contigua a la alcoba de Asunción, donde el niño duerme. Enciende cautelosamente una cerilla y la acerca a su cara rugosa, que esta vez nota chapeteada, con aguda crispación de sufrimiento. Brilla la frente estrecha con el sudor de la pesadilla. Lo despierta con suaves palabras, intenta atraerlo a sí, ponerlo de pie en la cuna y entonces ve que su piernecita derecha pende sin energía, agarrotada, como un péndulo roto.

Sin avisar a nadie, oprimiéndolo desesperadamente contra su pecho, lo lleva al despacho, lo arropa con unos cobertores y despierta a «Varita de Nardo». Después, la espera larga y terrible, a solas con la criatura, el devanar de la imaginación ante este cacho de vida que —su corazón lo intuye con extraña claridad— se ha truncado para siempre.

Los frescos recuerdos de la noche que termina —el bullicio de la plaza, la copa de vino, el mirar cegador y hostil de la gente, las palabras orondas de Miguel— se agolpan con penoso acelero en su mente. Escucha el estallido de la rueda final de los fuegos artificiales, sigue el derrotero de los últimos gritos escandalosos de los trasnochadores; el pueblo, a su alrededor, recobra la calma.

Don Guillermo, el médico de la familia, y de la Corredera, examina al enfermo con un pestañeo alarmante.

—¿Los padres no se enteraron todavía?

—Lo saqué del cuarto sin hacer ruido. A lo mejor no era nada y como yo soy tan aprensiva... Además, Asunción está de cuatro meses y un susto le dañaría.

—¿Lo quiere usted mucho?

—Hoy por hoy, casi no tengo otra cosa.

—Pues es lo que me temía. Sea fuerte, lo necesita. Se trata de un ataque de parálisis infantil. Afecta toda la extremidad inferior, ligeramente el juego de la rodilla.

María del Carmen tiembla como las flores raspadas por el viento.

—¿Se curará?

—Completamente, sospecho que no.

Miguel, inquieto por el movimiento cauteloso que en la casa se produce, acude, reciente aún su pesadilla. Está cerca de ellos, sus manos recias y rojizas se aferran angustiosamente al cortinaje, así escondido escucha la implacable conversación. De allí no se atreve a salir, teme ver al hijo. Un humor negro le golpea las sienes, siente necesidad de caer, de hundirse, de gemir, pero un instinto supremo de compostura, de apariencia, le sostiene, le obliga a callar.

Es María del Carmen, que ha reparado en él, quien le aconseja serenamente, quien pronuncia palabras de esperanza. Duda, en verdad, si atender primero a Miguel o al niño en ese instante.

Observándolo ahora, don Guillermo piensa cuánto puede cambiar un hombre en el corto trecho de unas horas, qué distinto aire el suyo, antes erguido y desafiante en el balcón del Ayuntamiento, y en este amanecer, convertido en una masa inerte y desarticulada interiormente, atónito ante la nueva realidad maltrecha del hijo, ya guiñapo y desperdicio.

El médico no puede reprimir una sonrisa sarcástica.

A don Francisco Salgado —que en ningún varón muere por entero el amor propio— le quedó rastro del insulto de Miguel. «Manco»... Hábilmente, con rencor minucioso, le traía a colación todo lo que pudiera herirle, adobándolo con gestos corteses y una actitud de respetuosa indiferencia. Era difícil adivinar bajo su obsequiosidad de criado, en su celo excesivo, al pairo de aquella anulación de su personalidad ante el amo, los grumos de odio que impulsaban su conducta, exacerbados quizás por la constante convivencia.

Mientras prosperaba y medraba —mayor sueldo, regalos frecuentes para el heredero, gratificación generosa por Navidad y otros gajes— en su voluntad se acusaba cada día más el propósito de penetrar en la vida íntima de Miguel, de conocer sus debilidades y características familiares. Estaba convencido, y así lo anhelaba, de que su éxito lo roían por dentro combinadas carroñas. Cuando supo del ataque de parálisis sufrido por el heredero del patrón, sintió tentaciones de bailar, allí mismo, en la oficina, una danza extravagante y dislocada, en que su movimiento principal consistiera en agitar la manga vacía que tapaba su manquedad, su brazo tronchado y ausente.

¡Le complacía tanto espiar el pliegue irritado de la frente de Miguel, al hacerse cruces de la afición de su hijo a corretear campos y a saltar tapias, al apreciar el efecto del contraste entre su retoño, sano por los cuatro costados, y el fruto ya marchito del minero!

Otra de sus sonadas alegrías se la proporcionó el rostro de Miguel, lívido de coraje, cuando le anunció, después de un astuto preámbulo, el casamiento de Alfonso con la cupletista.

—Aunque usted se sulfure, es preferible que se entere por mí...

Y como Miguel no le replicara, prosiguió:

—Esta mañana, a primera hora, se ha celebrado la boda. Casi en secreto, para evitar decires y maledicencias. Los apadrinaron el pollo Castuera y doña Ricarda, un botarate y una pánfila. Firmó de testigo ese Juan, el que estaba en el Palacio, ¿usted se acuerda? La novia lucía azahares.

—Nada de ellos me importa. Y te agradecería que no me los mentases.

Y tras una pausa ordenó:

Andújar, 11-II

—Hazme esa carta para don Federico. Tú la redactas, bien clarita. Que no vendo «La Clavellina», ea. Su Compañía intenta apoderarse de las mejores minas. Pero lo que es conmigo tropiezan en hueso.

El contable se baña la lengua con un largo trago de agua de botijo y se atreve a insinuar:

—Podríamos escribir de forma que no se rompan las negociaciones. El alemán maneja un capital fabuloso y no sería difícil encontrar una solución que convenga a ustedes dos.

—¡Vender «La Clavellina»! Es absurdo. No es cuestión de precio —medita en voz alta Miguel, como iluminado por su objeción— ...pero es posible que tengas tu parte de razón. Dile entonces que sería conveniente una entrevista personal para tratar del asunto, sobre la base de que yo conserve la mina.

—¿También sacará tajada de esto? —preguntábase, decepcionado, don Francisco.

La respuesta de don Federico no se hizo aguardar. Anunciaba, simplemente, su llegada. Miguel fue a esperarle en su coche, escoltado, como siempre, por el «Manco». Ambos sentían una gran curiosidad por conocerlo, pues en la cuenca minera se pronunciaba respetuosamente su nombre, con una aureola de lejanía y poder que trascendía de su palacio madrileño. Presidente de una Sociedad que manejaba un capital millonario, emparentado con familias riquísimas, influyentes en los medios financieros internacionales, era, en gran proporción, uno de los ocultos factores determinantes del precio del plomo en el mercado mundial.

Un hombre altísimo y grueso, de cuarenta años, pelo entrecano y monda cabeza, bigote pajizo y militar, ojos gatunos y agudos, se destacó en el andén, seguido de varios mozos cargados de maletas. Tenía un ademán pesado y dominante que lo singularizaba inmediatamente. Fue él quien, tras rápida mirada, avanzó hacia Miguel tendiéndole la mano. Hablaba un español preciso de estructura y de dicción infame.

Se honraba con la visita de don Federico. Le ofrecía su casa para alojarse durante su estancia en el pueblo. En honor a la verdad, no había allí ningún hotel adecuado para un hombre de sus exigencias. Ahora, le convendría descansar. Ya visitarían mañana «La Clavellina» y charlarían de negocios. Sí, su esposa le saludaría al día siguiente. Tendría que dispensarlos... En una «aldea grande» no se estilan las comodidades de la capital —y Miguel se disculpaba con torpe insistencia, sabedor de que sus palabras eran superfluas y podían interpretarse como una lisonja.

Don Federico se limitó a darle las gracias y a dirigir el embarque de su equipaje.

—¡Cuidado con la caja de pintura! Deme el maletín. Pongan aparte el baúl de la ropa.

En el camino, el extranjero demostró poseer excelente información de Miguel.

—Era como él se lo había figurado. Aún joven, muy fuerte, capaz en su oficio, con dotes de mando. Sí, le constaba que su explotación marchaba sin dificultades, que la manejaba con firmeza. Pero en estos tiempos el esfuerzo aislado es una gota de agua perdida en el río. Deberían coordinarse los intereses. Prácticamente, el subsuelo estaba virgen. La extracción del mineral y su transformación, por falta de maquinaria moderna en gran escala, de procedimientos racionales, era todavía tan rutinaria...

—Yo no vendo «La Clavellina», ni la arriendo —arguyó tercamente Miguel.

—¿Cuánto calcula usted que vale hoy?

—Pues por las obras y el terreno, con lo que aún dará de plomo, tirada trescientos mil duros.

—Le ofrezco medio millón, sin rechistar.

—Ni por el doble me desprendo de ella.

Don Federico rumió la negativa, contempló sorprendido al minero y no se le escapó el cómico desconcierto de su acompañante, don Francisco, que se desesperaba al ver rechazada una oferta tan ventajosa. —Era una noche de recatado y manso susurro, tan tersa y tibia que el rodar del carruaje parecía desgajarla, como el cuchillo al partir la granada madura. Para ninguno de los tres existía en aquel momento el desfile misterioso de los olivares, la palpitación acariciante de las luces de los cortijos, ni el vasto respirar del campo adormilado.

—Usted denunció «La Clavellina». Fue un premio gordo de la lotería. Se nota que le tiene afecto. Pero en cuestiones de dinero no vale el sentimentalismo. Sin embargo, comprendo, hasta cierto punto, su decisión. Es como su novia de usted o querida —añadió con acento que intentaba ser cordial.

—«La Clavellina» es algo más. Sólo yo lo sé —no había podido dominar su pasión y se arrepintió de haberlo manifestado.

Don Federico cambió de conversación.

—Me dijeron en Madrid que hace poco tiempo compró usted una finca muy hermosa, para su recreo. Le alabo el gusto.

—Cierto. Pero, además, la necesito. Allí viven mi cuñada y mi hijo, que está delicaducho.

Y le explicó, brevemente, la desgracia del niño.

Entraron por los arrabales del tejar, atravesando a gran velocidad la calle de los tarantos. Los mineros tomaban el fresco a las puertas de las casas, retrepados en sillas de anea apoyadas en las paredes. Hablaban con grandes pausas perezosas, mientras liaban gruesos cigarrillos. De algún grupo salían coplas y risas.

—Ahí van dos peces morrocotudos.

—El de la izquierda es don Federico. Lo recuerdo de cuando estuvo en Peñarroya.

—Reunión de tiburones.

—Es para comerse hasta las migajas.

—¿Y quién nos defiende?

—Cada vez somos menos en la «Sociedad». Buena maña se dieron...

—Si le avisáramos al «Mellao». Falta nos hace.

—No creo en fantasmas. Es hombre de otro tiempo.

—¡Tú no le conociste!

—Habrá que encontrarle trabajo antes.

—No será difícil. En «La Quebrada» el ingeniero sólo pide obreros que sepan su faena. Lo demás no le importa.

—¿Y no le buscarán las cosquillas?

—Nosotros no somos unos calzonazos.

—Ya llovió desde «aquello»...

—Tuvieron que ponerlo en libertad. A pesar de las ganas, ni pizca de culpa le encontraron.

—Es que el «Mellao» era inocente y además les caló las intenciones.

—¿Por qué no le escribes tú, Paquillo? Hazlo en nombre de la Directiva, aquí está casi la junta en pleno.

Recomendaba insistentemente el médico que el niño viviera en el campo. Apremiado por su consejo, resolvió Miguel acelerar las obras que allí se efectuaban por su iniciativa y en buena parte respondiendo a su capricho. Cuando «El Rincón» estuvo acondicionado, fue María del Carmen quien se brindó a estar con él.

A ella —dijo— también le convendría una regular temporada de descanso. Asunción daría pronto a luz y durante mucho tiempo habría que cuidar de la criatura. Para no estar tan sola, lo único que le interesaba era la compañía de «Varita de Nardo». Agregó: «Pascual parece de fiar».

Hicieron el viaje en coche, muy de mañana. A medida que penetraban en el olivar, una sensación de calma tristona invadía el ánimo deprimido de María del Carmen. Frente a ella, el cuñado, seco y serio, como siempre. En sus rodillas, envuelto en una manta, descansaba el cuerpo del pequeño; su pierna derecha caía sin fuerza sobre su muslo, cortada de circulación, aprisionado el pie en una alta bota, cubierta del aparato de hierro, que chirriaba siniestramente al jugar el tobillo lacio y deforme.

Miguel se creyó en la obligación de consolarla.

—Te aburrirás un poco, mujer. Aunque tú no has sido nunca unas castañuelas. Mandas a pedir todo lo que necesites. No os privéis de nada. Si algo falta, el nieto de Pascual se planta en el pueblo en dos zancadas. Toma algún dinero. Os hará mucho bien este aire libre. Y el perillán caminará mejor cuando se le asienten los huesos, a base de comer, estará muy alegre con tu compañía.

Distraídamente, María del Carmen asentía a todo. Aún no quemaba el sol veraniego y la verde mancha en torno a «El Rincón» confortaba los ojos. Apareció, como un brote de luz, rezumante de cales recientes, el cortijo.

Pascual y su nieto —muchacho espigado y moreno, de unos diez años— les esperaban al término del jardín, en el sendero que bordea el estanque.

—¡Ya llegó el carro con los muebles y las ropas! En un periquete lo descargaron. Las camas están armadas, en su lugar. Por allí revuelve Roma con Santiago... ¿cómo se llama?

—«Varita de Nardo».

—No es cristiano el nombre.

—Es apodo.

—¿Y no se ofende?

—¡Si se lo decimos de cariño! —y María del Carmen sonríe, complacida del anciano, mientras Pascual la contempla largamente con sus hundidas pupilas, lagrimeantes y turbias, rendida ya la voluntad.

Miguel se despidió por reclamarle en la mina un trabajo urgente y María del Carmen lo vio marchar con sensación de alivio. Se entregó ardorosamente a la faena de arreglar a su gusto las habitaciones y familiarizarse de esta suerte con el nuevo ambiente. Sólo de vez en vez, suspendía su labor para asomarse a las ventanas y mirar, con cierta angustia, la sábana de los campos, que empezaban a caldearse y otear el jardín donde, a la sombra de los árboles, en una mecedora, dormitaba el niño.

Gracias a su actividad no le pesaron aquellas primeras horas y cuando cayó el atardecer y todos se recogieron, acostó al sobrino y después se sentó en el zaguán, cerca de la puerta, cruzada de manos, a vueltas con sus pensamientos, vagamente intimidada por el amplio silencio que germinaba a su alrededor.

¿No le atormentaría más en esta soledad, el recuerdo de Blanca y de don Nicolás?

«Varita de Nardo» se acerca con una taza de café cargado.

—Toma, primor, reina mía. ¿Te puedo decir una cosa? Al fin me encuentro tranquila, porque estamos nosotras y nadie más... Me acuerdo de tus tiempos de niña, entonces no tenías secretos conmigo y te leía los pensa-

mientos en la frente. —En la Corredera una se siente
ahora extraña, sin libertad. ¡Ha cambiado tanto aquello!
Pero en este desierto no hay perro que nos ladre.

—Te extralimitas.

—Si no es malicia. A una le sale sin querer.

—Yo también prefiero «esto».

El zaguán, ancho y destartalado, está, salvo el reducido espacio que la vela alumbra, en la semioscuridad.
Llega del exterior el bisbiseo sutil del campo, el rumor
del airecillo surcando las yerbas, un silbido lejano que se
enarca y extingue. María del Carmen se levanta, apoya el
hombro en la pared y se embebe en el parpadeo de las
estrellas. Después atrae su mirada la misteriosa negrura
del macizo del jardín, el penetrante fluir del agua espesa
en las acequias y regatos próximos.

El persistente aliento de la noche, tan pura y desnuda,
remueve en María del Carmen enterrados deseos de ternezas. Le oprime una dulce aspiración de ser, un mágico
encanto de la sangre, el anhelo turbador de percibirse,
única y poderosa, en su cuerpo. Su misma respiración
honda le parece un fenómeno temible por desconocido,
y lo recoge como señal de su vida, que allí se encuentra,
íntima e inmediata, transcurriendo, sólo transcurriendo.
Medita, con doloroso estremecimiento, en este rodar del
tiempo sobre sus venas y carne, en la inútil realidad de
su latente energía. No, ella no se casará. Quizás si hubiera encontrado antes a don Nicolás, antes que la «otra».

Dóblase su cuello y gime.

—¿Le pasa algo a la señorita? —silenciosamente comparece la figura de Pascual.

—¿De dónde sales, hombre de Dios? ¡Qué susto me
diste!

—Es que estaba ahí fuera, sentado. Tardo en agarrar
el sueño y si doy unas cabezadas al fresco me entono...
Me tumbé junto al poyo. Cerraba los ojos, pero como se
quejó...

—Te lo figuraste.

—A oído fino no hay quien me gane, palabra. Pero ya
me voy, y usted disimule.

En este momento una tendencia súbita e irresistible

guía a María del Carmen, la arranca de su aislamiento.

—Quédese un ratito, ahí tiene una silla. A lo mejor se descuelga el relente y te deja baldado. No me vengas con disculpas ni etiquetas. —El viejo acepta la invitación, se coloca a respetuosa distancia y pide permiso para fumar. María del Carmen repara en su barbilla recia, cándidamente temblona, en las encías desdentadas y en el crudo albear de los cabellos. Es su actitud reconcentrada y digna.

—¡Qué raro! Yo no te conozco de hoy, sino de siempre. Y aunque debiera, no me da fatiga tutearte.

—Cuando usted bajó del coche supe en seguida que nos entenderíamos. Me contestó a lo de «Varita de Nardo», se sonrió... Tocante al tuteo, así vale. No se vaya a disgustar, pero usted se parece a otra persona; anda igual, uno está tranquilo a su lado, hasta en el gesto es el mismo aire...

—¿Alguna hija tuya?

—No, fue mi mujer. Natural que no se podía comparar con usted en guapura. Más basta, sí.

—Hará poco que murió.

—Aún moceaba yo. Iba apenas para los treinta —se endurece el acento de Pascual y su palabra suena premiosa.

—Era muy joven, entonces. ¿Y qué le sucedió?

—Resbaló en la orilla del estanque. Se ahogó. Acudí tarde. La sacamos, hecha un acerico por los patos. Es el destino de cada uno. Por eso, por la querencia, no me separo del cortijo, hasta que me echen o se me corte el resuello.

—¿No gritó?

—Es de suponer que sí. Era al oscurecer y yo estaba lejos, segando la alfalfa —el rostro de Pascual adquiere un reflejo sombrío y evocador.

—¿Y no te casaste otra vez?

—¿Para qué? ¿Con qué cara traía yo una madrastra a la casa? Mi cama la sudó ella y hubiera sido un pecado.

—No se te olvida, ¿verdad?

El viejo da otra chupada al cigarro y afirma, con un largo ademán torpón, mientras se rasca las venas gruesas de las manos, que aún huelen a tierra.

X

Actuó de madrina doña Ricarda; al novio lo apadrinó el pollo Castuera. La ceremonia religiosa se celebró en la iglesia parroquial, un día laborable y a primera hora. Se cumplió en todo la voluntad terminante de Antonia.

—A mí me disgusta llamar la atención. Por mis culpas...

Y después de su ruego, vertía al oído de Alfonso palabras melosas, ruborizadas, que permanecieron en secreto. La «Rondeña» pasmó —asombro es poco...— a los testigos del acontecimiento por la sencillez de su tocado, el sofoco que de cuando en cuando le empañaba la calor y la mesura ejemplar de sus movimientos. Corría ya la fama de su firme conversión a la vida honesta, y al amparo de las columnas, en discreteos y exclamaciones admirativas, se tendía hacia ella un coro de loanzas. Las beatas madrugadoras entonaban su panegírico y los caballeros de misa temprana experimentaban una dulcísima sacudida de respeto, que parecía regenerar el humor impuro de sus vicios antañones.

—¡Cuánta no será su virtud que un perdido como Alfonso encuentra su camino de Damasco!

—Ella, acostumbrada a regalos y halagos, a repicar de castañuelas, se maltrató los dedos de mazapán cosiendo para ganar el sustento.

—Fíjate, ni polvos de arroz se puso.

—Y no da señales de orgullo, sino de sincera humildad.

—¡Nuestro Señor muda los corazones!

—Apostaría a que no descansa hasta librar al esposo del oficio mundano en que está metido.

—Será una buena casada. A más de cuatro que presumen de virtud y se pavonean de blanco ante el altar, les daría lecciones.

—Es la historia de María Magdalena.

—No lo digas con sorna, que vuelan los pensamientos «malinos».

—¿Envidia le tienes?

—¡Ni el templo de Dios impide vuestra malicia!

Mientras el sacerdote pronuncia, entre toses, las palabras de ritual, reflexiona Alfonso cuán preferible ha sido que María del Carmen esté en «El Rincón» y no pueda darse una escapada. Ante la hermana sentiría una vergüenza inexplicable, como si aquélla fuese la máxima locura de su vida. Fresca como una flor de los prados, con arrobado resplandor en los ojos, Antonia, a su lado, no se atreve a mirarle sino tímidamente, con azoro de paloma extraviada. La buena de doña Ricarda semeja protegerlos con un gesto de abnegación maternal, que ella juzga este desenlace obra magna de su porfía y de su fe. Junto a la pila del agua bendita, Juan se remueve incómodo en el negro traje de solemnidad. Y el pollo Castuera mantiene una actitud grave y reservada, a tono con el notable suceso.

—Rodará el mundo —rumía Alfonso— y a ciencia cierta no sabré explicar cómo se ha producido este final pacífico, inverosímil para muchos. —La moza se apoderó de su voluntad, se le apareció como la fruta prohibida y santificada, un bien guarnecido de virtudes, puesto que lo apuntalaban la experiencia y el remordimiento. Ella se había mostrado insensible a sus galanteos, a sus rondas,

a una incansable lluvia —o pedrea— de epístolas infla-
madas. Desde el día en que lo recibió en su cuarto, salía
rara vez y siempre con severa custodia. A todas sus solicitudes contestaba con una calma afectuosa e indulgente,
dolorida la sonrisa, cual si inspiraran inmensa compasión
sus osadías. Ante su modestia y recato era inútil la impaciencia, crecía el herido amor propio. Y Antonia continuaba viviendo pobre y calladamente, separada de él
por un recio muro de privaciones y penitencias.

Alfonso intentó arrancarla de su imaginación, apagar
su vanidad exacerbada con distracciones sensuales, pero
la mujer, armada del misterio, tenso enigma su carácter,
sus propósitos, sus inclinaciones, le perseguía en sueños,
le obsesionaba en cualquier actividad, como fatal emanación de las cosas y palpitar corpóreo del ambiente.

Irritado por aquella pugna desigual decidió pretenderla
en serio, siempre con la idea recelosa de no llegar a mayores. Conocería un noviazgo con ribetes de inocencia.
Y cuando ella, acosada, aceptó, no sin imponer condiciones —sólo harían la prueba, precisaba convencerse de
que él no la confundía más con una mujerzuela, tendrían
a doña Ricarda de vigilante, y ya se sabe, sólo se verían
de tal a tal hora, ventana por medio—, Alfonso, enfurruñado, hubo de acceder.

Pero, poco a poco, adueñose de su ánimo la costumbre
de contemplarla y hablarla. En la quietud de la calleja,
al oscurecer, saboreaba la sencilla delicia de su compostura —¡ay, observada rigurosamente!—. Ella se limitaba
a contestarle, le miraba fugitiva y plácidamente. Tan sólo
en raras ocasiones salían de su labios —pálidos, secos,
enflaquecidos— expresiones atribuibles al manar hondo y
caliente de su intimidad.

Trataban ya entre ellos, sin prisas, como una posibilidad distante, del matrimonio. Antonia era quien ponía
más reparos al proyecto y frenaba sus inquietudes con
objeciones de amarga desconfianza.

—¿Para qué tanta precipitación? El podía arrepen-
tirse. ¿La conocía bastante? Debía pensar que su familia
nunca la acogería de grado. Por nada olvidarían su origen.

Protestaba Alfonso y en hora más propicia volvía a

insistir, encontrando las mismas advertencias, fríamente formuladas, pero en que se mostraba un repliegue de sufrimiento. ¡De no llegar a oídos de Alfonso la rencorosa y despectiva oposición del cuñado, sus insultantes manifestaciones en público, el forcejeo hubiera continuado largo tiempo todavía! Pero el rumor le encendía la sangre, le encariñaba más aún con Antonia, y aceleró el proceso. Rogó, amenazó, hasta obtener el vacilante consentimiento de ella. Luego, lanzose al vértigo de los preparativos, hasta concluir en la última bendición, que los unía para siempre.

El pollo Castuera les cedió su casa y se trasladó provisionalmente a los altos de la botica. La pareja, gracias a los cordiales oficios de doña Ricarda, dispuso de un retiro acogedor, con muebles sólidos y discretos, cortinas claras, cándidas figurillas de pastores y ciervos en las repisas. Al entrar allí, derechos de la iglesia, ya en su apogeo el sol, próximo el verde zumbido de las huertas vecinas, resplandecían de limpios los suelos de baldosas encarnadas y un aire fresco avanzaba desde el sombreado recinto del patio, de su conjunto de macetas de tallos espigados, oreando los sentidos.

Antonia se desnudó en la alcoba —una habitación ancha, a la calle— y se vistió una bata con bocamangas de encaje. Ayudada por doña Ricarda preparó en la cocina —situada al fondo, en un cobertizo— la copiosa comida de esponsales, en tanto que Juan, el pollo Castuera y Alfonso departían animadamente en la sala.

—Serás un padrazo. ¿Quién se resiste con estos «elementos»? Lugar alejado del bullicio, mujer agradable y guisos que huelen a gloria.

—Se me figura que le ha caído a usted el premio gordo. Ahora, a sentar cabeza, a traer hijos al mundo —recomendó, bonachón, Juan.

Hasta la noche no estuvieron completamente solos. Alfonso sentía una embarazosa indecisión al aproximarse el momento. Y se preguntaba repetidamente cómo debería tratarla, temeroso de herir alguna sutil cuerdecilla de su delicadeza, que se le presentaba más cierta y real que nunca a través de la relación directa, en los rápidos vislumbres de su contacto. Sobre todo, aquí, bajo el techo común.

Ella se le ofreció con absoluta naturalidad, serena y afectuosa, sin un trémolo de ardor loco, con gesto y sumisión de esposa, discretamente pasiva.

Cuando en la madrugada se durmió Alfonso, levantose silenciosamente de la cama y de puntillas se acercó a la ventana, entreabriendo los postigos para que el viento la calmase. Violentas, ásperas arrugas alteraban su rostro y el turbio resplandor del nuevo día se proyectó en la crispada piel de su frente. Murmuró para sí, con entonación fatigada:

—¡Qué trabajo me cuesta! No sé si aguantaré... ¡Harta estoy de tanto aparentar!

Pero como él se movía y palpaba su lugar desierto, se deslizó sigilosamente, apegose a su costado, con una sonrisa de felicidad plena en la boca mentirosa.

Hacían buenas migas Miguel y don Federico. Después de enseñarle hasta el último recoveco de «La Clavellina», el alemán no regateó sus elogios por la obra realizada.

—Es usted un hombre de empresa admirable. ¡Lástima que no quiera tener negocios con nuestra Compañía!

Miguel reiteró su propósito de no vender la mina y entonces su huésped, ante lo irremediable, le confesó:

—Es la primera vez que fracaso. Volveré a Madrid con una derrota.

Tácitamente variaron de tema y don Federico expresó su deseo de conocer más detenidamente el pueblo.

—Consideraré esto un viaje de placer. Si usted se dignara perder algún tiempo conmigo y me enseñase lo que hay aquí de particular... Creo que apenas tienen ustedes algún monumento, alguna reliquia artística. Como el lugar es relativamente moderno... —añadió con insinuante menosprecio.

—La verdad, yo de esas antiguallas no entiendo. Y me parece que no se encontrará nada del otro jueves. Podríamos ver, si acaso, los cuadros de la ermita. Según dicen, son de gran mérito. De todas formas, está pendiente la visita a «El Rincón». Aquello sí es una delicia.

—¿Paisaje?

—Sí... paisaje.

—Llevaré la caja de pintura y me entretendré un rato. Es mi debilidad.

Así se acordó y una mañana se encaminaron a la finca. Los recibió, un tanto sorprendida, María del Carmen, que no podía disimular su turbación ante aquel extranjero de palabra insegura y firme paso. Don Federico se interesó cortésmente por el niño y luego, con visible impaciencia, solicitó permiso para recoger en su lienzo alguna de las bellezas de la campiña. Instaló el caballete a la entrada del jardín y dedicóse a trazar manchas de color en la tela. Encorvado, su fuerte corpulencia producía un efecto penoso y grotesco. En mangas de camisa, sujeto el pantalón por tirantes, sudaba abundantemente bajo el sol. Trabajaba con gran empeño, como si de su éxito dependiese la vida misma.

—¿No le molesta que curioseemos? —Miguel se aproximó acompañado por María del Carmen.

—Al contrario. Y estaré encantado si se les ocurre criticarme. Esta es una manía de aficionado. Pero les confieso que daría la mitad de mi capital por ser un artista notable.

Miguel, como correspondía al caso y un poco cohibido por su ignorancia, no escatimó los elogios prudentes.

—Es de un parecido asombroso. Uno recibe la impresión de este sol, de esta luz. Y el caminillo detrás del estanque le resultó de perlas.

Callaba María del Carmen y don Federico le preguntó con inesperada ansiedad:

—¿Y usted, sinceramente, sin cumplidos, qué opina?

—Aún le falta completarlo, ¿verdad? ¿Cómo quiere que juzgue? Además, tengo un gusto tan estrafalario, soy tan inculta.

—Sí, está incompleto. Acabar es lo más difícil.

Hasta la hora de comer siguió entregado a su tarea, forcejeando con el motivo que ahora, después de la observación de María del Carmen, se le resistía, tornábase hostil. Hizo varias correcciones, modificó a fondo la estructura, resaltó unas tonalidades, atenuó otras, y a fin de cuentas consideró lo logrado con un gesto hosco e insatisfecho, tentado de emborronar el cuadro y empezar de nuevo. Sufría su vanidad, le desasosegaban las palabras justas de María del Carmen. Pero a pesar de ello, admirábala por su actitud, tan sincera en el fondo.

En la mesa, servida por «Varita de Nardo» y Pascual, don Federico mostró franco interés por entablar conversación con María del Carmen, anhelaba romper hábilmente la distancia que su reciente conocimiento imponía. Consiguió captarse la simpatía del niño con afectuosos halagos y mimos, que parecían inconcebibles en su aleación de cortesía y tosquedad.

—Yo que usted, don Miguel, no me resignaría con el criterio de los médicos del pueblo, que no saben nada de los adelantos modernos. Se me figura que con un tratamiento eléctrico, por ejemplo, le mejoraría extraordinariamente la circulación. Ahora, no me haga del todo caso en esto, consulte a los especialistas. Mi casa de Madrid está a su disposición, y no lo digo por urbanidad... Me ofendería si no aceptara y fuese a un hotel. Para usted —se dirigió a María del Carmen— la salud de este pequeño es muy importante, se nota que lo quiere casi como una madre.

—Un poco menos —contestó ella—, pero una lo ha visto nacer, crecer y sufrir.

Estaban a los postres y dominaba en la habitación un fresco ambiente somnoliento, en contraste con el fuerte sol del exterior. Vencido a su pesar por aquella quietud, Miguel cabeceaba en la mecedora, oyendo en confusa lejanía la charla. Don Federico pudo contemplar a su sabor a María del Carmen. —Para ocultar su azoramiento y no delatar la instintiva antipatía que le inspiraba el extranjero, bordaba con finas puntadas un embozo. Advertía cómo él la miraba enardecido, insistentemente, y le era difícil contener su despego.

—Si alguna vez vienen ustedes por Madrid, yo me iré al chalet que tengo en la Sierra, y que utilizo únicamente para practicar el alpinismo en los inviernos. Estoy seguro de que a usted le agradará conocer mi colección de pintores españoles de la Edad Media. No es cualquier cosa, porque acuden a visitarla de todo el mundo. No sólo tu-

ristas, sino gente famosa. Es mi vanidad y no regateo
dinero para aumentarla. La he formado siguiendo el consejo de un historiador y crítico de arte, buen amigo mío.
Chifladuras de solterón. Como no tengo parientes cercanos, sólo algunos primos en Alemania, que cuando se
acuerdan de mí es para intentar sacarme algo... Los ricos
como yo nos aburrimos sin remedio.

—Pero no es posible que a usted —para no aparecer indiferente y arisca, María del Carmen se esforzaba en dialogar— con los negocios en que interviene, con sus obligaciones sociales, le quede tiempo para sentirse solo.

—Siempre hay un hueco por donde nos ataca el fastidio. Cuando vuelvo de una junta, de una fiesta, el aire
de mis habitaciones me asfixia. Unicamente yo respiro en
ellas, es insano.

—Quizás en su tierra se divertiría más.

—Se equivoca. Vivo hace treinta años en España, casi
desde que tengo uso de razón, hablo medianamente su
lengua, aquí están todos mis intereses, me adapté a las
costumbres de ustedes. Ya no puedo trasplantarme.

Como María del Carmen permanecía en silencio, molesta por el resbaladizo giro personal de la plática, él
prosiguió.

—Perdone el atrevimiento, ¿pero usted tendrá que
estar aún mucho tiempo en este desierto, tan joven? ¿No
le pesa?

—Lo mismo da —contestó ella, con tono evasivo.

Desperezose Miguel, se disculpó por la siesta involun-
taria.

—¿No ha seguido pintando?

—Ya no se presta la luz.

—¡Pero si no ha terminado el cuadro! Es una pena.

—Si usted no se opone, podría volver un par de días
más. Me llevaría una gran cosecha de panoramas y apuntes
de «El Rincón». Así prolongaría este descanso y es una
buena época porque mis asuntos ahora están encarrilados
y no padecerán.

—Se lo iba a proponer.

Y de esta suerte consiguió don Federico frecuentar «El
Rincón». Pintaba unas horas y al oscurecer el coche acu-

día a recogerlo. Apenas hablaba con María del Carmen, dedicada por entero al niño y a los deberes domésticos. Se limitaba a cambiar breves y apresuradas frases con él; evidentemente le rehuía.

Había anunciado don Federico que aquella mañana era su visita de despedida a la finca. Marchaba por la noche y, probablemente, tardaría en regresar al pueblo. ¿Podría pedirle como un recuerdo que le sirviera de modelo para un dibujo? Es una gentileza que nunca olvidaría.

—Pero ella, tan hormiguita... Se reirían los que vieran el retrato.

—Es que no se lo enseñaré a nadie.

Accedió, forzadamente, María del Carmen. Posó en una vereda del jardín, enmarcada por el aire libre, las manos —a ruego de él— sosteniendo el bastidor.

—Hágalo como si yo no estuviera, con naturalidad, como usted es.

Y María del Carmen quiso olvidar su presencia. Se entregó hondamente a sus ensueños. Desfilaron en su memoria los sucesos de los pasados meses y espejeó en sus ojos la imagen, temida y deseada, de don Nicolás.

—¡Qué expresión tan atormentada! No lo entiendo, no acertaré a reflejarla.

Dio los toques definitivos al rostro que allí esbozara, colocando a guisa de fondo la higuera de corvo ramaje exangüe, y se lo mostró con preocupada sonrisa.

—Dígame, crudamente, si es usted. No tenga reparo, que no me voy a disgustar.

María del Carmen examinó, entre complacida y recelosa, el conjunto de líneas que pretendían reproducirla. Aquella dureza de forma y ritmo le produjo una impresión penosa.

—Muy agradecida —dijo, ruborizada.

La corpulencia de don Federico amenazó desmoronarse bajo un soplo de desaliento. Y sin embargo, se negaba a renunciar, no desechaba la esperanza.

—Comprendo, no me guió la fortuna. Pero insistiré, más adelante.

Y con un movimiento rígido y ceremonioso se inclinó ante ella.

Todavía a la media tarde, procuraba María del Carmen eliminar de su imaginación el episodio punzante. Pero «Varita de Nardo» la perturbaba con idas y vueltas a su alrededor, con un rosario de exclamaciones vehementes.

—No te entiendo, entrañas; es como si no te conociera. Tú me escondes algo, hay en ti cosas que no veo claras. Porque de remate no estás, ni eres caprichosa. ¿Quieres consumirte toda la vida al arrimo del cuñado, pendiente de sus ventoleras? Te sale un hombre serio, que regaría diamantes a tu paso, y es igual que si pretendieran a la Virgen de la Ermita. Tienes la ocasión de ser rica, muy rica, de conseguir posición, de «subir» y la tiras, tan campante, por la ventana. ¿No te das cuenta de que los años se escapan y que en este pueblo los de tu condición son una pandilla de vagos y piojosos, con más ínfulas que reyes destronados? ¡Qué mujer ésta! ¡Y te podías reír de los peces de colores, inocentona!

Interrumpió su filípica la llegada de Miguel, que descendió rápidamente del coche y fue a su encuentro. No podía dominar su agitación, le temblaban de emoción e impaciencia los labios carnosos y era más intenso que nunca el rojo tinte de su piel. Sin decir palabra la tomó del brazo y, para evitar testigos, la llevó por el sendero del estanque.

—Tengo que hablarte de un asunto muy importante, María del Carmen. Escúchame con calma, reflexiona bien lo que vas a resolver. En este momento se juega tu porvenir.

—Se juega —murmuró ella sarcásticamente.

—No te supones de lo que se trata. ¡A mí mismo se me hace raro creerlo! Cuando don Federico me lo planteó me quedé de piedra. Está empeñado en casarse contigo, así como suena. Si aceptas, suspende el viaje y en un mes se celebra la boda. Y de la noche a la mañana logras una situación que todos te envidiarán. Es un hombre bueno, se nota; a veces, infeliz como una criatura. ¡No me explico cómo ha reunido esos millones! Tú prosperas, emparentaríamos con el capital más fuerte en minas. Fíjate si está enamorado que sabiendo cuánto quieres al niño, no lo apartará de tu lado; mientras se cura lo considerará un hijo suyo.

—Para ser infeliz, ya estoy bien —replicó con firmeza.

—No lo concibo. Eso es un disparate. Medítalo.

—De aquí a unos meses, dentro de una eternidad, pensaré lo mismo.

De nada valen los ruegos de Miguel, su aspecto desolado.

—¡Y yo le pagaré con una negativa todo lo que ha hecho! Hoy, espontáneamente, me firmó un contrato comprando por cinco años todo el mineral que se saque de «La Clavellina», y al precio más alto de esta temporada en Londres. El parecía seguro de que tú lo aceptarías.

—No, yo no puedo.

Hace tiempo que marchó Miguel, recomiéndose el despecho. Ya la tarde se extiende con melancólica dejadez por la superficie apagada del campo, negrea por veredas y olivares, es hondo quejido de cauce terroso en las acequias, le arranca al sol chispas de púrpura, cubre con su hálito encantado el oscuro verdor del jardín y tapa con densas sombras las cales de la fachada, reviste de pardas tonalidades las yerbas mustias y secas que crecen entre las tejas del cortijo. María del Carmen, sentada a la puerta, aspira con gozosa delicia el aire pausado.

Pascual remolonea por allí, como si intentase cazar sus sentimientos, acechando sus calladas emociones.

—¡Señorita!

—¿Qué quieres?

—A mí se me figura que usted hizo lo que debía. Cada uno tiene su sino.

—Tú me entiendes, Pascual.

XI

El «Mellao» decidió entrar de día en el pueblo, la cabeza descubierta y a la luz del sol. Las cartas de los amigos y camaradas, de los viejos compañeros de lucha, provocaron en su ánimo un hirviente remolino de evocaciones. Sentía, fuera de toda lógica, un irresistible cariño por aquel lugar donde ocurrieron las mayores desgracias de su vida. Las semanas de cárcel y el abandono de los pusilánimes, las incidencias del proceso y del juicio, el rodar luego de mina en mina —generalmente en explotaciones de mala muerte, que no se andaban con remilgos para admitir obreros levantiscos, por ser de segundo orden y no atraer mano de obra— le habían creado una costra engañosa de seguridad en sí mismo, un cierto despego por los demás, asomos de desconfianza hacia las cosas y los hombres, una especie de fatalismo. Ello no quiere decir que en ninguna circunstancia relegase sus «ideas», ni dejara de influir en los trabajadores, inmediatos y cercanos. Se esforzaba siempre en organizarlos, en canalizar racionalmente, con criterio muy práctico, que no admitía réplica, sus reivindicaciones. Pero el hecho de contar esencialmente con la propia firmeza, la falta de amistades estables, le empujaron cada vez más a la soledad. La evidencia de que no pasaría sino cortas temporadas en un sitio, le obligaba a no ambicionar afectos duraderos, a no identificarse, a su manera seria y bronca, con un ambiente determinado. No obstante la capa de severidad que se le había apisonado, en todos los rasgos, por culpa de unos y omisión de otros, acostumbraba a considerar los conflictos y choques con el «enemigo de clase», con una visión amplia y serena, limpia de rencor individual.

Aprendió mucho el «Mellao» en sus andanzas y desventuras. Las sobrellevó con tal temple y magnanimidad que, en ocasiones, le irritaba lo presentasen, un poco en espectáculo, como una víctima de los patronos. ¡Si lo suyo era lo más natural del mundo! —De «doctrina» estaba casi pez, según admitía sin empacho. No lo llamó el destino para orador de mitin ni «diputao». Pero en achaques de experiencia, de instinto certero de los hombres y de sus móviles, en cuanto a maniobrar con pupila se refiere, no le arredraba declarar, con cierto orgullo, similar al de los labriegos viejos, que le daba punto y raya al más pintado y palabrero.

Pero el pueblo, la gran concentración minera, ejerció constantemente sobre él poderosa fascinación. En ocasiones, el corazón le susurraba que él debía volver allí donde lo encarcelaron, donde intentaron culparle de un asesinato y le cerraron todas las puertas. Hoy había sufrido tales cambios que vería pasear en coche de caballos —muy repantigado y hasta con abrigo de pieles y sortijas— a «Miguelillo». Paco le escribía que éste vareaba la plata, era el dueño de la casa más maja de la Corredera e incluso había comprado una finca de recreo, «El Rincón».

Volver al pueblo, para él, significaba cruzarse con tipos como Miguel y compañía, entregarse en cuerpo y alma a las tareas de la Sociedad, frecuentar la calle de los tarantos —¿estará igual que antes?—, ir a los huertos de las cercanías, en las mañanas domingueras, a plantar el arbolillo de la «liria» y a cazar unos pájaros infelices. ¿Cómo lo recibirían los nuevos, los que dieron el «estirón» en su ausencia y sólo sabían de él la leyenda? ¿Qué impresión se reflejaría en el rostro —él lo descifraría por una arruga, por un pliegue de labios— de Paquillo, el compadre leal, el que nunca renegó ni le olvidó?

Sentado en el varal de la galera, a merced de estas reflexiones, de un escozor de ansiedad y de vaga incertidumbre que le pizcaba el gaznate, el «Mellao» se palpó el mentón ancho y prominente, rasposo de barba, se tocó los pómulos huesudos, quitose la gorra de visera y sus dedos encontraron grandes tramos de calvicie, el tacto ingrato de las canas. Después, con un mohín de resignación, miró sus canillas esqueléticas, lo hundido de su pecho, la venosa rigidez de las manos. ¡Bien lo habían zarandeado los años, las minas y los disgustos! Era indudable que él, como la mayoría de la gente de su oficio, no alcanzaría la vejez, «no tendrían que sacarlo en una espuerta al sol».

La ráfaga tristona se desvaneció pronto en su ánimo, habituado a trances más tangibles y crudos. Morirse es un accidente, el último... Y él no se amilanaba ante esa perspectiva. Lo que importa es, decíase, la faena honrada, cumplir la obligación, ser un varón decente. Eso que tanto se pregona. Parece de lo más simple y sin embargo, lo trae a uno a mal traer, sin familia ni perro que le ladre, recogiendo, si acaso, una gavilla de odios.

¡El pueblo! Sí, era su pueblo, allí le había cuajado la inteligencia, allí desfogó su entusiasmo joven y se hartó de injusticia. «Somos unos bichos que no hay Dios —o llámalo como quieras, corrigió mentalmente, con prurito laico— que nos entienda». ¿Por qué le conmovía así, con ahogos de congoja y ganas de llorar, el divisarlo tendido en la vasta planicie, con su trazo luminoso y amplio, sus cejas de olivares y la muchedumbre de sus tejados brillando en la distancia, tras la polvareda de las eras y tejares y el pajizo serpentear de sus caminos?

El carretero, que le observaba francamente intrigado, no pudo contenerse más y le preguntó:

—¿Cuánto hace que falta?

—Perdí la cuenta.

—¿A las minas?

—Sí, ojalá encuentre el mendrugo.

—Usted no es del campo, sino del pozo. A la legua se le adivina. Y el color es de «emplomao».

Aprovechó su afirmación para mostrarse agradecido.

—Me hubiera tirado a pie unos buenos doce kilómetros si no es por usted. Y ya no estoy pa esos trotes.

—Las mulas no lo sienten y en la carretera tos nos ayudamos.

—Antes de llegar a los tejares, me bajaré. Ojalá el día de mañana le pueda pagar el favor.

—Ni hablar de eso.

Empezaba el sol a picar en la piel, llameaba de luces la campiña. El «Mellao» no resistió a la jactanciosa curiosidad de estudiar en su acompañante el efecto que su nombre podía producir. Por la edad del carretero —cuarenta y pico, por lo menos— debía conocerlo de oídas, siendo de la comarca.

—¿Usted no sabe quién soy yo?

—Es la primera vez que alternamos, y al que va a pie no le pedimos documentos, como los civiles.

Riose alegremente el «Mellao», mientras acababa de asegurar el atadijo de ropa —una pastilla de jabón, dos pares nuevos de alpargatas, una muda limpia, pañuelos de yerbas y pelliza para el invierno—. El labriego simulaba indiferencia.

—El «Mellao». ¿No le suena? Ese es mi apodo y hasta los apellidos de padre y madre me robó con el tiempo.

—Sí, creo recordar que fue usted el que capitaneaba a los mineros en la huelga famosa. Y por culpa de unas puñaladas lo emplumó la justicia.

—Alto ahí. Yo no me manché de sangre. Calumnias que me levantaron pa quitarme de en medio. Ni tanto así me probaron. Pero esa es una historia antigua.

El carretero se restregó la oreja, en señal de preocupación.

—¿A buscar trabajo, eh?

—Tengo buenos riñones todavía.

—Un consejo: no se meta en belenes, que la cuerda se rompe por lo más flojo y usted, con perdón sea dicho, está muy «cascao». Su vuelta les sentará a las lagartijas como una pedrada en la frente.

—Lo sé.

—Sobre todo, al que hoy tiene más duros y aldabas, a ese don Miguel. No le gustará un pelo que le alboroten el gallinero.

El «Mellao» no desperdició la ocasión que se le brindaba.

—El don Miguel parece que ha subido como la espuma. Cuando yo lo trataba era un simple barrenero.

— ¡Cualquiera le tose hoy!

—¿Se casó?

—Y tiene familia, un hijo, al que le dio un ataque de «paralís» y una niña chiquitina. Emparentó con la hermana mayor de don Alfonso, el empresario del teatro.

—¿Los de don Roberto, el jugador?

—El mismo que vestía y calzaba. Guárdese del yerno.

—Mala fama corre.

—La verdad es que no lo trago. En las simpatías no se manda. Y ése tiene un orgullo envenenao, como si él no hubiera salido de la misma madera que usted y yo, del mismo sitio.

De él —pensaba el «Mellao»— no restaba ya más que el eco de una imagen. A la gente iba a producirle la sensación de un resucitado. Los de las minas recordarían sólo al hombre batallador de antes; los patronos, al «buscabullas»; los neutrales, a un tipo raro y díscolo, comprometedor.

Se despidió del carretero y recorrió desde el arrabal la calle principal que se bifurca en la plaza del Ayuntamiento. Cerca de la tienda del pañero habían surgido nuevos comercios, más lujosos y espaciosos que los de su época, con cierta pretensión de almacenes. De material reciente el adoquinado, transformada la fachada del Casino con bambolla de enyesadas columnas en el pórtico. Los transeúntes pasaban a su lado sin demostrar sorpresa, sin reconocerlo. Ni siquiera los ociosos del Café Colón cuchichearon entre sí al verle.

Se acordó entonces —con un respiro, confortado— de Juan, y por la Corredera se dirigió a la plaza de la Iglesia.

Iba a cruzar la primera esquina cuando se le ocurrió preguntar por la casa de don Miguel. Un joven —con

traza de escribiente de Notaría, Juzgado o Registro— lo
consideró extrañadísimo.

—Usted es forastero. ¡Si la tiene frente a sus narices!

El «Mellao» se quedó allí un buen rato, plantado como
un bobo, entre caviloso y admirativo.

—Cinco balcones, corridos los del centro. Puerta de al-
dabones y cochera, jardincillo a la entrada, y esos árboles
que despuntan por detrás y son del patio... ¡Vaya lo que
ha progresao!

No quiso detenerse más, para no llamar la atención, y
continuó el camino. Lo que no había cambiado era el Palacio. El mismo aspecto: desconchado y oscuro, las losetas
con sus ranuras musgosas, el pasillo central lleno de establecimientos artesanos y al fondo el bullicio de la posada.

Avanzó, con andar más pausado, poseído de una impaciencia dolorosa. Era el segundo local, a mano izquierda.
Evitó el tropezar en un montón de colleras y monturas
esparcidas en el suelo. Un rostro joven y enjuto, con pintas
vinosas, se le encaró.

—¿No es la carpintería de Juan?

—Hace tiempo que dejó esto. Muchos meses... Ahora
está de conserje en el teatro y más «tocao» que nunca.
A la tarde lo encontrará. Por la mañana sale de caza.

El «Mellao» no le contestó. En aquellas horas, mientras no viese a Paquillo, el pueblo carecía de sentido para
él. Incluso los grandes recuerdos se le esfumaban, como
si intentaran burlarse de su memoria y la suma de ausen-
cias le metían el corazón en un puño.

Anduvo, más lentamente aún, con aguda sensación de
desamparo, que se le antojaba misteriosa e invencible.
Y vagó sin rumbo por las calles, identificando aquel portal,
sobresaltándose ante cada fisonomía desconocida para él.

Hasta que las minas arrojaron el primer turno y tropezó con Paquillo. El viejo amigo se sorbió las lágrimas,
le palmoteó la espalda y lo condujo al cuarto que ocupaba
en una de tantas viviendas-colmena de la calle de los tarantos.

La noticia se difundió en contados minutos, acudieron
los «camaradas» y el «Mellao» pudo recobrar la serenidad. Se hallaba en su elemento, con los suyos. Olvidó por

completo las impresiones espinosas de la jornada, el espejismo de abrumadora soledad que lo habían deprimido.

Ahora vibraba en su derredor un calor humano, aunque no conociese a la mayoría de los mineros que Paquillo le presentaba.

—Este es el «Perdigón», bruto a conciencia, pero con él se puede ir a cualquier parte. Ya le ha roto los morros a tres capataces que se le propasaron. El que acaba de irse es muy célebre, le llamamos el «Secretario» aunque de buen nombre es Romo, tiene una letra que parece de imprenta, pero de ahí no lo saques. A cada quien lo suyo. ¡Si no podía faltar! Pasa, no te dé apuro, Ramírez, que la nariz te descubre las aficiones. Y ese de tanta cachaza, que al hablar se te figura que pisa las palabras, Emilio Santisteban, a pesar de lo mozo es tieso y seguro. Vamos, no te quedes en un rincón, Valle. Cuando alguien se enzarza en pleitos, allá se te descuelga a poner paz. Y basta de palique, hay que echarle algo al estómago. Prepararé una «pipirrana». No te niegues, por pobre que uno sea, le sobran ganas pa las ocasiones. Si no has cobrao, te fían. Total, unas latas de sardinas, pico unas cebollas, parto los tomates y lo baño con aceite fino, más las aceitunas. ¿No te acuerdas de este pan, con la miga más blanca que la nalga de una reina, y la corteza con un dorao y un tueste que despepitan?

A través de él, de su júbilo, se creaba un ambiente irresistible, contagioso y alentador, de confianza y hermandad. El «Mellao» se sentía distinto, «otro hombre», sin rastro de vejez, con unas ganas pueriles de que la fiesta no terminase nunca. No trataron para nada, por un natural instinto de cortesía, del objeto de su venida, de sus posibilidades de trabajo, de la Sociedad. Eso se aplazaba para otro momento, cuando el viajero estuviese descansado.

Mientras, de par en par la puerta, que ellos no necesitaban de tapujos, merendaban y bebían de la común bota del tinto, a grandes y sonoros buches. El homenaje se coronó al gritar Paquillo:

—Tú, Ramírez, a cumplir. Echate unas «mineras» y que te salgan del triperío.

El cantaor aficionado se desabrochó el cuello de la camisa, cruzó las piernas y con gesto solemne e inapelable reclamó silencio.

Miguel tenía motivos de satisfacción, y sin embargo mostrábase nervioso y antojadizo aquella mañana. Había aumentado el número de obreros de «La Clavellina», al descubrir un rico filón, y no tenía que preocuparse de vender la producción, pues don Federico, aunque la cifra excedía de la cantidad máxima fijada en el contrato, se la compraba sin protesta. Además, en la linde del «Sotillo» había denunciado otra mina y las exploraciones indicaron que encerraba buen golpe de mineral. Publicaban los periódicos alarmantes informaciones acerca de una próxima guerra en Europa, y según su pronóstico ello elevaría fantásticamente el precio del plomo en los países neutrales. De otra parte, María del Carmen estuvo en Madrid con el hijo paralítico —«no, mejor sería no mentarlo, la pobre criatura es mi tormento»— y el médico, un sabio, «una lumbrera», les dio esperanzas de un paulatino restablecimiento, que se acentuaría, con un régimen muy estricto, en la edad del desarrollo. Por lo pronto, sólo campo, cuidado especial en las comidas y algo de ejercicio y distracción. En la casona, la niña pequeña, de nombre le pusieron Araceli, embobaba con sus primeras gracias al coro laudatorio de la madre, el ama seca y las amigas.

¿De qué podía quejarse? Salud espléndida, un río de dinero, próspera situación social y familiar. No obstante —le indignaba admitirlo— aquellos goces parecían socavados por la insidiosa inquietud que le oprimía, por un constante recelo. Se volvió más suspicaz y agrio de genio que nunca, como si temiese una asechanza del destino y cercase su ventura un secreto poder enemigo. Ahora, lo que antes no le había ocurrido, la simple contemplación de «La Clavellina», con la gallarda torre de su pozo principal y las construcciones que a su alrededor se extendían provocaba en su memoria imágenes acusadoras del pasado, y en los anocheceres no se atrevía a recorrer solo las inmediaciones, sacudido por el temor irracional de que surgiera entre las sombras la recia figura ensangrentada de su víctima. Cuando se asomaba a la boca de la mina y sondeaban sus ojos aquella oscuridad alucinante, creía percibir un grito desgarrador, de muerte, que le perseguía durante el resto de la jornada y le mantenía insomne y agitado en la noche, bajo el pavor de sufrir un sueño en que su conciencia revelase lo sucedido. Y le preguntaba, insistentemente, a Asunción:

—¿Hablo mientras duermo, verdad? ¡Qué de cosas raras debe decir uno! A veces me divertiría saberlas.

—¡Qué manías tienes! Nunca dijiste nada en sueños.

Tranquilizábase ligeramente hasta que una alusión casual, una referencia fortuita a la época en que «ocurrió» le recrudecían angustias y aprensiones, determinando en él estallidos de humor violento, actitudes inconvenientes. Asunción se lo explicaba con la mayor sencillez y evitaba, por comodidad, las menciones peligrosas.

—Miguel es muy susceptible. Le hiere pensar en los tiempos de su pobreza.

Cierto es que para él la época de su juventud, hasta descubrir «La Clavellina» sólo implicaba penosas remembranzas. Huía de cualquier persona conocida entonces y al enterarse del fallecimiento de don Manuel, su antiguo maestro, eludió asistir al entierro. Se esforzó en aturdirse con preocupaciones de otra índole, para no afrontar —traspasando la dureza de carácter que se le había cuajado— la silueta aniñada y cándida, sutilmente dulce, de Encarnación. En cuanto a Juan, como él no iba por el teatro, su actual madriguera...

Trabajaba en su despacho de la mina —acallado por unos instantes el rumor de estos sentimientos opresores— cuando se presentó don Francisco, más pálido que la cera, balbuciente la palabra.

—Don Miguel, andan revueltos los del segundo turno. La tomaron con Jacinto, el capataz. Ahí lo tiene usted que no le llega la camisa al cuerpo. Creo que alzó más de la cuenta la voz y el «Perdigón» estuvo a pique de aporrearlo. Se las dan de bravucones.

Jacinto, un sujeto entrado en grasas, bigotudo y cansino de ademán, se apoyaba desfallecido en la pared.

—¡Y tú gastas pantalones! Tu puesto no se abandona,

para eso pago. Que sea la última vez. No te despido por misericordia. ¿Qué esperas? Sígueme y aprende.

El contable aventuró en voz baja:

—Es una imprudencia suya. Podíamos enviar al ingeniero a que los calme. A ése sí lo respetan.

—No me asustan.

—Llévese un arma, por lo menos.

—Me sobra con los puños. ¿Qué te has figurado?

Atravesó la explanada casi corriendo, Jacinto lo seguía a distancia. La jaula los bajó al interior de la mina y penetró, sofocado de ira, en la galería de los «revoltosos», donde el grupo de hombres suspendió por unos segundos la faena al verlo aparecer. Miguel chillaba descompuesto.

—«Este» se queda aquí y que nadie le levante la mano. Y menos juegos o se me acaba la paciencia.

Aguardaba el silencio humilde, no el murmullo solivianto que se produjo, ni la forma abierta de encarársele de los más cercanos. Subía de grado su excitación y prosiguió con tono despótico:

—En «La Clavellina» mando yo, su amo. A enterarse. Y al que quiera camorra, lo «apañará» la Guardia Civil.

Se adelantó —pesado, macizo— el «Perdigón», enrizadas las cejas canosas. Dejó caer al suelo el martillo que empuñaba y se aproximó al patrono con andar bamboleante.

—Don Miguel, por esta vez pase con ese tipejo —y señalaba con la mano abierta, gruesa de venas, a Jacinto—. Pero si vuelve a «faltarme», no sale vivo de este túnel. Se lo juro. Que somos hombres hechos y derechos, no bestias de carga. Nos «revienta» que nos arreen. Y ese fulano hace tiempo que se empeña en freírnos la sangre.

—A ti y todos sólo os toca obedecer.

—Cumplir con la faena, pero sin insultos.

—Hablas mucho, tú.

—Lo que se puede.

—Pues, cuidado. Los sueltos de lengua no son de mi devoción.

—Es que yo lo hago en nombre de tós. Y usted nos tiene que escuchar, como nosotros le escuchamos.

Al encontrar aquella firmeza, Miguel prefirió soslayar el incidente.

—Se acabó la charla. Cada uno a su sitio.

Ni con un adiós de cortesía —como en otras ocasiones hubieran procedido— le despidieron. Allá quedó Jacinto, con su regular dosis de pánico, en tanto que cuchicheaban los mineros. Arrancó la jaula y le pareció oír risas y cantares burlones, que la subida iba amortiguando.

A la boca de la mina le aguardaba intranquilo don Francisco.

—¿Ya lo arregló?

—Así, así. Ese mandria se aguantó su canguelo.

—No se exponga usted más de lo razonable.

—La gente está trastornada, Francisco. Aquí hay una influencia extraña, una mala voluntad. Se palpa.

—A lo mejor, como han reorganizado la Sociedad... Empiezan a reunirse y va levantisca la calle de los tarantos.

—¿Quién es el cabecilla?

—He sonsacado al mozo de almacén, porque se trata con algunos de ellos. Le llaman el «Mellao» y lo acatan sin replicar. Vino hace poco al pueblo.

Miguel no hizo ningún comentario. Le interesaba no revelar su turbación y se encerró pronto en el despacho. ¡Ya se justificaban las aprensiones padecidas en los últimos tiempos! Intuía que un factor imprevisible se introduciría en su vida. Y el «Mellao» se presentaba a sublevarle los obreros, a crear una conciencia —recordaba sus prédicas— que le sería fatalmente dañosa. No se planteaba la lucha con un desconocido o inexperto, sino con persona avezada, mañosa, de firme carácter. Era un hombre que no se exaltaba y medía sus fuerzas. Además, de tanto rodar, con más gramática y escamas. Puerilmente, experimentó una ardiente curiosidad por encontrárselo. Pero después, con íntima desazón, pensó que era mejor no cruzarse nunca con él. El «Mellao» le traía mala suerte.

Al comienzo de su matrimonio y quizás por el prejuicio de que la gente lo acogería hostilmente, Alfonso modificó sus hábitos. Sólo vivía para la «Rondeña», rara vez salía de casa, embelesado por su trato, al admirar una mujer discreta y hacendosa, pendiente de sus caprichos. Antonia le brindaba múltiples emociones de sumisión y entrega, lo convertía en el eje de su mundo. Notaba también el consejo de doña Ricarda, perita en materias de adorno y repostería. Para la fondista la dicha conyugal de sus protegidos era como una resurrección de sus tiernas memorias del difunto, de las horas ardorosas que con él compartiera. Los observaba atentamente, complacida en sus arrobos y gustos, gozando de indecible satisfacción si los veía rendidos del bregado amor, propicios a los lánguidos mimos que tanto revelan. Llegó a descuidar a sus pupilos, hasta tan público extremo que los desocupados sempiternos del Casino —irritados por la deserción de Alfonso— lo comentaban con puntadas de hiel:

—Al que Dios no le da suegra, el diablo le regala una doña Ricarda.

—Yo creo que se le abren las carnes de emoción cuando el empresario chicolea a su cupletista.

—Me la encontré ayer y al mirarla con alguna fijeza, la verdad con su miaja de sorna también, la digna señora se ruborizó, como si un golpe de viento le hubiese subido las faldas hasta el cuello.

—No me extrañaría nada que les mullera los colchones... para que estén más blandos.

—Y mientras, la fonda manga por hombro.

Alfonso, con más razón, descuidaba asimismo sus deberes, cargándolos sobre las sufridas espaldas del pollo Castuera. Muy de tarde en tarde se le veía por el teatro y cerca de la casa había comprado un huerto donde, a su modo, dirigía el cultivo, y en ocasiones agradábale trabajar la tierra con ardores inconstantes de neófito. Las indicaciones, persuasivas y lagoteras, de Antonia constituían para él estímulo y orientación. Al cabo del tiempo, la esposa determinaba completamente su manera de ser e incluso le inculcó costumbres de economía, tras las cuales alentaba su afán de enriquecerse.

—Lo del teatro, como ayuda, no estaba mal. Pero él debía pensar en otras actividades, menos expuestas, de

más provecho. Con empeño conseguiría representaciones
de Madrid. Cualquier día empezaban a venir los hijos...

Esta perspectiva o señuelo prendía en Alfonso ingenuos
entusiasmos y predisponía su voluntad de señorito a empresas de más fuste y tesón, de sentido práctico, a un
criterio conservador y plácido de la existencia. Tenía una
fe inconmovible en Antonia, fundidos enteramente sus
antiguos recelos. Si algo le recordaba su pasado, era tan
sólo para gloriarse del «milagro» en ella perceptible, gracias al cariño que él inspiraba.

Necesitaba de su compañía, advertía en los menores
detalles su presencia absorbente. Era el suyo un enamo-
ramiento tardío e irrefrenable, que giraba alrededor de su
cuerpo, de su palabra, de su voz y de su tacto, que llegaba
a extremos pueriles, como su deleite al divisar sus vestidos
vacíos en el ropero... Y Antonia se recreaba en esta ren-
dición suya, tan absoluta, y la consolidó con nuevas habilidades, mediante una conducta perspicaz que lo domaba
hasta en los menores impulsos. Ella —sabedora de sus
flaquezas, de sus celos latentes— evitaba mostrarse en
público, dedicaba todas sus energías al cuidado doméstico,
sus mejores desvelos al atavío sencillo y coqueto, sólo
para él. Deseaba producirle siempre una tonificante impresión de pulcritud, ingenio y aliño.

El pollo Castuera —uno de los contados asiduos de
aquel hogar— observaba con instintiva repugnancia el
creciente imperio de Antonia, aunque nunca exteriorizó
su aversión ni manifestó desconfianza. Notaba, poseído de
cierto asco, cómo al avecinarse la noche, ramalazos de ner-
viosidad sacudían a su amigo, y le hacían desear que se
alejase.

—Esa mujer, a la que no acabo de entender, será algo
muy serio «a la hora de la verdad». No habrá quien la
resista —decíase con púdicos eufemismos. Y aguantaba
las tentaciones de persignarse, cual si ella fuera la encarnación del Maligno.

Pero estos brotes de inquina hacia Antonia se atenua-
ron entonces por la alegría que le exaltara al enterarse
—las noticias vuelan y Miguel no supo disimular su despecho ante el fracaso de la boda— que María del Carmen

había rechazado a don Federico, un millonario, un «potentado» según su expresión admirativa.

No abrigaba por ello absurdas ilusiones, ni esta decisión le movió a confesar sus sentimientos a María del Carmen. El suceso le avivó una leve esperanza de que ella permanecería soltera y pensaba, con ese tenaz titubeo de los apocados, que más adelante, pasados los años, sin las pasiones de la juventud, sin su soñar irreal, quizás no le rechazase y concertaran una plácida vida común, sin alteraciones, mansa como una tarde de otoño.

De no ser por este proyecto pusilánime, que secretamente le nutría, hubiera soportado difícilmente, sin queja manifiesta, el aburrimiento y la desesperación. Su trabajo en la botica llegaba a exasperarle, las actividades del teatro, en él concentradas a la sazón, se le hacían insufribles. Y la conversación percherona de Juan no le abría ningún horizonte nuevo. Todos parecían abandonarle, en mayor o menor grado. El ex carpintero frecuentaba excesivamente al «Mellao», un hombre de historia, reservado y de áspero genio, que lo inclinaba con astucia cazurra al «delirio del socialismo». Su única amistad válida, la de Alfonso, se la arrebataba, paulatina pero firmemente, Antonia, que estaba acreditando un carácter de peligrosa sutileza.

Le inquietaba el cambio experimentado por Alfonso. Y hacíase cruces de que el muchacho, «tan voluntarioso y audaz», diera vueltas como una peonza al olor de las faldas de esa mujer, «a la que ni siquiera había estrenado». Motivo de más para quedarse de una pieza cuando los esposos lo llamaron a capítulo, «para poner en orden los asuntos». Fue Antonia —rizadores en el pelo, bata ajustada y provocativa— quien lanzó el inesperado ataque.

—Querido Castuera, usted nos tiene ley y se alegrará de lo que vamos a proponerle. Alfonso está dispuesto a ceder su parte en la Empresa del teatro. Usted fija el precio. No necesitará pagarlo en seguida... Desde el principio han arreglado esas cosillas a base de amistad. Como esta casa es suya, si aceptara vendérnosla en condiciones, lo deduciríamos de su deuda. Y con el resto a nuestro favor, nos dedicaríamos a cualquier trapicheo.

Sin gran convicción, Alfonso protestó a medias.

—Pero, Antonia, si vamos al terreno de las cuentas, todavía le debo yo un buen pico al amigo Castuera. De todos modos, tu proyecto no es un disparate. El podría ayudarnos con su crédito y nos quedaríamos con estas cuatro paredes.

El pollo Castuera, momentáneamente aturdido ante el desparpajo de la cupletista y el cobarde asentimiento de Alfonso, exclamó, tras breve indecisión:

—Antonia no desvaría. Si yo aporté más dinero, tú pusiste la iniciativa, picardía y mano izquierda. El teatro, últimamente, ha reportado regulares ganancias, y la concesión del Ayuntamiento es por diez años más. Yo no estoy apurado de fondos, al contrario. Resumiendo, mañana hacemos la escritura de compra-venta. Además del valor de la casa, le reconoceré a Alfonso, en documento aparte, un haber de seis mil pesetillas, a liquidar en otros tantos meses.

—Pero es eso un obsequio, una extravagancia tuya. Lo consideraré un préstamo.

Antonia cortó con gesto vehemente el balbuceo avergonzado de Alfonso. —La diferencia, rumiaba Castuera, la solventarán luego, cuando yo me vaya, en un abrazo, en un jadeo.

—Se podía firmar hoy el convenio privado y formalizarlo en estos días.

—Descuide, que no me arrepentiré —replicó, con humor despectivo insólito en él, Castuera.

Ya en la calle meditó con frialdad en lo sucedido. La transacción ofrecía todos los visos de un despojo y lesionaba evidentemente sus intereses. La bonanza del teatro sería pasajera y después tendría que hacerse cargo de las pérdidas. No lamentaba el perjuicio material, pues aún disponía de capital y le sobraba para sus necesidades. Lo que le amargaba y le dolía era la actitud servil de Alfonso, aquella palpable anulación de su conciencia, de su vieja generosidad. Sin embargo, es posible que desde su punto de vista Antonia acertase y al «tirarle de las riendas» le forzara a conquistar una posición sólida e independiente. Y él, mediante este pellizco a su bolsa, ¿no contribuía a la prosperidad de alguien muy querido de María del Carmen?

Consuelo de bobo... Ahogó su reacción de disgusto y conceptuó la cuenta galana en aquel aspecto inefable. Serenado, enfiló hacia el centro del pueblo.

—Satisfecho parece el pollo Castuera.

—Está más arrugado que una pasa, y silba que te silba.

—¡Siempre el más acicalado!

—¿A quién intentará enamorar?

—Habrá hecho testamento para que lo entierren con el junquillo.

—Su espada de capitán.

—Es un alma de Dios, un corazón de cera.

—Tan tieso y le cuesta fatiga aguantar los tirantes.

—¡Si yo tuviera el Limbo así de seguro!

—Y aunque os burléis, todos lo llorarán entonces, que a nadie ofendió nunca y si encontró una pena procuró aliviarla.

—Sus manías y ridiculeces para él son.

—¿Os imagináis al pollo Castuera con alas de ángel, soplando en una trompeta de la gloria?

Los señoritos del Casino ríen y patalean.

XII

Don Aurelio, el médico nuevo —un mozarrón rubio, recién salido de la Facultad, frescos los estudios—, disfrutaba entre los enfermos de un admirable poder de sugestión y constituía la jaqueca de sus colegas amoldados al ritmo rutinario del pueblo, faltos de interés por las novedades científicas que su competidor pregonaba. Recibió a la «Rondeña» una semana después de someterla a un reconocimiento escrupuloso y a los análisis e interrogatorios de rigor. En la silla, inclinada hacia él, aguardaba con visible ansiedad su dictamen.

—No sé si usted se conformará con mi juicio. Puede, naturalmente, ir a Madrid y consultar opiniones de más fama y peso que la mía. Aquí no se es nunca una autoridad. Sin embargo, creo que perderá el tiempo y hará gastos inútiles. Su caso es clarísimo. No podrá usted tener hijos. Matriz deforme, ovarios atrofiados, antiguos excesos, prácticas peligrosas... El marido no importa, no es culpa suya.

Y prosiguió su explicación, con toda clase de pormenores y términos técnicos, cuyo sentido preciso escapaba a

Antonia. Lo único que comprendía de su versión —demasiado amplia y cortés...— era su ineptitud completa para ser madre. Don Aurelio la acompañó muy ceremonioso a la puerta y ella le suplicó que no dijera nada a nadie.

—Como si la hubiese confesado. Esté tranquila.

Un sentimiento de cólera impotente la dominaba, tan intensamente que enturbiaba su vista y le dificultaba la respiración. —Debía estar muy pálida y podía llamar la atención de la gente. Decidió torcer por la Corredera, hacia la plaza de la iglesia. Entró apresuradamente en el templo que a la media mañana hallábase casi desierto. ¡Fue una suerte no haber llevado a la consulta a doña Ricarda! Escogió una capilla solitaria, cerca del altar mayor, y se arrodilló en un reclinatorio, a los pies de San Juan de la Cruz, simulando rezar, hundida la cabeza entre las manos temblorosas y heladas. Por todo el cuerpo le brotaba un sudor espeso.

Era conveniente reflexionar así, sin testigos, darse cuenta de la situación, trazar una línea de conducta.

La fresca temperatura, la sombra protectora que la rodeaba, el vasto silencio de las naves, los murmullos lejanos de la sacristía calmaron ligeramente su alteración. Miró de hito en hito, con cínico desplante, rencorosamente, al santo, tan ufano y cándido en su hábito de estameña, tan pueril con el postizo de sus barbas de estopa, y le increpó:

—Tú, ahí, tan campante... ¿A que no eres capaz de hacer un milagro y que me venga la preñez? ¡Milagritos!

Una sonrisa despechada le ladeaba la boca ansiosa. Procuró serenarse y entornó con fuerza los ojos, para evocar mejor su trayectoria y afanes. Una recapitulación serena le permitiría apuntalar sus planes, en riesgo ahora de malograrse. Ella no se había precipitado, fue siempre cauta y previsora. ¡Si su talento les daba ciento y raya a todos, si manejaba como monigotes a Alfonso, a doña Ricarda, al pollo Castuera, si acabaría «trasteando» a María del Carmen, a la pomposa Asunción, y por último a Miguel, para que se le descorrieran las puertas de la familia y pudiera entrar en la casona con la frente alta, como toda una señora! Con un poco de suerte...

Lo más difícil había sido conquistar enteramente al esposo. Fue tarea delicada, de mucha habilidad y paciencia. Alfonso conservaba aún —y ella podía percibirlo incluso en su momentos de feliz abandono— recelos y suspicacias. Se las ingeniaba para que su trato fuese para él una necesidad insustituible. Sin alarde de ningún género, lo envolvía calculadoramente en una serie de halagos: al paladar, a la comodidad, a sus tendencias de diversa índole. Elegía mañosamente sus comidas, cada día su despacho presentaba gratas sorpresas, unas flores, una mesita para revistas, vivaz desfile de cortinajes. Y él no recataba su admiración.

—Eres una verdadera alhaja. No descuidas un detalle. En un palacio alabarían tu mano y tu gusto.

Pero, sobre todo, se desvelaba por el cuidado de su persona, por el empleo de los ademanes y actitudes más atractivos; estudiaba las inflexiones de su voz, según los casos. En su humor, en el modo de escuchar, en una rápida caricia ponía los cinco sentidos. Preciábase de su economía en el vestuario, pero las mismas telas sencillas experimentaban, merced a su instinto y fantasía, múltiples variaciones caprichosas, que la adherían a una atmósfera de sugestivo azar. Era intachable su limpieza, su arreglo íntimo, y jamás pudo aprehenderle Alfonso una muestra de negligencia o de vulgar monotonía.

—No has dejado de ser una artista. Perdona, en lo bueno —rectificaba Alfonso ponderativo, deslumbrado ante su personalidad, seducido por su mente ágil y fina.

—Lo que hago, es por ti. De lo contrario, igual me daba —pronunciaba ella con amoroso rendimiento.

Esta conquista sostenida, persistente, proseguía, exaltándose, en su relación de sexos, donde, desplegando una táctica de gradaciones y matices, ella se apoderó absolutamente de su voluntad socavada. Ajena a que se encontraba en la iglesia, bajo la mirada campestre de San Juan de la Cruz, su mente reproducía, en toda su crudeza, sin paliar el desenfreno, que pasó ya su táctica etapa de contención, escenas de alcoba, el húmedo eco de absurdas palabras amantes, de enlaces carnales, el juego frenético de brazos y muslos con que ella lo reducía, en creciente y agotador diapasón de sensualidad tapizada de ternuras excitantes, cada noche, hasta el rayar de la madrugada. Antonia le sorbía el jugo y el ánimo, la entereza viril. Lo revivía en este momento —aunque ella hubiera participado a la postre de la misma enajenación— con agria indiferencia, sólo como una etapa más de su trabajo y propósito, inmune a la pasión, una vez ahíta. Los suspiros eran una vuelta de llave más a su albedrío, porque ella guardaba su calma y lo observaba como desligado de sí, simple elemento en su poder, que se manipula y templa.

Pero en torno —cual una amenaza— rondaba la insatisfacción de Alfonso en sus instantes de serenidad y lucidez. Todos los meses, por la fecha crítica, le preguntaba con simulada despreocupación, mas con acento inquieto:

—¿No hay novedad?

Y ella comprendía que su dominio era inseguro. Alfonso sentía la ilusión y la ambición de perpetuarse, y en este aspecto la «combinación» de Antonia descubría un punto vulnerable, capaz de inutilizar todos sus avances en aquella sensibilidad esclava y mendiga. Sospechaba que no tardaría en hastiarse de sus efusiones, de los ardides primorosos. ¡Le decepcionaría tan gravemente no lograr una manifestación cierta de su contacto, del rojo cruce de las sangres! Entonces, cuando desechara la esperanza, podría huir de su lado... ¡Y él era, por ahora, el medio único de alcanzar otras finalidades, que sólo ella anhelaba!

La perspectiva de ser madre no le hacía perder el seso, no mitigaba su aspereza real. Lo consideraba un fenómeno natural, molesto, pero no temible. Le importaba por él, sólo así realizaría sus intenciones. Al fin, hostigada por el nerviosismo de Alfonso, acudió en secreto al médico.

El diagnóstico era tan verosímil y categórico... Le convenía distraer por algún tiempo la ansiedad de Alfonso y acelerar el logro de sus objetivos. Sería preciso apelar a otros procedimientos, apresurar la «reconciliación» de la familia, extirpar en el esposo el odio hacia Miguel. Resuelta, levantóse del reclinatorio y atravesó la iglesia.

«Sí, por parte de Asunción, no hallaría obstáculo serio. Había actuado ya de mediadora diplomática Leocadia, dócil a sus adulaciones. Miguel, he ahí el gran impedimento.

La última batalla sería vencer su oposición. Y entonces a ella la admitirían, con todos los honores, en la Corredera. Se encargaría de que Alfonso medrase al amparo del minero. Por lo pronto, le hablaría a doña Ricarda.»

Su presencia causó gran revuelo en la fonda. Doña Ricarda se sintió confusa y ensalzada por la visita.

—Desde la boda que no te apareces, ingrata.

—Pasaba cerca y como tengo que decirle unas cosillas no quise esperar hasta la noche.

—Ya sabes que en lo que te pueda servir...

—Pues, mire usted, no me quito de la cabeza la desgracia de que Alfonso y los suyos estén como perros y gatos. ¡Si yo los uniera me sentiría la mar de tranquila y orgullosa! A veces creo que siguen separados por culpa mía.

—No, hija, ¿quién puede reprocharte lo más mínimo?

—Pienso que si yo se lo pidiera, con el corazón en la mano, a María del Carmen... Y el pollo Castuera podía influir en Alfonso para que se dejase de tanta soberbia. Cualquier día, usted y yo iremos a «El Rincón». Ella me recibirá, que tengo noticias de que es más pura que una paloma.

—Te saldrás con la tuya. Porque Dios te guía.

—Vengo de la iglesia. Le he rezado a San Juan de la Cruz y se me figura que esta idea no es mía, sino del bienaventurado.

—¡Bendita seas tú!

—Fatigas me costará.

Un beso zalamero en la mejilla de doña Ricarda, y a casita. La fondista insiste en que la acompañe una sirvienta. Pasan frente al Ayuntamiento y los transeúntes les ceden la acera, con muestras de respeto, que la fama de honestidad de la «Rondeña» y su condición de casada irreprochable es opinión generalizada. En la esquina del callejón del Agua está a punto de tropezar con dos mineros que caminan distraídos, charlando. No hay espectadores y la «Rondeña» deja escapar el repente.

—¡Animal!

El «Mellao» se encoge de hombros, se aparta divertido y pregunta a su compañero, en voz alta, para que le oiga:

—Oye, Paquillo, ¿quién es esa señora de pan pringao, con tantos humos?

—¿No la conoces? Pues una cupletista que se hizo santularia con más prisa que si fuera a apagar un incendio. Pescó al cabeza loca de Alfonso.

La «Rondeña» reprime la tentación de volverse y decirles cuatro frescas, pero recapacita que su dignidad y posición lo impiden.

—El más viejo es un revoltoso, de esos que les predican a los mineros lo de la «igualdá». Como no tiene educación, es mejor hacer oídos sordos —sentencia la criada redicha.

Para aquella entrevista la «Rondeña» estudió cuidadosamente su atavío. Ni vestido con olor a viuda rancia, ni que trajera un aire aflamencado de su vieja época, menos aún el indumento de resabios monjiles. Le interesaba producir una impresión favorable en María del Carmen y toda la noche le inquietó la manera de presentarse ante ella. La conocía por referencias —de Alfonso, de doña Ricarda, tímidas e imprecisas del pollo Castuera— y se esforzaba en colegir su genio y aficiones, más que lo físico. ¿Encontraría a una mujer amargada por la soltería y la vida solitaria en el campo, con un fardo de aburrimiento por la enfermedad del sobrino, o una moza simple, de escasa inteligencia, sin picardía ni entusiasmo?

No dijo palabra de su propósito a Alfonso. Fueron a pie a la finca, soportando el bochorno de la mañana nublada y una cruda tolvanera que levantaba remolinos de árida tierra en torno a los olivares sedientos. Guiaba doña Ricarda, conocedora del camino por su antigua amistad con los anteriores propietarios. La conducía en zig-zag por senderillos y linderos, para ganar tiempo y cansancio.

En la casa, aparentemente, no había nadie cuando la avisaron. La puerta entreabierta brindaba un rumoroso vaho de silencio y sosiego hogareños. El piso del zaguán, acabado de regar, creaba allí una atmósfera discreta y acogedora. Doña Ricarda resolvió llamar con los nudillos y al rato oyéronse pasos en la escalera. María del Carmen las invitó desde el interior.

—Fíjate a quien te traigo. ¿No la has visto nunca? La esposa de Alfonso.

Antonia se quedaba atrás, esbozando un gesto de cortedad, en actitud titubeante, como si su cuñada le inspirase un sentir temeroso. María del Carmen se dirigió a ella y para desvanecer su indecisión la abrazó.

—Vamos adentro. Deben estar muy fatigadas.

Las precedió al gabinete y tomaron asiento. Antonia observaba de soslayo, penetrantemente, a la cuñada y admiró su clara hermosura. —Tenía bonitos ojos, color de miel, boca algo sumida, de fino dibujo, tostada la piel con un tono de avellana—. María del Carmen no se atrevía a mirarla de frente, por miedo a ser indiscreta, a lastimar una sensibilidad que ella juzgaba delicadísima, dados su cambio y su pasado. Se prolongaba con exceso el embarazoso intervalo y doña Ricarda quiso facilitar su charla.

—Las dejo a sus anchas. Me gustaría saludar a «Varita de Nardo», es de mi «quinta». No te molestes, ya la encontraré.

Ahora se hallaban sin testigos, en momento y lugar propicios para franquearse. Y sin embargo, subsistía entre ellas una separación impalpable y poderosa. María del Carmen se violentaba, deseaba ardientemente pronunciar unas palabras amistosas, que la estimularan. ¿Y si la suponía altanera y despreciativa? Antonia empezaba a sufrir un extraño desconcierto ante su silencio y le nacían arrebatos de antipatía hacia la «señoritinga boba». Pero la «Rondeña» se sobrepuso pronto a esta tirantez y comprendió que debía iniciar la plática.

—Usted perdonará mi atrevimiento. Eso de plantarse aquí como Perico por su casa... No se lo dije a Alfonso, es tan susceptible... ¡Y es que me da una pena muy grande verlo disgustado con su familia! A veces pienso que soy yo la culpable. Y me figuré que usted, la hermana que más lo quiere, no se enfadaría por mi audacia, y a lo mejor nos ayudaba a componerlo.

—Usted es la mujer de Alfonso. Con todas las de la ley. Y no tiene nada de qué avergonzarse. Vaya, vaya, no llore, puede contagiarme. Soy propensa a los «puche-

ros»... Y sobre todo no se martirice, esta situación data
de lejos, antes de lo suyo. No lo puede evitar. Alfonso
no domina sus arranques y nunca simpatizó con Miguel.
Si él se amansara un poco, yo intentaría avenirlos. ¡Pero
con ese genio rabioso de los dos!

—Sería la mayor satisfacción para mí. Me duele que
estén distanciados, y una cavila y le parece que esto se
agrava con lo «mío». Como soy una intrusa, como pueden
echarme en cara lo que fui, lo que estoy borrando con
mis acciones...

—No remueva la herida. Con paciencia nosotras dos
lo arreglaremos.

Gradualmente surge la confianza. María del Carmen le
enseña el cortijo y el jardín, insiste para que coman juntas. Antonia, con inteligente malicia, sin exagerar la nota,
elogia sus dotes de orden y limpieza, se emociona ante
su cariño por el niño inválido, «sacrificándose así, como
en un convento». El pequeño acoge sus caricias con rostro
tristón y resignado, mientras procura tapar con su pierna
útil el remo aprisionado por el aparato ortopédico.

Al beber el café, mientras «Varita de Nardo» retira los
manteles, se impone el sopor de la siesta y la necesidad
banal de conversar.

—Doña Ricarda, ¿qué hay de nuevo por el pueblo?
En este desierto de nada nos enteramos.

Y doña Ricarda habla y habla, sin reparar en el efecto
de su cháchara en María del Carmen. La «Rondeña»
prefiere escuchar e instintivamente espía las reacciones de
este semblante nuevo para ella.

—Lo de siempre. Que tu cuñado tiene una suerte loca.
Negocio que emprende le sale redondo y gana más de
lo que se propone. ¡Cómo le envidian! En el Casino
juegan a la descarada. Intervino el Alcalde para que lo
hagan con más recato. ¡Ah, se casa para el otoño la hija
de don Emilio, el del Palacio, con un cordobés, también
republicanote! Las del pañero, tan peripuestas, gastando
un dineral en trapos, reuniones y bailecitos, ¡pero no en-
ganchan!

Una larga pausa para que la buena señora respire a su
antojo, se abanique, desabroche un par de botones en el

escote de la blusa de seda y enjugue con el pañolito la embocadura blanducha y arrugada del cuello, brillante de sudores.

—¡Se me olvidaba la más gorda! Es el escándalo número uno, el colmo de la poca vergüenza. No se habla de otra cosa, y con razón. Tu vecino, el don Nicolás famoso.

—¿Les ocurre algo? —interroga María del Carmen con voz trémula, que despierta la atención sagaz de la «Rondeña».

—De la mujer legítima, la doña Blanca, como sabes, se separó. Ella viajaba mucho a Madrid, con los suyos. Por último le escribió diciéndole que los padres la perdonaban y que ellos habían terminado. Pero don Nicolás no tardó en «consolarse» y se ha liado con la doncella, la Engracia, y la guarda en su casa de la Corredera, frente a la vuestra, como si fuera la señora de verdad y no un solemne pingo. Va a tener un hijo de él, está de cinco meses y se pasea a su lado, tan oronda del vientre...

Abrumada, María del Carmen no despega los labios. Le pide a Dios estar sola, que se vayan inmediatamente. En los ojos se esparce, sobre el suave cristal, una luz empañada y sus mejillas palidecen, tórnanse manchas blancuzcas.

«Te interesas más de lo decente por don Nicolás, novicia. Te descubrí el secreto. Por ahí serás mía si no danzas al son que te toque. Y la pánfila de doña Ricarda, en el nido», rumia, alborozada, Antonia.

La «Rondeña» porfía en marchar. Ya se pierden sus siluetas en el recodo del estanque, se internan en el macizo de árboles frutales. María del Carmen llama angustiosamente a Pascual.

—Dentro de una hora te vas al pueblo. Le pides a Miguel que mañana temprano me mande el coche. Iré con ellos un par de días, de compras. El niño necesita ropas.

—Usted ordena, pero no se ponga así. Ni que le amagara un síncope.

—Aprensiones tuyas, como siempre.

La noche en vela, rota la voluntad. Para distraerse de su obsesión, María del Carmen abre los postigos del ventanillo estrecho y empinado que altera la sombreada blancura de la pared. Sopla un hilo de brisa entre los barrotes, carcomidos de orín, y en el reducido espacio visual desmigaja sus luces una estrella chiquitina o asoma un jirón de nube. ¿Será esto la vida, contemplar y no ser? El viejo ensueño, de imposible realización, concluye de esta forma brutal y grosera. Un frío extraño e incontenible se clava entonces en el espinazo. Escuecen los ojos y hay que taparlos con las manos bien apretadas. Si fuera posible morir, dejarse morir, sin un movimiento, al cobijo de esta madrugada. ¡Cuánto daría por no seguir escuchando el parloteo de doña Ricarda! Lo resucita en su imaginación, palabra por palabra, se le grabaron sus ademanes rutinarios y zafios, gotean con fuego, cenizas y sal morena la realidad que muele sus huesos. ¡Si no viera el relámpago de picardía gozosa que apuntó en la sonrisa cerrada de Antonia, al percibir su turbación! ¡Si ella olvidase la inquietud quemante, contenida y grave de don Nicolás al despedirla!

Siente seca la garganta y apura el vaso de agua que está en la mesita de su cabecera. El líquido tiene un sabor intenso de campo y de yerba, de tierra y de piedra. Campo y yerba, tierra y piedra, eso es ella. Algo que no cambia de posición y es simple permanencia mientras los demás bailan a su alrededor y huyen de su horizonte tapiado. ¿A qué fuerza o criatura puede asirse? Miguel, absorbido por «La Clavellina»; Asunción, recibiendo y «pagando» visitas de cumplido; Alfonso, subyugado por la mujer; don Nicolás, entregado a su barragana. «Varita de Nardo» más que nada pendiente de quehaceres y solicitudes; el niño, paralítico, dolido de su inferioridad, preso en su ternura; Pascual, atareado con sus recuerdos, el corral y el jardín y el siniestro estanque... Hoy, igual que ayer. No existe el porvenir: lo mismo enerva «el Rincón» que el ambiente hermético de la casona de la Corredera.

Se desata una lluvia mañanera, suave y fugaz. Estará al llegar el coche. Y cuando se encuentre en el pueblo y justifique su viaje con unas compras sin importancia, subirá a la azotea, abarcará con una mirada presurosa y asustadiza el panorama de tejados y huertas... Será una excusa ante sí misma, pues sólo le interesa atisbar los balcones de don Nicolás, sufrir con el talante, ya paternal, del abogado, que atenderá solícito a su hembra fecunda.

Y entonces con súbita resolución, se viste, baja para avisar a Pascual.

—Lo he pensado mejor. Si viene el coche, le dices que se vuelva. No iré, no se me ha perdido nada allí.

Pascual se encoge de hombros, golpea con el amocafre su pantalón de pana.

—¡Tiene usted los mismos arranques de mi difunta! Alguna mosca «malina» le picó y le hizo pupa. ¡Si lo sabré yo!

XIII

El «Mellao» se presentó a pedir trabajo en «La Quebrada», una mina de medio pelo. Había algunas vacantes y querían obreros de experiencia. El capataz de turno —al que alguien debió de advertir que se trataba de un elemento peligroso— no quiso resolver por propia cuenta y consultó al ingeniero.

—Dile que pase por la oficina. A ver si es tan fiero el león como lo pintan.

Lo recibió, balanceándose en el sillón, mientras trazaba líneas descuidadas sobre el papel azulenco extendido sobre la mesa de dibujo. Don Alberto era un tipo nudoso, de cincuenta años, muy bregado en capotear el personal. Además, jovial de carácter, franco, amigo de enjuiciar directamente seres y cosas.

Entró el «Mellao» y se llevó la mano a la visera de la gorra, sin quitársela.

—¿Da usted su licencia?

—Acércate.

Lo examinó con detenimiento y simpática impertinencia. No esperaba encontrarse a un hombre de edad ma dura ya, con evidentes señales de baqueteo, y una expresión seria, cordial hasta cierto punto.

—¿Tú eres socialista?

—Sí, señor.

—¡Cada loco con su tema! ¿Conoces el oficio, supongo?

—Bajo tierra me nacieron los dientes, desde chaval. Como mi abuelo.

—Y vamos a imaginar que yo te acepto. Y en recompensa, me traes aquí la discordia de las «Sociedades» y las «reivindicaciones».

—En la mina sé mi deber. Y defenderé siempre, dentro y fuera, lo que sea justo. Al precio de renegar, ni el cielo que me regalaran. Y si usted lo pretende, por la puerta se va a la calle.

—No era mi intención ofenderte. Te admito, con una condición. Si peleas, hazlo de cara, así me gusta.

—De acuerdo.

Se disponía el «Mellao» a marchar y a don Alberto le desazonaba una pregunta, que no se atrevía a formular. Pero pudo más la curiosidad.

—Espera, ¿y qué entiendes tú por socialismo?

—Usted lo hace pa reírse de mi ignorancia ¿o es que le interesa en serio?

—Me divierte la cosa. ¡Lo tomáis con tanto ahínco! Y es un bonito sueño... ¿Qué podéis vosotros contra ese tinglado, los que tienen el dinero, el Gobierno, el egoísmo, el afán de enriquecerse? ¿No será inútil ese esfuerzo? Y para colmo, os falta educación, capacidad.

El «Mellao» movió la cabeza, con bizarra indulgencia.

—Los hombres se revientan aquí los pulmones. Y engordan a unos pocos. Cuando ellos son viejos y están «pal arrastre», nadie les alarga una mano. ¿No le parece «serio» eso? ¿Qué haría usted sin esos desgraciados? Planos pa ponerlos en la pared. Ni una mala piedra sacaría de la mina, ni una vagoneta se movería. ¿Quién lavaría el mineral, usted? Si nos unimos, si tenemos conciencia de clase cambiaremos el Estado, lo barreremos de jueces, policías, curas y demás parásitos. ¿Quién necesita que nosotros no seamos instruidos? Los que se aprovechan de nuestro sudor y de nuestra torpeza, tocante a la cultura.

—¿Y explotaríais las minas sin dirección técnica, sin ingenieros?

—Pa usté habría empleo —y esbozó una sonrisa.

—Eso me consuela —bromeó don Alberto—. Hasta que se proclame el Paraíso, tú al pozo y yo a mandar.

—Usted no es el que manda, desde arriba le tiran de los hilos...

—Discutimos demasiado. Tú a lo tuyo.

—Conforme, y buenos días.

Don Alberto reflexionó largamente sobre aquella charla que él provocara. No le impresionaron las palabras, los argumentos «sentimentales» del «Mellao», sino su aire formal, la seguridad moral y firme creencia que denotaba.

—Es un iluso —pensó—, pero se le transparentaba la honradez. Me fiaría de él, la verdad.

Por su parte, el «Mellao» meditaba que tras la capa irónica, escéptica, al ingeniero le dominaba una vaga inquietud y en su fuero interno no las tenía todas consigo. Lo importante era encontrar trabajo, no perdería él mucha saliva procurando convencerle.

—Gente reservona —juzgaba—, que no se compromete. Hasta es posible que no vea lo nuestro con malos ojos, pero de ahí a jugárselo todo hay un mundo. No les escuece como a nosotros.

Resuelto así su problema más apremiante, el «Mellao» pudo dedicar sus horas libres a la «Sociedad». Al caer de la tarde, cuando regresaba de «La Quebrada», se lavaba lo más visible, cambiaba la ropa de faena, «para ir decente», y después de un bocado —pues, pan con tomate, unas tajadas de bacalao o sardinas arenques— se dirigía, indefectiblemente escoltado por Paquillo, su compañero de cuarto, al «local». Por imperativa indicación suya habían alquilado, en una bocacalle cercana a la carretera real, por los molinos, una casucha cuarteada, de una sola planta y con espacioso corral, que servía para las Asambleas generales. La habitación de la entrada hacía las veces de Secretaría, y no le fue difícil conseguir, a base de donativos, el mobiliario más indispensable: una mesa

para la «escritura» y unos bancos adosados a los muros
donde se acomodaban los habituales, amén de un armario
para los papeles.

Así se encontraba a sus anchas el «Mellao». Era el encargado de repartir la «prensa de ideas», de llevar la lista
de los afiliados y de cobrar las cotizaciones. Pero cuando
le brincaba el contento era al recibir un nuevo miembro,
presentado por otro «compañero», charlar con él y pulsar
si poseía auténticas convicciones, para, en caso contrario,
tomarlo por su cuenta y enseñarle en qué consistían sus
derechos y deberes. Realizaba todas estas labores —a veces, cuando no había testigos, incluso las de limpieza,
quitar el polvo, empuñar la escoba— sin alarde alguno,
con cierto ademán premioso, sin sulfurarse nunca ante
una voz destemplada o los arrebatos de impaciencia.
Y todos los primeros de mes, colocaba, con gesto ritual,
en el tablero de anuncio, el estado de cuentas, en que
con su letra gorda, palotera, especificaba, céntimo por céntimo, gastos e ingresos.

—«Mellao», eso está de rechupete. Pero parecemos
un «Banco», lo único que sube es el «fondo de resistencia».

—Fórrate de calma, que lo necesitaremos.

Frecuentemente tenía que aplacar las iras de los en-
grescados.

—Nos siguen atropellando y ni siquiera nos batimos
el cobre pa que aumenten en unos reales el jornal, que
no da ni pa lechugas. ¿De qué nos sirve la Sociedad?

Sin alterarse, el «Mellao» le replicaba:

—Aún somos pocos. Y así nos vencerán. En tu mina,
¿se han afiliao la mayoría o por lo menos un buen puñao?

—No. No piensan como nosotros.

—Pues ahí está tu obligación, y la de los compañeros.
De lo otro hablaremos después, cuando convenga. «Ellos»
sí están juntos como una piña, y desde el Alcalde hasta
el último civil bailan con su música.

Todo esfuerzo le era liviano. A no ser por las angustias que sufría en las Asambleas... En ellas, surgía la
guasa de un grupito de chuscos o el desorden y vehe-
mencias de los levantiscos; «que querían tragarse de una

sentada el globo terráqueo». Sudaba quina el «Mellao»
para expresarse.

—¡Compañeros! Ni que fuéramos un rebaño de cabras
traviesas. ¿No tenemos tós barba? A elegir Junta Directiva, según los Estatutos, no a tirarnos los platos a la
cabeza. Esos que tanto gritan, ¿por qué no se fajan y se
desviven por la Sociedad? Tú, Lupión, más te valdría no
gastar las perras en vinazo y arrimar más el hombro aquí.
Por ahí veo a otro, no se dice el nombre del pecador,
que le tunde a su mujer las costillas a garrotazos, y
nosotros, los obreros «cocientes», estamos obligados a
portarnos bien. A los de la Sociedad nos espían y nos
critican... ¡Mucho ojo! En cuanto a los que se gastan el
jornal de la semana yendo de picos pardos (Paquillo baja
la mirada), como los señoritos, que se refrenen y no es-
tropeen su fama con escándalos. Yo no estoy ni estaré
en la Junta pa divertirme. Pongo los cinco sentíos y ná
más. Si no os cuadra, votáis a otro pal cargo de Presidente
y tan amigos. Pero mientras yo esté, las cosas irán de-
rechas.

No era el «Mellao», con este brusco modo de opinar y
actuar, un dirigente completamente agradable. Dolían sus
reprimendas de pastor, molestaba su rectitud enteriza,
pero nadie osaba combatirle abiertamente, y los más le
dispensaban una confianza regañona, una estima sincera,
como si su conducta —limpio pedernal— los aglutinase
en la práctica convivencia.

—¡Es un cardo!

Y sin embargo, capitaneando a unos pocos, firmes y
tenaces, el «Mellao» continuaba su obra, sin importarle
dimes ni diretes. Tras la dura cáscara, alentaba su corazón
simple, su sencilla hombría.

—Hace tiempo que no se planta por aquí el Remigio.

—Le cayó enfermo el hijo pequeñín y, como son un
regimiento, hace de niñero cuando vuelve de la mina.
No le alcanza pa mantener tantísimas bocas.

Y el «Mellao», sin levantar polvareda ni despegar los
labios, aprovechaba el primer rato disponible y allá iba,
remolón, a enterarse cómo seguía la criatura.

—Si soy soltero y no tengo «cargas»... Toma un par

de duros y cuando termine la mala racha me los devuelves.

—Se agradece.

—Esto entre tú y yo, morral: no le vayas a dar un cuarto al pregonero. ¡Me pondría colorao!

Vida monótona y humilde la del «Mellao», sin calor de hembra, sin techo suyo, sin ilusión de prole ni retazo —como él decía— de familia en que cobijarse. De la mina a la Sociedad, casi nunca un descanso o un respiro. No obstante, él, a su manera, sentíase feliz, comprendía que era útil. En ocasiones, se le hacía cuesta arriba encerrarse en su habitación y quedarse tumbado, sin pescar el pícaro sueño, forcejeando con sus pensamientos, con su acallado afán de viajar, de contemplar tierras desconocidas y de esperar acontecimientos que desperecen la imaginación. Si le hubieran preguntado la causa de su distracción, de seguro no habría contestado, porque esos impulsos «noveleros» y perturbadores, no es fácil explicarlos.

Una noche, después de cerrar el «local», anduvo sin rumbo fijo, atraído por la dulce temperatura estival, por la seducción irresistible de los patios llenos de macetas que se vislumbraban a través de los portales entornados. Recordó, con tranquila desesperanza, la lejana época de su juventud, en este mismo pueblo, cuando murió el padre de Miguel y él se reunía con Juan en el Palacio.

¿Habría cambiado el viejo amigo? Absorbido por otras actividades apenas le había visto desde que llegó. Ya estaría achacoso como él. Y maquinalmente se encaminó al teatro y preguntó por Juan. El antiguo carpintero lo acogió con ruidosas muestras de alegría y se enredaron a charlar de los tiempos idos.

En el desierto patio de butacas su conversación adquiría un fantástico contorno, les intimidaba la resonancia de sus voces y el «Mellao» observaba intrigado el caprichoso juego de las sombras en los palcos y galerías, el escenario iluminado débilmente por unas lámparas a la entrada de los pasillos.

—Debías venir más seguido. Uno se remoza —exclamaba, emocionado, Juan.

Y desde entonces el «Mellao» frecuentó el teatro, invariablemente al terminar la función, que a escrupuloso nadie le ganaba. Liaban un pitillo, hablaban calmosamente de hechos y personas de antaño, del presente y de sus trabajos. Juan parecía interesarse en la tarea sindical del minero e insensiblemente empezaron a discutir de las «ideas».

En cierta ocasión, tras una prédica entusiasta del «Mellao» que describió una sociedad sin pobres ni ricos, donde todos laboraran y la riqueza no fuese privilegio de una minoría, Juan le interrogó con impaciencia desusada.

—Dime, si las minas llegan a ser del Estado, ¿le quitaréis a Miguel «La Clavellina»?

—¡Natural!

—Pues me hago de los vuestros mañana mismo.

—¡Caray! Mucho le odias.

—No es eso. Pero al «muchacho» lo ha estropeado el dinero. Si tuviera que ganarse el pan como tú o yo, se arrepentiría de su orgullo de ahora, sería persona. Hay que bajarle las ínfulas.

—No se te olvida que lo criaste. ¿El no te saluda?

—Igual que si fuera un perro.

—Es «torcío».

El «Mellao» se sobó la barbilla, preocupado.

—Tengo el presentimiento de que más tarde o más temprano me veré las caras con él. Las cosas ruedan. Y Miguel se figurará que le guardo rencor o le busco las cosquillas. Pero se equivoca. Uno es él, que me da pena aunque nade en oro. El «otro», es un burgués.

—¡Pégale fuerte en los nudillos! Bien se lo merece.

—Habrá que ajustar cuentas, Juan. La mía, la de sus obreros es la más chica. Le queda su conciencia, cuando se le caigan los palos del sombraje y los billetes no le frenen el carro de la vejez...

—Con pesetas le abrirán hasta las puertas del cielo.

—No, él tampoco cree en esas monsergas.

Con un humor insoportable volvió Miguel de su visita samanal a «El Rincón», pesaroso de haber perdido la serenidad con María del Carmen. Cierto es que él no provocó el tema, fue la cuñada. ¡Mostraba tal interés en convencerlo de «aquello»! Todos se empeñaban, de una u otra manera, en provocar su genio atravesado. No, por esa ignominia no pasaba. ¡Y pensar que hizo el viaje con la ilusión de «ventilarse la cabeza» de tantas rumias! Pleitos de sacagéneros, el trabajo de zapa de ese «Mellao», que Dios confunda, y que ya le tenía sobre ascuas. También, el irritante desdén de su mujer, empeñada en tratarle poco menos como a un niño de mala crianza: lo toleraba, le seguía la corriente.

Al principio María del Carmen se limitó a hablarle del pequeño.

—Ahora está dormido. De salud, sólo medianejo. Su carácter es lo que me inquieta. A medida que crece, se le hace menos aguantable su defecto. En días enteros no consigo arrancarle una palabra. Contesta con gruñidos. Y sólo conmigo se ablanda, de «higos a peras».

—¡Esa será siempre mi cruz! —exclamó el minero—. ¿Y tú como te encuentras? —agregó distraídamente.

—No tengo de qué quejarme. Aire, todo el que quiera. Tranquilidad, igual. ¿Acaso puedo desear más?

—¿Y no se te hace molesta la soledad, no extrañas el pueblo? Podías vivir una temporada aquí y otra en la Corredera. Mientras, «Varita de Nardo» se encargaría del chiquillo.

—El niño me necesita. Y además, con los años se le quitan a una las ganas de bullicio.

—¡Ni que fueras una vieja! De proponértelo, enamorarías.

—Me acostumbré a la paz.

—Desaprovechaste una gran oportunidad —le reprochó Miguel.

—Si me equivoqué, para mí serán las consecuencias.

En este terreno María del Carmen no admitía intentos componedores. Y quiso tratar de algo distinto.

—Tenía que hablarle de un asunto delicado. Para ella, el distanciamiento entre la familia era de lo más penoso. Sobre todo, las exageraciones de Alfonso, que habían creado una situación tan tirante. Miguel debía ser comprensivo, olvidar viejos agravios. El hermano se había

casado, ya se curaba de locuras. Su mujer también desea
que acaben las rencillas. ¡Si todos nos aviniéramos! Antonia es gentil persona, más discreta y razonable que él.

—Entonces, la «Rondeña» te ganó a su partido.

—No la llames así, y con ese tono.

—La «Rondeña» es su nombre de guerra. Pregunta
por ella, en la calle de los tarantos, a todos los mineros
que ha encalabrinado.

—Miguel, eres demasiado duro. Antonia cambió, y a
fondo. Hoy nadie puede acusarla. Su vida es irreprochable.

—Hasta que se muera será la «Rondeña».

—Otra vez tu rencor, hombre. Pero ya reflexionarás y
lo verás con más calma.

—Por la gloria de mi padre te lo juro, María del Carmen. Esa cupletista no pisará jamás ni el portal de mi
casa. Yo tengo la responsabilidad de vuestro decoro y del
mío, y no lo permitiré, entérate. ¡Harto estoy de escándalos! A pocos metros, en mis propias narices, soporto
que ese abogadete de don Nicolás exhiba la manceba
preñada, como insultándome. ¡Y todavía quieres que ad-
mita a una cualquiera, traída y llevada por las ferias, sólo
porque el bobo de Alfonso haya picado en el anzuelo y
consienta que sea su esposa! Mentira parece, María del
Carmen, que me lo hayas insinuado, tan siquiera. ¿No te
importa tu apellido, limpio como el que más? Entre nosotros de esto no ha de hablarse. No cederé nunca. ¿Es
que intentáis afrentarme, convertirme en el hazmerreír
de la gente?

—Tú mandas. Descuida que no te molestaré más —y
María del Carmen, demudada, se sienta en la mecedora.
Ha de contener las violencias que pugnan por estallar en
su boca.

(—¡Qué gracioso es todo! ¿Y tú qué eres? ¿De dónde
has salido? Te mortifica que una de abajo, como tú, suba
también, eso te recordaría demasiado tu origen. Te soli-
vianta el orgullo de nuevo rico el que entre por tus puertas compradas la antigua cupletista, que tanto necesita
borrar sus años de hambre y privaciones y mala fama.
¡Ya te crees uno de la Corredera porque nos dominas

con tu dinero y nos has domesticado a fuerza de billetes, y de cobardía nuestra! Soy injusta, Señor, ahora es a mí a quien posee la soberbia. ¿Cómo pude llegar a este extremo? Es que se refirió al «otro», María del Carmen, y eso te enfureció. Todavía no te amoldas a la idea, todavía te rebelas, pero la culpa es tuya, no tuviste valor aquella tarde. Temiste, temblaste ante las lenguas envenenadas del pueblo y huiste de él. Con un solo ademán tuyo, te habría abrazado. ¡Me habría abrazado! Hoy serías tú, y no la criada, la que llevaría su hijo en el vientre. Te lo perdiste.)

Decidió Miguel no aparecer aquella tarde por la mina. Aún le sacudía de cólera la pretensión de la «Rondeña» y prefirió desatender algunas tareas y que sus empleados no advirtiesen su alteración. Necesitaba distracción y se encaminó al Casino, donde su presencia suscitó murmullos de sorpresa, provocó girar de cabezas y arrastrar de sillas. Hacía años que no se le veía por allí y el hecho de modificar su costumbre atribuíase a una ocupación importante.

—De mal temple viene. ¡Hasta en el color de cangrejo se le nota!

—El cuñado, para no tropezárselo, se escurrió a la biblioteca y de ahí a la calle. ¡Hay una armonía en la familia!

—Algún asunto le trae. Ese no piensa más que en el plomo, en la plata, en lo metálico.

Miguel, por inercia social y perezosa afinidad, se dirigió a la tertulia de los mineros ricos, situada en el ángulo más confortable del salón, como para dar idea de su preeminencia. Aunque apenas se relacionaba con ellos, le recibieron con la cordialidad, envidiosa y socarrona en el fondo, que se dispensa al colega de suerte, el más próspero del gremio.

—Don Miguel, esto es un acontecimiento. ¿Negocios en puerta?

—La campana de Huesca, cuando redobla.

—Aquí, en el sofá, le hacemos un sitio.

—¿Nada nuevo por «La Clavellina», esa ganga?

—¡Qué chiripa la de usted! Sus filones no se agotan, aumentan, se multiplican.

Miguel ríe, halagado, le complace la expectación que despierta, el ramalazo de interés que le rodea.

—Bromas... No se extrañen de que haya venido. De vez en cuando me gusta ser sociable, airear las preocupaciones.

Pero ante su silencio, observando que sólo charla lo indispensable, se reanuda, con fuertes envites, la partida de juego. Miguel ha olvidado ya el incidente con María del Carmen, pasea la mirada por el salón espeso de humo, gratamente divertido con su algazara. Hasta que don Teodoro, un pájaro de cuenta, mujeriego de generoso paladar, pone la nota discordante:

—El día que estemos más a la bartola nos darán un buen susto.

—Explíquese —se ha interrumpido el barajar y todos escuchan el diálogo.

—Vivimos como si nada fuese a ocurrir. Y nos lamentaremos del peligro cuando tengamos al toro encima.

—¡Ya salieron a relucir los cuernos!

—Hablo en serio. Nos pasamos el tiempo desprevenidos, mientras que los mineros afilan los dientes. Ese «Mellao» es de pronóstico y a la chita callando nos dará un disgusto de órdago.

—Se le manda encarcelar, como la otra vez.

—No resultaría tan fácil hoy. Es un «galgo» veterano, que huele la trampa. Aprendió mucho.

—¡A mí no me acobarda el «Mellao», ni cien «Mellaos» juntos! —Miguel interviene fanfarrón.

—Ustedes no lo «calibran» —continúa don Teodoro—, pero es un tipo que no ceja.

—En mi mina nadie rechista.

—Eso es lo que me hace cavilar.

—Tú ves duendes. Un grito, en su momento, y mutis.

—El «Mellao» sabe su faena. Hoy no nos ataca, pero agrupa a la gente, la disciplina. Y ya recibiréis la descarga. El fulano da pasito tras pasito, sobre seguro. Es lo que escama. Lo respetan, le obedecen. ¡Malo! ¡Malo!

—Todo el intríngulis está en que no quiere pelea. Le duelen todavía los palos de entonces.

—Como me llamo Teodoro que os pesará ese desprecio. Desde que los maneja, los tarantos se emborrachan menos.

—¡Se metió a padre sermoneador!

—Ni que estuviéramos en un funeral. Son aprensiones tuyas. Despides a cuatro, de los más revoltosos, y los demás irán como una seda.

—No te lo aconsejo. Es lo mismo que darle al lobo un puntapié en el hocico y quedarte cruzado de brazos.

Después de un silencio embarazoso prosigue, por terreno más placentero —los chistes verdes—, la plática. Miguel se despide.

—Es hora de cenar.

—Usted siempre casero.

Le han impresionado excesivamente los augurios de don Teodoro, medita. Anda hacia la Corredera, lentamente, blandiendo el bastón. Verdean los arbolillos de las aceras, está despejado el cielo, es fresca y suavemente veraniega la temperatura. Y no obstante, ajeno al ambiente acariciador, le palpitan con violencia las sienes, se siente desasosegado, irritable.

—Buenas noches.

El notario corresponde muy pronunciadamente al saludo. Más adelante lo entretiene unos minutos al Alcalde. En su cabeza se alberga, inconmovible, fija como punzón, la imagen del «Mellao». Lo recuerda de entonces, de su juventud. Debe haber envejecido bastante, y si se lo encontrara, trabajo le costaría reconocerlo. Y en él se agita, súbita, alocada, una cólera ciega contra el minero. ¡Si es, al lado suyo, un gusano! ¡Si podría aplastarlo con el pie! Y a un tipo así, que no vale un comino, siempre a brazo partido con el hambre, ¿le temerá? Chiquilladas, es como la lucha de un gigante y un enano. Pero a pesar de que intente calmarse, recobrar la firmeza, la «sombra» se interpone, lo envuelve y atosiga.

Cuando escapa a estas reflexiones, hállase en la casona. Tira bastón y sombrero sobre un diván del vestíbulo, con su típico descuido. Allá dentro rezonga la voz de Asunción. Le pareció que en esta ocasión tenía un acento más agudo y agresivo, una entonación descarnada que le raspaba los oídos. Entró en el gabinete y la besó rápidamente en una mejilla.

—¿Cómo sigue el niño? ¿Estuviste en «El Rincón»?

—Regular, regular.

Y a este trámite se redujo su interés maternal. Su indiferencia, ya habitual, le causó en ese momento una reacción más viva. A costa de la hermana se desentendía totalmente del hijo, como si su desgracia la vejase y se complaciera teniéndolo lejos. —Asunción jugueteaba con el bordado del pañito de la chimenea, erguida, fría de expresión.

—¿No se te ocurrió qué fecha es hoy?

—Creo que miércoles o jueves, 15 de julio.

—¿Nada más?

Nunca le evitaba estas pequeñas humillaciones, detalles de etiqueta, cumplidos cuya negligencia la indignaban. La cupletista, el «Mellao», la pulcritud de ademanes, casi insultante, de Asunción, el gesto dolido de María del Carmen, mezclábanse en su mente, le producían un hastío intolerable, una sensación asfixiante. Su misma vida matrimonial, tan artificiosa, se le representaba bajo un signo de fracaso, al notar el ceremonioso esmero con que su mujer masticaba, limpiábase delicadamente la boca, se servía con melindres de la fuente.

—No te acordaste. Ni siquiera un regalo —dijo ella con mohín compungido.

—¿De qué?

—Es el aniversario de nuestra boda.

Tentado estuvo de disculparse con vaguedades —un trabajo extraordinario, la contabilidad de «La Clavellina»—, pero un impulso superior y violento hablaba ya por él, como si reventaran las contrariedades del día y lo arrastrasen.

—Déjame en paz con esas ridiculeces. ¡Ni que fuéramos recién casados!

—A ti sólo te interesa «tu» mina. A los demás nos abandonas.

—Gracias a ella puedes permitirte todos los lujos y vanidades de que disfrutas.

—¿Me lo reprochas? —le temblaba, soberbio y espumeante, el labio superior.

—Si yo no estuviese en mi puesto, no tendrías la posición que te enorgullece. Estarías arruinada. Debes comprenderlo.

—Y si tú no te hubieras casado conmigo, con todo el dinero que pudieses amontonar, no te codearías con quien te codeas.

—¡Asunción! Merecías...

—¿Qué? No me asustas.

—¡Una buena lección de estos puños!

Cuando se fue, refrenaba penosamente su estallido de odio. Después, Miguel sintió agrandado el vacío que le oprimía, enconada su soledad. Ya sin el vendaje de aquella convivencia estéril que acababa de disiparse, hasta en sus últimas formas.

XIV

—La esposa de su cuñado Alfonso —anunció el escribiente sin ocultar su recelo— desea verle.

Quedose callado unos momentos Miguel, enmudecido por lo inaudito del hecho. Por el primer arranque de furia se hubiera negado a recibirla, pero lo audaz de aquel paso lo decidió, al excitar su curiosidad. ¿Imaginaría la pécora que temía la entrevista? Su pretensión, ya la adivinaba. De todos modos, admitió a su pesar, era una mujer de temple y brío.

En la oficina la presencia de la «Rondeña» provocó mayúsculo desconcierto. Don Francisco Salgado le hizo los honores en la antesala y charló con ella de vaguedades, mientras aguardaba la respuesta del «amo». Después, a duras penas, logró vencer el impulso de arrastrar una silla cerca de la puerta y de escuchar algo de lo que allí dentro se dijera: seguramente hablarían en voz alta. Pero le contuvo la posible reacción de los subordinados, víctimas de la misma desazón, que no cesaban de cuchichear y sonreír pícaramente.

—A ganar el sueldo, galopines —gruñó el manco, y su

mano zurda empezó a deslizarse sobre el folio con pasmosa ligereza.

No se levantó Miguel al entrar su «enemiga». La saludó con una seca inclinación de cabeza, y después la miró descaradamente, con ostensible desprecio. —Aún tenía «gancho» la reverenda, y eso que vestía con gran sencillez, apenas un retoque en el rostro agudo y moreno: toda ella ofrecía un fuerte encanto expresivo, trenzadas las manos sobre el quitasol, con cierto desgaire de actitud al permanecer en pie.

La «Rondeña» liquidó con un golpe de osadía la situación embarazosa. Ocupó sin decir palabra un sillón frente a él, quitose los calados guantes color crema y cruzó las piernas con soltura.

Había en sus ademanes una firmeza extraña, barrunto casi de desesperación. Antonia lo sabía: esta vez jugaba la última carta de sus ambiciones. Sordamente le irritaba el pensar que su suerte dependía de este hombre tosco, de pelo crespo y piel quemada, acusada mandíbula y pecho poderoso, que ahora la examinaba ahincadamente, aún sorprendido.

Se prolongaba el mutuo silencio, escuchábanse la respiración —sonora y silbante la de él, acompasada y honda la de Antonia— y ninguno se atrevía a iniciar la conversación. Los nervios de Miguel se hallaban próximos a estallar y prefirió no resistir más.

—Estoy a sus órdenes. ¿En qué puedo servirla?

Dos lágrimas hirvientes pintaron una nueva tonalidad en los ojos vivaces de la «Rondeña» y después, a merced de su emoción, lloró quedamente, con una especie de quejido animal que espejeaba en las cuerdas de su garganta. Comprendía el recelo de Miguel, estaba justificado que la creyera una farsante y sin embargo no consiguió serenarse.

—Cuando usted se calme me dirá lo que quiere. Después de todo, no tengo prisa.

En aquel instante se juzgaba vengado de los insultos de Alfonso. Contemplaba humillada a su mujer, la veía como a una pordiosera. Pero la «Rondeña», una de esas hembras cuyos desmayos de voluntad no suelen prolongarse, pudo rehacerse, espoleada quizás por el desdén implacable que suscitaba.

—Le extrañará que haya venido. Yo misma no me lo explico. Nunca he hablado con usted. Siempre le vi de lejos, cuando pasaba en el coche. No conozco su carácter. Y a pesar de eso, confío en que me entenderá —y él no contestaba, era preciso seguir—. Yo tengo mi orgullo, como cualquiera, como el que más, pero si usted no me ayuda, no hay solución.

—¿Asunto de dinero? —interrumpió él.

—¿Por quién me ha tomado? —replicó Antonia—. Bueno, usted se figura lo peor de mí. Que soy una tirada, que no tengo escrúpulos, que el mejor día volveré a lo de antes.

—No intervengo en sus problemas particulares, ni los juzgo.

—Pero soy de su familia, aunque usted no lo quiera. Defiendo mi porvenir de mujer honrada. Lo que pasó, pasó, y con creces lo he limpiado. Entonces, ¿por qué se niega usted a que todos vivamos en paz, por qué me echa? Mientras usted y Alfonso no se traten, nosotros estaremos como apestados, y me cargarán la culpa a mí, a la «cupletista». Dirán que soy la oveja negra. Y no seré feliz, no tendré tranquilidad. Si usted se lo propone, si es generoso, yo le traeré dócil a mi marido, le pedirá perdón, y le ayudaremos en lo que sea. De mí no se avergonzará, se lo aseguro. No encontrará personas más leales que nosotros dos. El día en que se supiera lo que usted ha dicho: «por él aceptaría, pero está la «Rondeña» de por medio»... ¡Me moriría de rabia! Usted no me conoce, pero míreme a los ojos. Después de lo que he confesado, usted manda. En él y en mí.

—Usted no pisará nunca mi casa. Y dele gracias a Dios que ha podido entrar aquí. ¡Váyase!

Ya no gemía, ya no imploraba la «Rondeña». No alzó siquiera la voz, escupía su odio con un tono pastoso y ronco.

—El «señor» no cede. ¡Alabado sea el Santísimo!

Perdí. ¡Que malos rayos te partan, minero! Te gustaría olvidar su origen cochino, de lo más bajo. Yo te lo recordaría demasiado y la gente nos emparejaría. ¡Si somos el uno para el otro, hechos a medida! Te estorbo. Es la ley del embudo. Tú sí tienes derecho a subir, pero cuando alguien sigue tu camino y tu ejemplo, protestas, so perro. Te mereces el hijo paralítico y asqueroso. ¿Conque tú sí, y yo no? Me las pagarás. ¡Si el dinero no me importa, no me quita el sueño! Quiero estar donde tú estás. A las duras, te daré guerra.

Y se plantó ante él con un meneo insolente, espumosa la boca. Luego, avanzó hacia la mesa que los separaba para lanzarle el agravio irremediable.

—A ver si te atreves a un escándalo. Juan, que es un infeliz, un babieca, se fue de la lengua. Desde que supe por esa pava de María del Carmen que me habías puesto la cruz como al diablo, arañé en tu historia. Estuve en tu pueblo, olfateé tu rastro y me contaron lo de tu madre, y dentro de poco, tan pronto salga de este cuarto, no me cansaré de pregonarlo por todas partes... ¡Para que aprendas a burlarte de la «Rondeña»!

Se detuvo sofocada, fuera de sí. Necesitó reunir fuerzas, mientras le palpitaba el pecho con desenfrenado jadeo.

—Y te aguantarás cuando te diga, con todas las letras... ¡hijo de puta!

Miguel no intentó responder. Sintió primero el deseo ciego de apretarle el cuello, más tarde se esforzó en que desapareciese de sus oídos la vibración de su frase. Cayó en un abatimiento total, en una helada desgana que le exprimía el tuétano de los huesos. No se dio cuenta de que la «Rondeña» había marchado, componiendo el andar, estirando los pliegues de la blusa de seda, repiqueteando los dedos en los botones de nácar.

Antonia se despidió, una mueca la sonrisa, de don Francisco, abrió el quitasol con mecánica monería y emprendió el regreso. A la sombra de un terraplén, sentados en el suelo, varios mineros comían los «fritos» del mediodía. La siguieron ávidamente con la mirada, en tanto que se relamían los labios polvorientos y mostraban la dentadura, manchada de zumos de uvas negras. El «Perdigón», despechedado, tocó unas palmas.

—La cuñada del amo, ¡vaya pieza!

—Y con unas pretensiones de santa que te tronchas de risa.

—¿Te acuerdas, en el teatro?

—¡Y qué gestos! Como diciendo, aquí me tienes.

—Tal para cual.

—Así son todos ellos, un desecho —rubricó el «Perdigón».

No llegaron a oídos de la «Rondeña» estos comentarios, pero su instinto los adivinaba y le parecía sentirlos como punzadas ardientes en la nuca. Se enconaba su rencor y aligeró el paso, impaciente por encerrarse en su dormitorio y, a solas, retorcerse de coraje. Estaba eliminada de ese mundo que constituía su ilusión máxima, entre Miguel y ella había una hostilidad infranqueable, un muro de injurias. Recordó, con un deleite malsano, regodeándose en el propio sufrimiento, lo ocurrido.

—Un navajazo de muerte se ganó el canalla. ¡Con qué gusto se lo hinqué! Me acorraló y no me pude contener. No se imagina el daño que me hace. Y no podré salir de donde estoy. A la cupletista le dieron de limosna el título de esposa como Dios manda, pero le prohíben que escape de su esfera. Nunca logrará igualarse con ellos. ¡Y qué bestia fui! Me ablandé, suponía que María del Carmen haría entrar en vereda a ese salvaje. Me lo figuraba todo color de rosa, fácil. Hasta Alfonso recogió unas migajas, ¡estuve tan cariñosa con él!

(«No te muevas, te tengo preso. Déjame maniobrar, que yo, aunque dicen que las mujeres andamos cortas de talento, sé lo que me propongo. En beneficio de los dos, tonto, tontaina. Si no fuera por mí estarías haciendo todavía bobadas, sin pensar en el porvenir, ni situarte. Ahora, por revoltoso, un tirón de orejas. Sueño en que todos se descubran cuando te vean. Dispondremos de un capitalillo, para los hijos, claro. No seas ansioso, guárdalo para la noche. ¿Qué sacas tú, incauto, poniéndote a mal con el cuñado, por remilgos de la honrilla? Arrímate al árbol de mucho ramaje, y si te disgusta haz de tripas

corazón, aprovéchate, sácale astillas. No repliques que tu
dignidad no lo consiente... ¡Quietecito, goloso, hambrón!
Visité a tu hermana, sin pedirte permiso. ¡Castígame,
así! ¡Ja, ja! Vamos a conspirar juntas, y tú chitón. Es
temprano para juegos. ¡Estoy tan contenta! No te arre-
pentirás de haberte casado conmigo. ¡Que te pego y te
como! »)

¡Cuán intolerablemente le dolían aquellas efusiones
ahora! Atravesó el campo por la vía del ferrocarril, hasta
divisar las manchas rojizas de los tejares. Le acosaba un
afán turbio de herir y dañar, como el muerto que se
aferra a un ser vivo y quiere arrastrarlo a su oscuro y
fatídico destino. ¡Se sentiría tan descansada si pudiera
desfogar en alguien, en algo, el ansia ciega que la abra-
saba! ¿Y para este resultado se había consumido ella,
ahogó su frenesí y unció su existencia a las cansinas, insí-
pidas costumbres del pueblo?

Para ir a su casa eligió las calles de menos tránsito.
Contestaba a los saludos con un bisbiseo apresurado. En
realidad, hirviente de cólera, nada percibía nítidamente
a su alrededor, sino un desfile borroso y vacilante de
rostros, arbolillos, aceras y patios.

(Convenció a Alfonso y al pollo Castuera, encargado de
conseguir la tartana, que la acompañaran a «El Rincón».
Allí pasaron el día entero, a instancias de María del Carmen. El programa archisabido: los hombres fueron a
estirar las piernas al arroyo de «La Umbría», tras cuya
sortija de chatas lomas se otea la mina. Las mujeres, entre
parloteos y risas, se dedicaron a preparar el típico arroz
de conejo. Como «Varita de Nardo» terciaba en la faena,
la «Rondeña» aguantó a duras penas la ansiedad. En una
breve ausencia de la criada preguntó:

—¿Hablaste ya con Miguel?

Tardó en contestar María del Carmen y no pudo ocultar su azoramiento.

—Sí, por encima.

—¿Está bien dispuesto?

Antonia observó la nueva indecisión de la cuñada con
un vuelco en las entrañas.

—¿Se opone? No me lo niegues. Es mejor la verdad.

Por mí no hay disgusto —y descansó las manos en sus hombros, oprimiéndolos nerviosamente.

—Es bastante terco. Se le irá con el tiempo.

—¿Mucho tiempo?

—Tendremos paciencia. Con los años, será de otro parecer. Yo le insistiré —María del Carmen intentó sonreírse.

La escena se reproducía con amarga exactitud en su mente. Usando de sus astucias averiguó lo esencial de las palabras de Miguel y comprendió que siempre hallaría en él un obstáculo invencible. Necesitó el más penoso esfuerzo de simulación para charlar con ellos y que no sospecharan su estado de ánimo. En el resto de la jornada, sufrió indeciblemente con las bromas, las cortesías y la vacua charla de sobremesa.)

La entrevista con Miguel, la actitud embarazada de María del Carmen, el murmullo insolente de los mineros, formaban un obsesionante revoltijo en su cerebro, sin inicio ni salida. Daban vueltas en su frente, taladrando las sienes sudorosas, produciéndole un sucio y áspero sabor de boca. De nuevo, una sed de destrucción, un deseo desbocado de revancha se apoderaron de ella, la sacudieron, como el viento de las cumbres pizarrosas dobla los matorrales del llano.

De pronto, ante una evocación en que hasta entonces no había reparado claramente, Antonia se detuvo.

(En el comedor, quitados los manteles, María del Carmen servía una copa de anís al pollo Castuera. Este, muy acicalado —corbata de lazo ampuloso, traje crudo, chaleco de piqué de amplias solapas— la contempló con un parpadeo acariciante y emocionado cuando ella reanudó su bordado. La dulce congoja, tímida y ridícula, se revelaba ahora a la «Rondeña» y le explicaba una serie de renunciamientos y abnegaciones del grotesco boticario. ¡Cómo mantenía el secreto! A la tumba le seguiría. ¡Valiente novio para María del Carmen! Se avergonzaría de él, si lo supiera.)

Otra vez, más poderoso aún, el anhelo de herir y dañar, porque sí, recorría, cual un espasmo, las carnes tirantes y duras de la «Rondeña».

Juan Manuel, el dependiente principal del pañero —mozo ojeroso, mayúsculas orejas y cuidadas manos escuálidas, que parecían embriagadas mariposas al desplegar telas femeninas— se refocilaba al despachar a Rosario, la viuda pizpireta, empeñada en no corresponder, pero eso sí, con su porción de mieles, «para que el idilio no se rompiese», a sus demandas amorosas y tupidos piropos.

—Aunque es un imposible, está usted hoy más guapa y «flamígera» que nunca.

—No me fío. El verdadero cariño, el cariño de las almas —y Rosario marcaba más los hoyuelos sensuales de sus mejillas— no se publica ni se declara. Se guarda como un tesoro. Alguien conozco yo que dedica toda su vida a una mujer, sin que ésta ni nadie se den cuenta. No se trata de mí. Conste.

—Me tranquilizo, me sosiego. ¡Creía que era un rival y le aseguro que se me «subvirtió» la sangre. ¡Pobre de él! ¿Y quién es ese amante de Teruel?

—Si me promete callarlo, se lo digo, sólo a usted. Un secreto entre nosotros dos.

—Jurado por...

—¡Es el pollo Castuera!

—¿El pollo Castuera? Graciosísimo... ¿y la espiritual dama? —inquirió el hortera, propenso a los alambicamientos de expresión.

—Asómbrese. ¡María del Carmen!

—No lo hubiera sospechado. Nunca se me ocurrió.

—Yo lo adiviné hace mucho tiempo —a Rosario le mortificaba reconocer su miopía en aquel caso «tan evidente», como si se tratase de un mentís escandaloso a su notable experiencia. En el fondo, envidiaba a la «Rondeña», más aguda, que por casualidad dejó escapar la suposición «indiscutible» en un discreteo de amigas, cuando merendaban con Leocadia la tarde anterior. ¡Qué torpe había sido! Era lo más sencillo, lo más «natural», lo aclaraba todo. Por esa razón toleraba las tarascadas burlonas de Alfonso, se embarcó en el negocio del teatro y permanecía indiferente a sus donaires e insinuaciones, pues a Rosario sí le interesaba enamorarlo y con alborozo hubiera truncado la viudedad para reposar en los flacos brazos y regular fortuna de aquel bendito de Dios.

Ahora experimentaba hacia él un sentimiento parecido al desengaño, un vago anhelo de que sufriera con las mofas del pueblo. ¡Despreciarla por una quimera risible de chiquillo, impropia de su grave edad! Merecía un escarmiento, una lección de «padre y muy señor mío». Después, curado de sus ilusiones de falsa juventud, ¿no acogería con tierna predisposición sus sonrisas «irresistibles»?

—Tres metros para una falda de vuelo.

—Si yo tuviera el honor de probársela, centímetro a centímetro...

—¡Juan Manuel! No me abochorne.

Circuló la noticia. Cuando tuvo lugar este curioso coloquio hallábanse presentes la bella Herminia, Ramona y Angeles, celosamente ocupadas en comprar, pero que aguzaron los oídos al pronunciarse el nombre del pollo Castuera, víctima propiciatoria de la broma de Alfonso, de que ellas fueron desairadas protagonistas. Miráronse con turbio regocijo y en sus ojos —una linda gradación de tonalidades pardas, verdes y grises— brotó la misma chispa maliciosa. Salieron a la calle y ya sin testigos abundaron en exclamaciones chillonas.

—Nosotras tenemos una deuda atrasada con ese «caballero» —dijo la bella Herminia.

—¿Por qué no vamos esta tarde a la botica, y en procesión, le damos un buen «tute»? —sugirió Angeles, la salerosa.

—De acuerdo, le devolveremos la burla —refrendó la sin par Ramona.

Era la hora de más movimiento en la farmacia cuando irrumpieron las amigas. Dada su calidad social, el pollo Castuera las atendió personalmente. Le impresionó su aire formal, su actitud sospechosamente cariacontecida.

—¡Qué raro verlas por aquí! ¿Algún enfermo?

—Necesitamos una medicina maravillosa —contestaron a coro.

Y por los estantes y anaqueles vibraba el eco: «Una medicina maravillosa».

—¿Traen la receta? —preguntó, aturdido, el pollo Castuera.

—No hace falta. Es para el mal de amores.

—Ustedes siempre tan alegres y cascabeleras —replicó, muy inquieto ya ante la zumbona curiosidad que provocaban en la concurrencia.

—Es en serio, muy en serio.

—Pero yo no tengo —balbuceó, tembloroso.

—Sí, usted nos lo niega a nosotras, nos desaira.

—¡Si fuera María del Carmen!

—Correría a buscarla.

—La ama en silencio.

—Y nos desprecia.

—A pesar de que más de una vez le hemos demostrado cuánto le queremos.

—El pollo Castuera sólo suspira por María del Carmen.

—¿Por qué esconde su cariño?

—Se moriría de sonrojo. Es tan vergonzoso...

—Tan delicado, tan sensible.

—Para él, María del Carmen es como una reina: mírame y no me toques. La contempla de lejos.

—Querido Castuera, lo comprendemos todo.

—¡Con razón huía usted de nosotras!

Y terminada la pequeña farsa, que interpretaron con frívolo aplomo, huyeron entre risas y mohínes de complicidad, gozosas ante la fisonomía desolada, casi inerte del pollo Castuera que, inmóvil tras el mostrador, caídos los brazos, semejaba un mártir en el circo.

Minutos después, todo el pueblo —es decir, el Casino, el Café Colón, las tertulias familiares— conocía y glosaba la «hazaña». ¡Era muy divertido! Además, como por entonces no sucedía nada de particular, el tema se impuso.

Al oscurecer, el pollo Castuera se quitó el «uniforme», vistiose el «traje civil», como él lo calificaba, y salió sin decir palabra. Enderezó maquinalmente sus pasos al teatro y allí, para justificar la visita, dio amplias instrucciones a Juan para la función de la noche.

—Tú mismo recoges el dinero de la taquilla y lo guardas hasta mañana. Estoy un poco delicaducho y seguramente me acostaré pronto. Lo que hagas, bien estará.

Se alejaba ya, pero un impulso incontenible, un desvalido impulso de ternura, le obligó a regresar. Frente a él, la cara arrugada, limpia de rasgos, del ex carpintero. Juan advertía temeroso su visible abatimiento, la desgana que le desmantelaba, sutilmente, el tinglado del cuerpo, la energía de vivir. El pollo Castuera le estrechó la mano.

—Adiós, Juan.

Se dirigió al piso de soltero que ocupaba últimamente en el callejón de la Sal y pasó cerca del Casino. Desde un balcón, Esteban, el sobrino del notario, le llamó a grandes voces, agitando los brazos.

—¡Castuera, Castuera, ven!

En torno del mequetrefe se agolparon instantáneamente varias cabezas gesticulantes, en racimo. A él le parecían una yedra que se enroscaba a su cuerpo desnudo y aterido. Quiso seguir su camino sin contestar, pero algunos bajaron en un par de saltos y lo empujaron jaraneramente al interior. Se dejaba llevar, rota la voluntad, desgonzado, al salón principal. Lo recibió un viscoso alarido de júbilo.

—¡Brindemos por el pollo Castuera!

—¡Es nuestro héroe!

—¡Que le sirvan un cubo de coñac!

—Eres un ingrato, un desconfiado de tomo y lomo, a nadie se lo confiaste.

—¡Una copa por el pollo Castuera y su adorada!

—¿Cuándo es la boda?

—Tienes que conquistarla, sin miedo.

—Ya es tiempo. María del Carmen te solicita, derretida, hecha jalea.

—Bien le has demostrado tu cariño.

—Ella está muy agradecida a tu culto.

—Te quiere en silencio.

—El pollo Castuera le da ciento y raya a Don Quijote.

Le obligaron a beber. El castañeteo de sus dientes vertió parte del líquido, en espesa mancha azucarada, por la barbilla.

—¡Que hable, que hable! —y los señoritos golpeaban con las sillas en el suelo entarimado, batían palmas, eructaban carcajadas de grosera alegría.

Pero en ese momento, cuando se aprestaban a consumar el desmán y el pollo Castuera semejaba un guiñapo, sin nervio, sin resortes, abrióse violentamente la puerta de la biblioteca y avanzó hacia el grupo procaz la figura alta y recia de don Nicolás, tronó su vozarrón.

—¡Basta de juerga!

—¿Y quién le da vela en este entierro? —objetó alguien.

—Yo, y me las entiendo con el más lenguaraz. ¿A ustedes qué les importa la vida y milagros de este pobre hombre? Ya se han divertido más de lo justo a su costa. Que se vaya en paz. Castuera, aquí sobra usted. ¿No se da cuenta de que se están burlando de mala manera? ¿No tiene usted sangre en las venas? Aunque sólo sea por el nombre de una mujer decente, que ahora, por su culpa, por su bobería, estúpidamente, anda en boca de gansos.

Libertado de los que le zarandeaban, el pollo Castuera abandonó el salón —¡había tanta luz y tanto humo!— con tambaleo de beodo. Aún amenazador, don Nicolás se encerró en la biblioteca y los gaznápiros tornaron a sus murmuraciones y a sus juegos.

XV

Amaneció ahorcado en su alcoba el pollo Castuera. Tenía una luminosa expresión en el rostro apergaminado. Por lo visto no había dormido en toda la noche —llevaba puesto el traje de la víspera, no se quitó la corbata blanca de lazo ampuloso, tan típica en él— y al lanzarse al vacío de la otra vida no descuidó un solo detalle de su indumentaria, que se mostraba sin un pliegue inútil, sin una mota indecorosa de polvo.

Según la criada que lo atendía —una sesentona baja y renqueante— el «señorito» llegó enfurruñado, oliendo a licor a la legua, no quiso cenar y se retiró en seguida a su cuarto. Hasta que la venció el sueño, ella escuchó sus constantes idas y vueltas, el chasquido de los papeles ardiendo en la chimenea. Creyó que había bebido más de lo prudente y no le hizo mayor caso. Pero al despertar y atisbar desde el pasillo la puerta a medio abrir e intacta la cama, acudió a su habitación para «horrorizarse» con el espectáculo: pendía de una viga el pollo Castuera, sus pies, «calzados con botas de charol», se balanceaban trágica y casi imperceptiblemente. Y «dio parte».

La declaración de Juan confirmó que el pollo Castuera le había tratado con un genio singular. El carpintero no pudo pegar los ojos, pensando en la rareza de sus palabras, de su acento y de su actitud. Hasta el extremo de que a primera hora se presentó en el piso para informarse de su salud y ayudó a descolgar el cuerpo, aún caliente.

—Era un alma de niño, tiernecica, incapaz del mal.

En el zaguán y en la escalera de la casa se apretujaban los curiosos. Don Nicolás, «más serio que un juez», penetró a codazo limpio entre las mujeres excitadas, colérico por su entrometimiento. El suceso le enconaba una vieja y honda melancolía y necesitaba estar a su lado en ese trance, verlo, grabarse su imagen.

Se sentó en un banquillo, cerca de la ventana, y miró con pena la faz —oliva y cera— de su «rival». En un rincón lloraba Juan, con lagrimones despaciosos y ardientes, que humedecían su barba canosa. Retorcíase las manos, aún bajo el efecto de la sorpresa. En la puerta, dos «guindillas» impedían el acceso a los curiosos. El sol proyectaba sus rayos sobre el cadáver, cubierto hasta el cuello por una manta, y doraba, pasajeramente, los labios descoloridos del pollo Castuera.

De allí no se apartó en toda la jornada don Nicolás. Veía desfilar a las contadas personas a las que se autorizaba la entrada, con iracundo fastidio, como si ninguno fuera digno de comprender el corazón cándido del difunto. Pero la presencia de la «Rondeña» le causó, instintivamente, un malestar más agudo. Iba Antonia vestida de oscuro, con velo largo, y a su zaga, hueco y desencajado, Alfonso, que se limitaba a exclamar, repetida y lastimosamente:

—No me lo explico, no me lo explico.

La «Rondeña» se hincó de rodillas, se santiguó devotamente y rezó varios minutos por su salvación. Después levantose, se aproximó al lecho, arregló la almohada en que reposaba la cabeza chiquita, de pájaro, y con ademán solemne le cerró los ojos. Al cabo de un rato salió la pareja y a don Nicolás se le figuró —¡pero si él no tenía motivos para tanto rencor!— que se purificaba la atmósfera.

Pascual llevó la mala nueva a «El Rincón», informando confidencialmente a María del Carmen del «escándalo» en el Casino que fuera último antecedente del desenlace. —Al atardecer compareció, enviada por su dueña, «Varita de Nardo». Habló en voz baja con el mancebo de la botica y con el dependiente del pañero, y quedóse luego meditativa y ceñuda. Cuando por unos segundos estuvieron a solas, escuchó don Nicolás su monólogo quejumbroso y tenue.

—Alguien levantó el infundio. Con las burlas, a este infeliz lo empujaron a la muerte. Yo me enteraré quién fue la bruja... Porque esto lo hizo una perra sin entrañas. Tiró la piedra y se escondió. Es un bicho que odia a María del Carmen. En nada les estorbaba que él quisiera a mi niña. Más respetuoso y fino, más pulcro y bueno no lo hubo nunca. Yo lo malicié desde que se puso de largo y no dije pío. Ni siquiera a María del Carmen. Hijo, más vales tú que todos ellos juntos, ni a la suela del zapato te llegan. Pero Dios te largó la fealdad y ahí te perdiste.

Profundamente vinculado al pollo Castuera se sentía entonces don Nicolás. Amaban ambos sin esperanza, cada uno en su estilo, a la misma mujer. El boticario, que ocultó tanto tiempo su cariño, hubo de sufrir horriblemente al descubrirse su secreto, el recatado ensueño de tanto tiempo. Debió temer la reacción de ella, imaginó que no podría aparecer nunca más ante María del Carmen, no resistió a la idea de que la envolvería en su ridiculez consustancial. Además, ¿no intentó quizás el pollo Castuera, de este modo, arraigar en su recuerdo, borrar con su muerte la estela grotesca que de sí pudiera subsistir en la intimidad de María del Carmen? ¿No había logrado, con su heroica desesperación, conquistar un refugio permanente en su estima? En realidad, había vencido a don Nicolás sin proponérselo, a despecho de su malhadado aspecto físico, de la endeblez de su temperamento. En pocos años, la admiración y el estupor de la gente lo conservarían vivo y estaría más ligado que nunca a un cierto amor de María del Carmen, a una forma superior de su piedad.

Gallardamente admitió su derrota, sin indignación, con

un afecto fraternal hacia ese hombre, casi desconocido, malévolamente despreciado, pero que se enseñoreaba de él y le imprimía su huella.

Lo siguió hasta el cementerio, en el breve cortejo compuesto por Juan, «Varita de Nardo», el mancebo de la botica, la «Rondeña» y su marido.

Aunque el embarazo de su barragana estaba muy avanzado, decidió pasar la noche en su cortijo de «Los Perales». Ensilló el jaco y dando un rodeo cabalgó por el sendero a cuyo término se otea «El Rincón».

Apostado en el cañaveral, observó largamente la casa de María del Carmen. Había encendido la luz de su dormitorio, como un ojo de dolorosa inquietud tendido hacia las tierras labrantías. Y entonces, en el marco de la ventana, se dibujó la silueta anhelada —cual una presencia honda e inaccesible.

Don Nicolás clavó las espuelas al caballo y huyó. Se multiplicaba en la modorra nocturna el eco agorero de los cascos.

El insulto de la «Rondeña» tuvo varios días a Miguel con el ánimo destemplado. Le costó caro —jaquecas, insomnio, irritabilidad incesante— el esfuerzo de contención. De tal manera se le notaba fuera de sí que don Francisco Salgado no descansó hasta convencerle de que consultara al médico nuevo.

Don Aurelio, después de reconocerlo a fondo, le planteó una serie de preguntas espinosas. ¿Había padecido alguna preocupación familiar? ¿Sufrió recientemente una contrariedad importante? ¿Le obsesionaba algo, ajeno a su voluntad y a su poder?

Miguel eludió como pudo una contestación precisa —¡demonio, él no fue a confesarse!— y don Aurelio, con gesto de resignación, le recomendó una vida moderada y que evitara «toda clase de perturbaciones espirituales».

—Ahora usted no lo aprecia, pero de aquí a unos años se hallará peligrosamente expuesto a un ataque. Ese descontento que le roe —no me lo niegue— terminará abriendo brecha. Si no estoy mal informado, «La Clave-

llina» es de usted. Véndala y retírese al campo. De vez
en cuando, un viaje. La mina no le conviene. ¿Usted le
dedica mucho tiempo?

—Todo.

—Deshágase de ella.

—Eso, nunca. Además no concibo en qué puede influir...

—Cambie de lugar y de actividad —insistió don Aurelio—. De lo contrario —y opino basado sólo en hipótesis,
ya que usted no ha querido franquearse conmigo— no
respondo. Por el trámite, ahí va una receta.

No le obedeció Miguel, a pesar de que el mediquillo
no iba desencaminado. A él le atormentaba, principalmente, el temor de que la «Rondeña» cumpliera su amenaza y hablara. El nombre de su madre, la raíz de su
origen, podía andar en lenguas de comadres y de vagos.
Aquella vergüenza de su infancia repercutiría intolerablemente sobre él.

Su recuerdo —insufriblemente borroso y distante, cual
nube negruzca— no se apartaba de su imaginación. En
ocasiones se rebelaba contra el estigma que heredó, en
otras le dominaba un ansia dulce y pueril de buscarla, de
seguir su rastro, de encontrarla y conocerla, de escuchar
de sus labios esas palabras que nunca le dirigieron.

En la casona, desde la riña con Asunción, paraba lo
menos posible. Ni la hija, copia exacta de la esposa, lograba atraerle. Se le figuraba parecida a ella en todo, en
carácter y rostro, y como las sentía tan unidas, sospechaba
que la niña al cabo le sería hostil. La educarían, indudablemente, en unos prejuicios que a la postre la separarían de
él. Sólo cruzaba con las dos frases de cumplido, de buena
crianza, en el comedor. Tiempo hacía que no entraba,
para nada, en el dormitorio de Asunción.

Los afanes y trabajos de «La Clavellina» seguían absor-
biéndole por completo. La mina le inspiraba una gratitud
desbordante, hasta cierto punto asumía para él una personalidad humana. Si no fuera por la pasión desplegada para
que marchase sin tropiezo y continuara vomitando toneladas de mineral, de no ser por la brega con los obreros y

el personal de la oficina, ¡cómo se aburriría, cómo lo destruirían ciertas inquietudes!

A pesar del consejo de don Aurelio, iba más temprano que antes a «La Clavellina». Ordenaba enganchar el coche cuando aún no alboreaba, y allá se presentaba el primero, partiendo en el camino las filas de mineros que le cedían el paso y saltaban a la cuneta con un relumbre de odio en los ojos soñolientos.

En una mañana invernal trotaban los caballos por la ruta acostumbrada. Caía una lluvia recia y creciente, que azotaba los cristales alzados del vehículo. Al través de ellos reparaba en el caminar de sus hombres, las cabezas y los remos empapados, que chapoteaban, renegando, en el espeso barrizal. Percibió, muy ufano, cómo las miradas sombrías se clavaban en él, en el abrigo con cuello de pieles que lo cubría.

—Cada uno tiene lo que se merece, lo que ha ganado —rumió.

De pronto, una granizada de piedras fangosas descargó sobre el carruaje por los cuatro costados, rompió los cristales y un aire frío y húmedo le golpeó la cara, congestionada de furia.

Reprimió la tentación de apearse, de ir al encuentro de los culpables y castigarlos con sus puños. Pero él no podía descender a una pendencia vulgar, aunque no tardaría en gozar con su humillación, «haciéndoles pasar por el aro».

Este «atentado», como él lo llamaba, que se había producido espontáneamente, indicio explosivo de un ambiente, modificó el curso habitual de sus pensamientos y lo encariñó, más aún, con la mina. Advertía que los «zancajosos» intentaban darle la batalla y aguardaba impaciente el pretexto para luchar y demostrarles que él era más poderoso, firme y hábil. Ahora sí anhelaba que estallase la huelga; se divertiría de lo lindo. A él le agradaba la pelea, no le asustaban. ¡Ya se convencerían, ellos y el «Mellao»!

En cierto modo se alegró cuando dos semanas más tarde el medroso don Francisco le anunció que una comisión de mineros, presidida por el «Perdigón», deseaba verle.

—¿Una comisión? —gritó desafiante—. ¡Pero qué se

han creído esos brutos! Que pase uno, el más cernícalo, ese que le dicen «Perdigón». Los demás, a la faena, que para eso cobran.

El «Perdigón», hombre de poco aguante y genio bronco, hizo señas a sus compañeros para que le esperasen, empujó la puerta y se plantó delante de él y de don Francisco —un poema del temor.

—¿Quién te dio permiso?

—Yo y tós los que le enriquecen a usté en «La Clavellina».

—¡Lárgate antes de! …

—No se ponga usté farruco. Venimos en son de paz, a entendernos, como debe ser.

—Acaba pronto.

—Le hablo en nombre de tós los mineros. Ha subío el precio del plomo, dicen que se preparan pa otra matanza… ¡maldita sea! Los comestibles están por las nubes, y con lo que ganamos, la verdá, no nos alcanza. Por las buenas, nos gustaría llegar a un arreglo con usté. No pedimos la luna, sino una cosa razonable —y sacó del bolsillo del pantalón una lista de aumentos en los jornales, la depositó en la mesa—. Usté la estudia y discutimos cuando sea el momento.

Miguel reía exageradamente.

—¿Y se os ha figurado que yo voy a tratar con vosotros, de tú a tú? Aquí tienes la contestación —y rasgó el papel, sin prisa, en cachos menudos.

—Peor pa usté —el «Perdigón» replicaba con calma insólita en él, tragando bilis. Después, insistió—: ¿Es lo último? No saquemos los pies del plato. Tós nos empinamos a la parra, pero cuando nos serenamos le damos la razón a quien la tiene.

—¡Qué manso te vuelves! Anda, vete ya. Lo que yo digo una vez, dicho está.

Salió el «Perdigón» con su andar lento y bamboleante, mordiéndose de rabia los labios.

…La Sociedad celebró Asamblea general. Hasta en las tapias del patio había gente encaramada, y en la calle quedaron más de cien mineros sin poder entrar. Dirigía los debates, con gesto severo, el «Mellao».

Sin quitar punto ni añadir coma, como si la cosa le hubiera ocurrido a otro, el «Perdigón» expuso la entrevista con Miguel. Furiosas interrupciones cortaban sus palabras.

—Ese le busca tres pies al gato.

—¡Hay que machacarle los morros!

—La peor cuña es de la misma madera.

—¡Que se atreva a sacar solo el plomo de «La Clavellina»!

Un taranto propuso con voz estentórea la huelga en las minas y en los oficios «organizaos» del pueblo.

—¡Tenemos que domarle la soberbia al señorito nuevo de la Corredera!

—¡Le estaría bien empleado que le inundáramos los pozos!

Bastó que el «Melleo» se levantase. Se restableció el silencio, un silencio vibrante.

—¡Compañeros! —y mientras robustecía la entonación reflexionaba que su duelo con Miguel era ya una realidad. Procuraba desechar la idea, a él sólo debía impulsarle, se recomendaba, su serena responsabilidad de dirigente obrero—. Ná de locuras, que no somos párvulos. Tenemos que salirnos con la nuestra, y no bailar al son que nos toquen. Todavía no hemos reunío bastante fuerza. No esperaba yo que llevarían tan pronto las dificultades a este callejón sin salida. Pero ahora nos metimos en el fregao y hay que apechugar. El patrono de «La Clavellina» no nos ha respetao y la Sociedá no pué cruzarse de brazos. Soy partidario de la huelga. Pero con una condición, que se limite a esa mina, los demás a apoyarlos.

Hizo una pausa para carraspear, estirarse de los bigotes y escupir por la mella.

—Pasico a pasico, y mala intención. A la huelga, que vayan los de «La Clavellina», y sanseacabó. Es la mina más grande, más rica. Si en ella se doblega el «burgués», los otros seguirán. Si allí nos «cascan las liendres», aguardaremos una temporá y nos quedarán sitios donde mantener el tipo. Hay que mirar al mañana. Y ser disciplinaos. Pa los compañeros de «La Clavellina» cada quisque dejará un real de su jornal, aparte de que ayudaremos con los fondos de la Sociedá, del «Banco», como decían algunos, a lo que se ofrezca. Las dos primeras semanas no daremos ni un céntimo, hay que resistirlas con los ahorrillos. Después, aunque tronemos más que Lepe, se pasará una cantidad los sábados. Preferencia pa los padres de familia. Los solteros, algo menos; se aprietan la faja y tan contentos.

Nadie replicaba. Había una grave quietud, una viril seguridad en todas las fisonomías. Encendían la yesca para prender los cigarrillos, se secaban el sudor con los pañuelos de yerbas.

—Y sobre tó, ná de escándalo. Cada mochuelo a su olivo. Al despuntar el día, como hermanos, a la huelga. Si alguien no está de acuerdo, a decirlo. Aunque sea tartamudo, no debe apenarse. Que esto no es el Congreso.

—Aprobao, aprobao...

XVI

Al día siguiente, como de costumbre, se pobló de mineros el camino de «La Clavellina». Se agruparon a la boca de los pozos, cambiaron impresiones con los delegados de la Sociedad, con el «Mellao», y volvieron tranquilamente al pueblo.

Desde la ventana de su despacho, Miguel los espiaba. Siguió con la vista —reseca la garganta— su marcha remolona. Escuchó cómo cantaban algunos al alejarse.

—¡Les bajaré los humos a esos sarnosos! —exclamó, y don Francisco, muy pálido, abundó en su criterio.

—Nosotros aquí, a lo nuestro, como si tal cosa. Ya regresarán con las orejas gachas cuando los estruje el hambre —agregó.

Rasguearon las plumas en el escritorio. Miguel aparentó revisar la correspondencia, pero sus ojos se desviaban constantemente hacia «La Clavellina», a la jaula inmóvil, a la loma que semejaba dividir las cabrias paradas, al pesado sopor de las inmediaciones donde ya se percibían los simples rumores, tan penetrantes, del campo enlodado y desierto, a las vagonetas tumbadas, relucientes al sol matinal han creído esos brutos! Que pase uno, el más cernícalo, ese que le dicen «Perdigón». Los demás, a la faena, que para eso cobran.

El «Perdigón», hombre de poco aguante y genio bronco, hizo señas a sus compañeros para que le esperasen, empujó la puerta y se plantó delante de él y de don Francisco —un poema del temor.

—¿Quién te dio permiso?

—Yo y tós los que le enriquecen a usté en «La Clave-llina».

—¡Lárgate antes de! ...

—No se ponga usté farruco. Venimos en son de paz, a entendernos, como debe ser.

—Acaba pronto.

—Le hablo en nombre de tós los mineros. Ha subío el precio del plomo, dicen que se preparan pa otra matanza... ¡maldita sea! Los comestibles están por las nubes, y con lo que ganamos, la verdá, no nos alcanza. Por las buenas, nos gustaría llegar a un arreglo con usté. No pedimos la luna, sino una cosa razonable —y sacó del bolsillo del pantalón una lista de aumentos en los jornales, la depositó en la mesa—. Usté la estudia y discutimos cuando sea el momento.

Miguel reía exageradamente.

—¿Y se os ha figurado que yo voy a tratar con vosotros, de tú a tú? Aquí tienes la contestación —y rasgó el papel, sin prisa, en cachos menudos.

—Peor pa usté —el «Perdigón» replicaba con calma insólita en él, tragando bilis. Después, insistió—: ¿Es lo último? No saquemos los pies del plato. Tós nos empinamos a la parra, pero cuando nos serenamos le damos la razón a quien la tiene.

—¡Qué manso te vuelves! Anda, vete ya. Lo que yo digo una vez, dicho está.

Salió el «Perdigón» con su andar lento y bamboleante, mordiéndose de rabia los labios.

...La Sociedad celebró Asamblea general. Hasta en las tapias del patio había gente encaramada, y en la calle quedaron más de cien mineros sin poder entrar. Dirigía los debates, con gesto severo, el «Mellao».

nte, como de costumbre, se pobló de mine-
de «La Clavellina». Se agruparon a la boca
ambiaron impresiones con los delegados de
n el «Mellao», y volvieron tranquilamente

ntana de su despacho, Miguel los espiaba.
vista —reseca la garganta— su marcha re-
ó cómo cantaban algunos al alejarse.
ré los humos a esos sarnosos! —exclamó,
, muy pálido, abundó en su criterio.
aquí, a lo nuestro, como si tal cosa. Ya
las orejas gachas cuando los estruje el
ó.
as plumas en el escritorio. Miguel aparentó
pondencia, pero sus ojos se desviaban cons-
ia «La Clavellina», a la jaula inmóvil, a la
jaba dividir las cabrias paradas, al pesado
mediaciones donde ya se percibían los sim-
an penetrantes, del campo enlodado y de-
onetas tumbadas, relucientes al sol matinal

Sin quitar punto ni añadir coma, como si la cosa le hubiera ocurrido a otro, el «Perdigón» expuso la entrevista con Miguel. Furiosas interrupciones cortaban sus palabras.

—Ese le busca tres pies al gato.

—¡Hay que machacarle los morros!

—La peor cuña es de la misma madera.

—¡Que se atreva a sacar solo el plomo de «La Clavellina»!

Un taranto propuso con voz estentórea la huelga en las minas y en los oficios «organizaos» del pueblo.

—¡Tenemos que domarle la soberbia al señorito nuevo de la Corredera!

—¡Le estaría bien empleado que le inundáramos los pozos!

Bastó que el «Melleo» se levantase. Se restableció el silencio, un silencio vibrante.

—¡Compañeros! —y mientras robustecía la entonación reflexionaba que su duelo con Miguel era ya una realidad. Procuraba desechar la idea, a él sólo debía impulsarle, se recomendaba, su serena responsabilidad de dirigente obrero—. Ná de locuras, que no somos párvulos. Tenemos que salirnos con la nuestra, y no bailar al son que nos toquen. Todavía no hemos reunío bastante fuerza. No esperaba yo que llevarían tan pronto las dificultades a este callejón sin salida. Pero ahora nos metimos en el fregao y hay que apechugar. El patrono de «La Clavellina» no nos ha respetao y la Sociedá no pué cruzarse de brazos. Soy partidario de la huelga. Pero con una condición, que se limite a esa mina, los demás a apoyarlos.

Hizo una pausa para carraspear, estirarse de los bigotes y escupir por la mella.

—Pasico a pasico, y mala intención. A la huelga, que vayan los de «La Clavellina», y sanseacabó. Es la mina más grande, más rica. Si en ella se doblega el «burgués», los otros seguirán. Si allí nos «cascan las liendres», aguardaremos una temporá y nos quedarán sitios donde mantener el tipo. Hay que mirar al mañana. Y ser disciplinaos. Pa los compañeros de «La Clavellina» cada quisque dejará un real de su jornal, aparte de que ayudaremos con los

fondos de la Sociedá, d[...] a lo que se ofrezca. Las [...] ni un céntimo, hay que [...] pués, aunque tronemos [...] tidad los sábados. Pref[...] Los solteros, algo men[...] tentos.

Nadie replicaba. Ha[...] seguridad en todas las f[...] prender los cigarrillos, [...] ñuelos de yerbas.

—Y sobre tó, ná d[...] olivo. Al despuntar el [...] Si alguien no está de a[...] mudo, no debe apenar[...]

—Aprobao, aprobao [...]

Al día sigu[...] ros el camino [...] de los pozos, [...] la Sociedad, c[...] al pueblo.

Desde la v[...] Siguió con la [...] molona. Escuc[...]

—¡Les baj[...] y don Francisc[...]

—Nosotros [...] regresarán co[...] hambre —agre[...]

Rasguearon [...] revisar la corre[...] tantemente ha[...] loma que sem[...] sopor de las i[...] ples rumores, [...] sierto, a las va[...]

en la vía estrecha, a los lavadores de mineral cuyo brazo
paralizado y tosca armazón de madera ponía una nota de
patética inacción en el horizonte, allá en la plataforma
de las colinas.

Dormía, sin sangre humana en sus venas de plomo,
«La Clavellina». Imaginó sus galerías oscuras y silenciosas,
de aire denso, sin reflejos de carburo ni explotar de barrenos, sin gotas de sudor que regasen las corvas de sus
paredes.

Se desabrochó el cuello de la camisa, angustiado; tuvo
que abrir la ventana, respirar anchamente. Cuando menos lo esperaba percibió voces agudas, ruido de carreras
que se aproximaban. Aparecieron unos cuantos arrapiezos,
escapados de la escuela, al saber de la huelga, para jugar
con las vagonetas. Las impulsaron en un racimo de hombros y brazos, inconscientemente fieles a su futuro destino.

Y entonces divisó al «Mellao» que, con otros obreros,
les disparaban pedradas de terrones, para ahuyentarlos y
que no se lastimasen con el peligroso recreo. Al verlo, le
rebrotó caudalosa su soberbia, rechinó los dientes y juró
no ceder un palmo en la pelea.

Asunción lo recibió aquel mediodía con una sonrisa dul-
zarrona, como si él fuera un capitán que acababa de lidiar
descomunal combate y necesitara de su aliento.

—Es absurdo que continúen los recelos entre nosotros
—suplicó, melosa y caliente—. Somos marido y mujer, al
fin y al cabo. Yo comprendo hoy cuánto me importas. Te
he esperado con ansia, temerosa de que te suceda alguna
desgracia. Tenía a la niña conmigo, la besé muy fuerte, te
recordaba. Tú tienes razón, no debes dejarte avasallar por
esos piojosos. ¿No les das el pan? Pues que callen y respeten. Pero pocos, en tu lugar, habrían tenido tanta hombría, sin recurrir a nadie, dando la cara.

Miguel, abrumado aún por el aspecto de abandono que
ofrecía «La Clavellina», escuchaba con deleite sus frases
rendidas. A la noche, le sirvieron una cena extraordinaria,
en que se apreciaba el nuevo interés de Asunción, su afán,
ya sumiso, de agradarle. Se aferró, como un desesperado,

a esta brizna de compañía y le confortó dialogar apacible-
mente con ella en la sobremesa.

—¿No vienes? —le llamaba desde la puerta de su alcoba, el peinador la semidesnudaba.

Lo oprimió delirantemente contra su pecho, le arañaba
con suavidad en la espalda. Ella misma le ayudó a quitarse las ropas. Y sólo en aquella entrega fundió su reserva y su compostura, gimió enajenada bajo su presión.
Después, quedose dormida, con una respiración ronca y
agitada, mientras él, aún incrédulo, velaba a su lado.

Agotada la exaltación, Miguel se preguntaba, dolido, inquieto, la razón de este arranque, precisamente en la jornada para él más lamentable. ¿No será un espejismo, otro
chispear de orgullo en Asunción, que así se manifestaba?
Con la normalidad ella volvería a despreciarle. Había sido,
en el contacto furioso, una hembra. Transcurrido el ardor,
nada lo unía, no podía seguir deleitándose amorosamente
en su rostro de duras líneas altivas, en su boca que recordaba tantas veces insultante, en su vientre que los partos
apenas deformaron. Y sin embargo era incapaz de una
simple abnegación por los hijos.

Se levantó procurando no despertarla.

¡Qué solo estaba, qué solo estaría siempre!

Pasó el resto de la noche en su despacho, en una butaca,
arropado en una manta, sin una migaja de alegría. Allí le
sorprendió la madrugada, rígido de párpados, febril la
frente. Había vuelto a vivir, desde su niñez, en un sueño
atormentado y amargo.

—¿Es que iré para viejo? —se preguntaba—, ¿cuándo
únicamente miro hacia atrás? ¿Ya se cegaron en mí las
ambiciones? He conseguido todo lo que quería, una esposa
de gran posición, «La Clavellina», esta casa de la Corredera, «El Rincón», mucho dinero. ¿A qué más puedo as-
pirar?

Se detenía, zaherido por una voz lejana y opaca, que
parecía surgir de otra persona y no obstante desprendíase
de su mismo ser.

—Te impresionó demasiado la sensación de muerte que
despedía tu mina. ¿De dónde la sacaste, sino de un caño
de sangre fría, podrida? Acuérdate... Las gentes te creen

feliz y victorioso. ¡Cómo se engañan! Hay en ti, igual
que en los muebles antiguos, una polilla destructora. Has
pagado un precio muy alto. Alardeas de fuerte y eres
juguete de unos apetitos miserables: tu resentimiento, tu
soberbia. Llegará la hora en que no encuentres horizonte,
y desaparezca para ti el «más allá». En tus años de decadencia te acosarán los fantasmas: Encarnación, Juan, don
Manuel, el «Mellao», el hombre asesinado por ti..., la
esposa que odias. Y sentirás la palpitación de la muerte y
ya no podrás desandar tu camino siniestro. «Más allá», la
nada te espera. La verdad es que tampoco tienes fe en
Dios, convencido estás de que cuando expires no encontrarás un reposo, ni a ti mismo, ni una ligera resonancia
tuya. Y es demasiado tarde para enderezar el rumbo, no
has conquistado una sola compañía en que puedas recostar
la cabeza, donde tu imagen se albergue fugitivamente,
— ¡aunque sea con el débil resplandor de una estrella re-
mota y agónica! — amorosamente. ¡Amorosamente! Para
maldita cosa sirve tu pretendida voluntad, es ciega; tu
afán de dominio no te calma la extraña sed. La lucha brutal por ascender a las alturas, una altura que se diluye y
desmorona, te atasca implacablemente en tu barro. Surgirá
un momento, sí, en que todos los rostros serán para ti
indescifrables y enemigos, incluso los de tus hijos. Ninguna acción ha partido de ti que engendre un bien o un
fulgor de belleza. Ante ningún dolor ajeno a tu carne se
ha inclinado fervorosamente tu alma de plomo.

Rabiosamente se restregó los ojos. ¿Era él una señorita
para dejarse avasallar por tales flaquezas y visiones? Con
el amanecer disminuyeron las sombras que lo asediaban,
renació su vigor, su corpóreo impulso de lucha. Le mordía
un loco deseo de tapar su tiempo con una labor extenua-
dora, que le hiciera olvidar y cerrara el menor resquicio
a las meditaciones y pesadillas que en él pululaban. Se
lavó con agua fría, vistióse apresuradamente.

En el zaguán el cochero se rascaba las orejas enroje-
cidas.

—¿Mal tiempo?

—Es fácil que nieve.

—Con don Francisco. Llévame en seguida.

Cuando se presentó, el contable estaba desayunando.

—Tengo hambre. Allá duermen todos. Te aceptaría un par de huevos con jamón y una taza de leche caliente.

Mientras comía, le interrogó.

—¿Hiciste lo que te encargué?

—Sí, pero nadie se atreve. El Alcalde me recomendó que lo compusiéramos por las buenas. Se acercan las elecciones y no le convienen desórdenes ni escándalos. No encontré quién estuviera dispuesto a trabajar. No es sencillo substituir a tantos hombres, la mayoría especializados. Además, si no saben de minas es peor el remedio que la enfermedad.

—Esperaremos a que la necesidad los amanse.

—Mala consejera es la desesperación. Ah, se me olvidaba decirle que hablé con don Teodoro. Es del parecer que resista usted unos días más y luego entre en negociaciones con la Sociedad. Y sin conceder lo que piden, que les dé algo. Así opinan, por lo visto, los otros patronos.

—¡Son unos mandrias! Me las apañaré por mi cuenta.

—Es que no las tienen todas consigo. Han pescado de algún suelto de lengua que en las demás minas harán el trabajo con más cachaza, para disminuir la producción. De esta forma, siguen teniendo el jornal y presionan.

—Esa ideíca salió del caletre del «Mellao». Pero a mí no me coacciona ni el Santo Padre. Y si es preciso les cantaré las cuarenta a esos calzonazos.

Durante la mañana Miguel permaneció en su despacho de «La Clavellina», dándole la espalda, para que su visión quieta y desierta no le deprimiera. Dio instrucciones a sus empleados y fue al Casino, «para que lo viesen», a pisar recio, a demostrarles que él no era de alfeñique.

En la peña de los mineros intentaron hacerle un lugar.

—No, estoy de paso, por unos minutos —casi gritaba—. Alguien me informó que a ustedes se les arruga el ombligo y pretenden que yo dé el brazo a torcer en la huelga. ¡Vaya disparate! Me mantendré tieso, y ellos bajarán la gaita. Les prevengo una cosa: hoy me toca a mí, más adelante, cuando les caiga a ustedes la china, recibirán ei mismo trato. Me portaré como ustedes lo hagan ahora.

—Usted se acalora sin motivo —intervino, conciliador,

don Teodoro—. No intentamos escurrir el bulto. Pero negarse, por sistema, a cualquier convenio es contraproducente. No piden nada del otro jueves. Un poco infladas las demandas, pero pueden recortarse. Han cambiado los métodos, y aunque no nos guste, debemos tener en cuenta a los obreros y «veroniquearlos».

—¡Déjese de sermones! —dijo, colérico, Miguel—. Predicar a expensas de mi dinero es muy cómodo. Y además que, por principio, no se puede uno sentar en una mesa con ellos, y hablarles como si fueran iguales. Por ahí no transijo.

—Para cuestiones de poca monta yo lo he hecho y no se me han descascarillado las sortijas —arguyó don Enrique, un sacagéneros de próspera fortuna y que despuntaba como competidor con su nueva mina, «La Tempranera»—. Recapacite: usted y yo hemos sido del oficio antes, y sabemos lo que es lavar el mineral y prender un barreno. Del arroyo venimos. Aunque hoy mandemos y defendamos nuestros intereses, sobra la ofuscación.

Miguel se abalanzó a él, pero los separaron antes de que se golpearan.

—¡Serenidad! ¡Serenidad! —imploraba don Teodoro—. No perdamos los estribos. Que se den satisfacciones y aquí todo paz y después gloria. En cuanto a lo que debemos hacer, don Miguel, no cavile. No chaquetearemos. Pero eso sí, vaya con cuidado y no se guíe por arrebatos.

La obligada ociosidad a que le condenó la huelga agrió aún más el carácter de Miguel. Evitaba recalar por el Casino, seguro de que se enredaría en inútiles discusiones, pues los patronos lo criticaban entre sí, aunque ante los extraños, en público, se solidarizasen por fórmula con su terquedad. Influían en ello la cuca prudencia de don Teodoro y el resentimiento solapado de don Enrique, que anhelaba su ruina para erigirse en el gallo brillante del cotarro minero. De otra parte, la casona le rechazaba y eludía cada vez más el diálogo con Asunción. Desde la famosa noche en que se le entregó con tanto frenesí, había tornado a su desdeñoso aire habitual.

Como no tenía amistades sólidas, se debatía en una completa soledad, en una furia impotente. Había optado por no presentarse sino para asuntos de urgencia en «La Clavellina». El aspecto paralizado de la explotación y el vasto zumbido del campo en torno le crispaban los nervios. Se acostumbró a visitar diariamente «El Rincón», atraído por la dulce y triste serenidad de María del Carmen, por los destellos de alegría que a veces apuntaban en las pupilas del hijo infeliz y el ajetreo calmoso —sedante de contemplar— del viejo Pascual.

En el jardín la prima tarde se le hacía leve y grata. Solía llevar unas carpetas de documentos, que a la postre no estudiaba y sufría resignadamente con el renquear del niño, se alborozaba cuando a fuerza de mimos y paciencia le arrancaba una sonrisa. Pero él sabía bien que estos intervalos de paz eran precarios, convencionales. Le esperaba, en solicitud de órdenes, don Francisco; maldecían su nombre en la calle de los tarantos; se padecía hambre por su obstinación. Y sin embargo, paladeaba estos momentos de respiro con dolorosa avidez.

Aunque reciente, la escena de la «Rondeña» fue atenuándose en su imaginación. María del Carmen le enteró que el matrimonio se había trasladado a Madrid.

—No pueden resistir «lo» de Castuera. Antonia enfermó a raíz del suicidio y Alfonso dispuso la marcha. Hubo un disgusto muy serio entre los dos. ¡Ese hermano mío no sé cómo acabará! Ni siquiera me escribe unas líneas de compromiso... Juan se fue de nuevo al Palacio, el pobre no puede ya con su alma. Don Emilio lo colocó allí para protegerlo. Lo tiene de portero, de cobrador. Excusas para justificar un sueldo.

—Juan es uña y carne del «Mellao» —indicó, secamente, Miguel.

—¿Se conocían de antes?

—Así parece —el tema le contrariaba.

María del Carmen, en una ocasión, se refirió a la huelga y él la escuchó sin interrumpirla, sin la explosión colérica que lo había caracterizado.

—Yo no entiendo, pobre de mí, de esos pleitos vuestros, Miguel —ya lograba tutearlo sin esfuerzo—, pero

debías plantarte y terminar la querella. A una le resulta
agrio el pan que come cuando piensa en los hijos de tus
hombres. Apenas los pueden mantener. Tú has trabajado
en las minas, igual tu padre. Es duro. Por unas pesetas
menos no te arruinas. Y me da fatiga verte así, sin sosiego, aunque por amor propio lo disimules. «La Clavellina» te hace falta, la echas de menos. Es más que toda
tu familia, mucho más que tu propio hijo.

—¿Tú los defiendes?

—No es eso, Miguel. Haz por comprenderme. Chicos
y grandes acabamos bajo tierra.

—Desde que se suicidó el pollo Castuera te has vuelto
muy blanda.

—Me abrió los ojos sobre muchas cosas.

—¿Acaso lo querías?

—¡Ojalá!

Estas conversaciones aquietaban el espíritu desasosegado de Miguel. Por primera vez en su vida hablaba sin
despreciar ni temer, sencilla y cordialmente, con un semejante. Adivinaba el callado desconsuelo de María del Carmen —un misterio para él—, le impresionaba su absorta
pasividad, su absoluta desesperanza, tan tranquila. Y no
obstante, meditaba, continúa sin alterarse, se complace
sólo en ser útil, no escatima su generosidad, ofrece siempre sus sentimientos. Miguel, en ciertas crisis de su ánimo atribulado, padecía la tentación de confiárselo todo,
hasta la impureza de su madre, su asco por Asunción, su
crimen. De esta forma, confiaba, se libraría de sus obse-
siones. Pero cuando iniciaba la palabra o el gesto de la
confesión brincaba su soberbia y temblaba de que ella,
insignificante según el juicio de la gente, suma delicadeza
en su percepción, lo viese en su verdadera faz mezquina,
reaccionase con silencioso desprecio, y no le brindara ya
aquel humilde y tibio refugio, como plumón de paloma,
de su intimidad, que se había convertido en su único aire
respirable.

—Más adelante se lo diré —aplazaba una y otra vez.

Si esta tendencia se acentuaba despedíase bruscamente
y regresaba al pueblo, se aturdía con la pugna entablada,

a cuyo imaginario extremo le sonreía, sardónico, firme, el «Mellao».

—Se cumplen seis semanas de huelga —calculó. Caía un manto de sombra, de ardientes luces encarnadas en el oscuro retorcimiento de los olivares—. Y los obreros aguantan el tipo, y yo me pudro por el hecho de que «La Clavellina» no anda. Pronto cejarán ellos.

María del Carmen lo acompañó al coche.

—No te empeñes así. Si funciona la mina se te quitan como por encanto las murrias.

—¡Al «Mellao» le salió un buen refuerzo contigo! —bromeó, apaciguado.

Durante el camino no pudo olvidar su consejo, su acento de discreta súplica. Pero al desembocar el carruaje en la plaza respingó su genio crudo, le tornaron instantáneamente odios y rencores. Seguido de un grupo de huelguistas, con el «Perdigón» a la cabeza, el «Mellao» subía la escalinata del Ayuntamiento.

Se volvieron hacia él y se desahogaron en insultos:

—¡Ahí va la fiera!

—¡Negrero!

—¡Hijo de puta! ¡Hijo de puta!

Retoñaba, con eco de multitud, el escupitajo de la «Rondeña».

Cercaron el coche, impidieron que avanzase. Le rodeaban rostros iracundos y huesudos, alzáronse puños amenazadores. Pero de un salto se colocó en medio de ellos el «Mellao» —a empujones se abrió paso—. Y se miraron frente a frente, muy próximos, profundamente, sobre la algarabía.

—¡Compañeros! —y esta vez el tono del «Mellao», recio y cortante, temple de navaja, manojo de retama, se impuso netamente—. Ná de propasarse. Hay que tener sentío común. Una cosa es que nos respeten, y pa ello hay que respetar. A ningún hombre, aunque sea un podrío burgués, aunque no le quepan las cerdas en el corazón, se le mienta la madre. ¡Disciplina! A lo nuestro.

Y giró en redondo, poseído del efecto que causaba, tan sólida era su convicción. Todos, sumisos o a regañadientes, le secundaron.

En la casona de la Corredera aguardaba, nervioso, don Francisco Salgado. Corrió al encuentro de Miguel.

—¡Grandes novedades! Pero a usted le pasa algo... Siéntese, descanse.

—No te preocupes. Fue en la plaza, un incidente sin importancia.

—¡Es que los mineros están al rojo!

—Ven a mi despacho.

El manco permaneció de pie, esperando a que se serenase.

—Di.

—Lo primero: me avisó el Alcalde que le necesita. Por teléfono, el Gobernador le manda que solucione hoy mismo la huelga. Y lo cita a usted y a una Comisión en el Ayuntamiento, para discutir en su presencia. Y si no se consigue un arreglo amistoso...

—Irás tú, en representación mía. Estoy muy cansado.

—¿Qué orientación?

—Regateo un poco, pero que no quede por nosotros.

—¿Oigo bien?

—Perfectamente. La cuerda se rompió ya.

—Podemos pelear todavía, dar largas...

—Obedece.

Miguel se levantó y abrió el balcón. El viento sacudió las cortinas granate, hizo oscilar la lámpara de porcelana pendiente del techo, esparció unos papeles sobre la alfombra. Don Francisco se agachaba, obsequioso, a recogerlos con su único brazo válido.

—No te molestes. ¿Y qué más?

—Carta de don Federico.

—Trae.

La leyó detenidamente.

—Renueva la oferta de compra de «La Clavellina».

—¡Qué ganas tontas de insistir!

—Pues ahora sí la vendo. Cuando acabes con el «Mellao» le telegrafías. Dile que acepto en principio.

Don Francisco pestañeaba desconcertado.

XVII

Al fondo, en la habitación del corredor, situado en ángulo sobre el patio, Araceli da, como todas las tardes a la hora de la siesta, su clase de piano. Las notas surgen con inseguridad y torpeza de su manos fofas y perezosas; mecánicamente claras y llenas al emitirlas el inefable don Martín, al que Dios no llamó por las veredas del arte ejecutante. Pero es el único profesor de música en el pueblo, y según dictamen general realiza concienzudamente la tarea de «incrustar» el solfeo a los discípulos y habituarlos al teclado. Además, por lo que le pagan no puede exigirse mucho.

Aunque no estén presentes en el gabinete, acompañan a Miguel todos los miembros de su familia. Entre espejos de simétricas lunas, tapices enmarcados y cortinajes, sus fotografías parecen observarle, cada una con expresión distinta, animadas de intenciones tangibles. Salvo a María del Carmen, prefiere verlos en los retratos recientes a escuchar su parloteo y tener que ocultar de sus ojos suspicaces el temblor que, desde la venta de «La Clavellina», campea en sus labios gruesos, de lacio dibujo, ya sin movimiento enérgico ni reposo verdadero.

Siete años se cumplieron, siete años que «La Clavellina» no le pertenece. Ahora explotan otros su riqueza pródiga y se embeben en sus oscuros y hondos afanes. ¡Cuán difícil le ha sido —¡y lo es todavía!— existir sin esa querencia. sin ese anhelo minero que le siembran a uno en la sangre! Entornando los párpados, resucita en él «La Clavellina», como si la tuviera delante, como si sólo los separasen unos metros de distancia.

—La llevo dentro —se dice—, yo abrí sus galerías, una por una, recorrería a ciegas cualquier recodo de sus túneles sin tropezar en un guijarro. Tiento un puñado de tierra y se me figura tocar el mineral. Podría dibujar dónde está enclavada sin equivocarme en el canto de una uña. Sé cuantos trozos de raíl forman su vía estrecha, me conozco de memoria los almacenes, las oficinas, las lomas de los alrededores.

Arranca una uva del racimo que está a su alcance, solitario en el frutero, sobre la mesa de centro. La mastica cuidadosamente y luego se dirige al balcón y deja caer la persiana para que el sol no caldee tanto la estancia y no le irrite los ojos. Ya, confusamente, le teme a la luz del día.

«La Clavellina» retorna, insinuante y tiránica, a su imaginación. Ha renunciado a su propiedad, y no obstante el deliquio no le abandona, le atormenta. Y él se goza en esta lucha estéril, en este sufrimiento ladino y pertinaz, pues así paga algo, muy poco, de lo que debe.

Hoy se halla más intranquilo que nunca. Espera.

En los últimos tiempos ha intentado, penosamente, olvidar, aturdirse. Viajaba con el menor pretexto, ha comprado los olivares inmediatos a «El Rincón», chalanea con cierta negligencia en aceite y granos. Pero encuentra siempre un vacío insondable en su ánimo, la intuición de que todas sus ambiciones han sido baldías, infundados sus impulsos. Su inacción destapa la brecha para reflexionar sin tregua. Todavía la muerte está lejana, pero advierte su ronda, su implacable cercanía. Sus esfuerzos, desde que tuvo uso de razón, han sido en vano, no le proporcionan ningún alivio, admite angustiosamente. Más bien, rehúye los recuerdos, que sólo suscitan un amargo sabor de alma.

No se puede empezar de nuevo. La vida, nuestra y nada más que nuestra, se interrumpe brutalmente, brota la oquedad inmensa tras la cual nada es concebible. Y de ti, Miguel —en tus entrañas no crees en Dios, aunque vayas a misa, ni en los hombres—, desaparecerá hasta esa conciencia que ahora te consume y tortura. Te has secado, te infiltraron una naturaleza cadavérica. No te hagas ilusiones, a pesar de hablar y mordisquear esas uvas negras, tú no «eres». Careces de esperanza. Nadie te envidiaría, hoy. Cuando uno piensa tanto en sí, acaba extraviando su ser, su sombra y su reflejo. ¡Si te hubieras entregado, si te hubieras dado! Pero tu vida no vuelve.

Miguel se encara con los retratos. Allí, la reserva adusta de Asunción, la esposa absorbida por el visiteo y las postreras vanidades; a su derecha, Araceli, la hija que comienza a despreciarle, imbuida por la madre —por entero extraña a él, un lazo de mucho vuelo en la cabellera rizada—. De medio cuerpo, para escudar su pierna paralítica, el heredero, que en el pliegue voluntarioso de las cejas quizás lo acuse. Por último —pestañas abatidas, agudo perfil— María del Carmen, con su ademán de sencillo misterio, de clara renunciación.

Pero alientan en él otras imágenes, adscritas a su carne y a su pensamiento. Son estampas de trazo indefinido, de pálidos rasgos y borroso contorno, que resuenan en todo su organismo, tejen sus pesadillas y le enmohecen el pan. A lo mejor, se yerguen en la campiña desnuda, en las grietas de un tronco derrumbado, en el horizonte tormentoso, en la línea gallarda de una montaña: la novia, la madre, el asesinado.

¿Para qué necesita asomarse y otear el Palacio, si lo lleva grabado, con Juan, en un lugar fijo del cerebro, en una permanente contracción de los nervios? ¡Si allí se le ofrecieron el bien y el mal, y él eligió!

¿De dónde surgía su tendencia torcida y torva? ¡Si pudiera castigar al culpable! —y habla como si él fuese un tercero imparcial, como si resultara posible separar de un tajo su inclinación anterior y su presente zozobra.

Escuchó al fin el murmullo que aguardaba con tanta ansia, la creciente marea del entierro. Alzó la persiana para verlo a sus anchas y se colocó de manera que no lo advirtiesen desde fuera. Necesitaba saciar impunemente su curiosidad, una curiosidad inexplicable y malsana.

Avanzaba a hombros del «Perdigón» y de otros trabajadores de «La Clavellina» el ataúd del «Mellao», su última prisión. Tablones toscos y apenas desbastados, con forro de barato trapo fúnebre, encajados con esmero y brío para contener su corpulencia, obra en que anduvo bregando cariñosamente Juan toda la noche, en su más fervorosa creación de carpintero.

Había muerto el «Mellao» de la enfermedad clásica de los mineros, con los pulmones acribillados de plomo. —Es tan corriente, uno se asombraría de lo contrario…—. Lo velaron, en el cuartucho que compartía con Paquillo, mujeres y hombres, y hasta mocosos de la calle de los tarantos. No legó prole, ni fincas, ni títulos, ni dinero.

No le lloraron con regueros de lágrimas, sino con talante serio y ceñudo. Hasta la hora de entrar a la faena, los unos en sillas de anea, o sentados en el catre, los restantes en mantas, por el suelo, o paseando por el patio, le prestaron su espontáneo tributo de compañía. Silenciosos, los varones fumaban más de la cuenta. En los graves corrillos se cambiaban exclamaciones semejantes a ramas mondas.

—¡No tenía más que lo que lleva puesto!

—Milagro será topar con uno que le eche el pulso.

—Siempre estuvo en su sitio, sin farolear.

—Por tos nosotros.

—Pa mitinear, daba risa, pero en cuanto a seso…

—¡Si hubiera tenío letras!

—Era un hombre de verdad, un hombre cabal.

—Más fiel a las «ideas» no lo hubo.

—¡No lo habrá!

Cuando se marcharon al trabajo, Paquillo no consintió en moverse de allí.

—Pa mí, a más de compañero pierdo al mejor amigo. Lo conocí como ninguno. ¿Qué haremos sin él? El día en que se sepa su temple, su decencia… Era más bueno

que un niño de mantillas, más vergonzoso que una doncella. Pa siempre irá en bocas de la gente del pueblo. Tó
lo entregaba.

Cruzó el entierro la Corredera, frente a la casona de
Miguel. Habían parado las minas, se despobló enterita la
calle de los tarantos para seguir al «Mellao». Entre la
muchedumbre circulaban, con domado escalofrío, las ha-
zañas y abnegaciones del difunto, su «calvario» por defender a los «pobres». Comenzaba a moldearse —en vahara-
das de sudor, tufo de túneles y galerías, pasmos place-
ros— su leyenda.

Miguel ni siquiera advirtió que se detenía el cortejo.
Todas las fisonomías volviéronse, mudas y hoscas, hacia el
bulto que de él se marcaba en el balcón, mientras Paquillo elevaba los brazos rígidos, con ademán de tremenda
imprecación.

Meditaba Miguel en su existencia trunca y salobre, de
absoluta aridez, en los episodios que labraron su desventura y que en ese momento desgarraban su sensibilidad,
su piel y su corazón. La vida del «Mellao» renacía impe-
tuosa a sus plantas, se multiplicaba sin cesar, en recuerdos
y entusiasmos, lo aniquilaba.

Se extendieron en el cielo las primeras hornadas del
crepúsculo, con supremos resplandores que chispeaban en
el tapiz de los tejados y en el ramaje de los arbolillos.

Miguel cerró la puerta y balcón. Le dañaba la luz del
día, se hallaba plenamente en el reino de la muerte.

México, 1949.